Julia Romp

Das Wunder auf vier Pfoten

Roman

Aus dem Englischen
von Elfriede Peschel

blanvalet

Die Originalausgabe erschien 2010 unter dem Titel
»A Friend Like Ben: The Cat That Came Home For Christmas«
bei HarperCollins*Publishers*, London.

MIX
Papier aus verantwortungsvollen Quellen
FSC® C014496

Verlagsgruppe Random House FSC-DEU-0100
Das FSC®-zertifizierte Papier *Holmen Book Cream*
für dieses Buch liefert Holmen Paper, Hallstavik, Schweden.

1. Auflage
Taschenbuchausgabe November 2012
bei Blanvalet, einem Unternehmen der
Verlagsgruppe Random House GmbH, München

Umschlagmotiv: © Johannes Wiebel | punchdesign, München
unter Verwendung von Motiven von
Vishnevskiy Vasily/Shutterstock.com und
ericlefrancais/Shutterstock.com
Redaktion: Margit von Cossart
DF · Herstellung: sam
Satz: DTP Service Apel, Hannover
Druck und Einband: GGP Media GmbH, Pößneck
Printed in Germany
ISBN: 978-3-442-37852-4

www.blanvalet.de

Für George, der du mir die Augen für deine Welt geöffnet und gezeigt hast, wie wunderbar sie sein kann, und in liebender Erinnerung an meinen Dad Colin, der mir das Lachen geschenkt hat, das ich täglich an George weiterzugeben versuche.

Prolog

Auf den ersten Blick war Ben nicht gerade eine Schönheit. Er war kein kleines hübsches, geschmeidiges Kätzchen mit feurig rotem glänzendem Fell. Nein, sein schwarz-weißes Fell war von getrocknetem Blut verkrustet, als ich Ben zum ersten Mal in meinem Garten sah, sein roter Rumpf war völlig nackt, und sein dünner Schwanz sah eher aus wie ein spärlich behaarter Zweig. Zum Glück sah ich die unzähligen Flöhe und Milben, die sich bei ihm eingenistet hatten, nicht sofort.

Ganz offensichtlich war der Streuner krank, und mochte er auch abstoßend aussehen, so rührte er doch an mein Herz für Tiere, das ich schon immer hatte. Also stellte ich ihm etwas zu fressen hin. Für Fluffy, unser Hauskaninchen, hatte ich den Schuppen, in dem es wohnte, mit bunten Blumen ausgemalt – so was wie das Ritz für Kaninchen –, und so richtete ich für den Kater einen Kuschelplatz in einem Tragekorb her, den ich in der Hoffnung, er würde darin schlafen, in ebendiesen Schuppen stellte. Der Zustand des Streuners verschlechterte sich von Tag zu Tag, und ich dachte, wenn er sich erst mal im Tragekorb wohlfühlt, kann ich ihn darin zum Tierarzt bringen.

Jeden Morgen, wenn ich mit meinem zehnjährigen Sohn George durch den Garten ging, um nachzusehen, ob der Kater gefressen hatte oder ob die Decke zerwühlt war, hoffte ich, ihn schlafend anzutreffen. Gemeinsam spähten wir in den dunklen Schuppen, aus dessen hinterstem Winkel er uns mit großen Augen beobachtete. Sie waren von einem hellen Giftgrün, wie die ersten Blätter einer Linde im Frühling, und sehr beeindruckend. Aber der Kater saß auf einem Regal oder neben einem Blumentopf, nie in dem Tragekorb.

»Boo!«

George unternahm bei jedem unserer Besuche den Versuch, mit dem Kater Verstecken zu spielen, und ich freute mich darüber, denn er spielte nicht oft mit anderen.

In Georges Welt war es durch seinen Autismus zuweilen sehr einsam, und er war anderen Kindern fast ein ebenso großes Rätsel wie diese ihm. Sie fürchteten sich vor dem Gekreische, das aus ihm herausbrach, wenn er wütend wurde, und die Geräusche, die sie machten, oder ihre Rempeleien auf dem Schulkorridor machten ihm gleichermaßen Angst. Deshalb tat es gut zu sehen, dass George sich für den Streuner interessierte, auch wenn der sein Interesse nicht erwiderte. Denn wann immer George oder ich ihm zu nahe kamen, fauchte und spuckte er mit gebleckten Zähnen und gesträubtem Fell. Es war ganz offenkundig, dass er mit keinem von uns etwas zu tun haben wollte.

Geduld und gutes Essen vermögen jedoch an Tieren die gleichen Wunder zu vollbringen wie an Menschen. Und nach und nach fühlte der Kater sich wohl genug, um im Tragekorb zu schlafen, und nach ein paar weiteren Wochen gelang es mir, dessen Tür zu schließen.

Dem Tierarzt erklärte ich, ich sei nicht die rechtmäßige Besitzerin, und redete mir, nachdem ich das kleine Bündel in seiner Obhut gelassen hatte, ein, meine Aufgabe damit erledigt zu haben. Ich hatte in meiner Nachbarschaft Plakate mit einem Bild des Streuners aufgehängt, und sollte sich jemand melden, wollte ich ihn an den Tierarzt verweisen. Aber es meldete sich keiner, und ein paar Wochen später bekam ich den Anruf, vor dem ich mich insgeheim gefürchtet hatte.

»Möchten Sie dem Tier nicht ein Zuhause geben?«, fragte mich der Tierarzt.

Ich wusste nicht, was ich darauf antworten sollte. Wenn Sie mich kennen würden, wüssten Sie, wie untypisch das für mich ist. Meine Mum sagt, die Redewendung »jemandem ein Ohr abkauen« sei für mich erfunden worden, und damit hat sie recht. Aber als der Tierarzt mich fragte, war ich sprachlos. Einerseits liebe ich Tiere, andererseits hatte ich mir geschworen, niemals eine Katze zu haben, weil es im Zuhause meiner Kindheit so viele davon gab, dass kaum Platz für mich blieb. Und obwohl George Interesse gezeigt hatte, war ich skeptisch, denn weil es ihm schwerfiel, Bindungen einzugehen, war uns mit Tieren bisher kein dauerhafter Erfolg beschieden gewesen. Für unseren Wellensittich Polly mussten wir ein neues Zuhause finden, weil sein Lärm George störte, und an Fluffy, dem Kaninchen, hatte er sehr schnell jegliches Interesse verloren. Dafür konnte er nichts. George baute einfach keine Beziehungen auf, wie das andere Kinder tun – sosehr ich auch wünschte, er würde es tun.

Da es schon ein Vollzeitjob war, mich um George zu kümmern, wollte ich mir also nicht noch etwas aufbürden. Aber da ich zögerte, schlug der Tierarzt vor, dem Kater doch wenigstens einen Besuch abzustatten.

»Er sieht traurig aus«, sagte er. »Ich glaube, er würde sich freuen, ein freundliches Gesicht zu sehen.«

Was sollte ich machen? Mein Herz siegte über meine Vernunft, und ich nahm George mit in die Praxis, wo wir eine vertraute Kugel aus schwarz-weißem Fell vorfanden, die zusammengerollt in einem Käfig lag. Ben erhob sich, als wir uns dem Käfig näherten, und da sah ich, dass er eine riesige rasierte Stelle am Bauch hatte und eine Halskrause um den Hals trug, damit er nicht an seine Wunden kam. Er sah noch hässlicher aus als zuvor, was George jedoch nicht im Geringsten zu stören schien, denn er kniete sich direkt vor den Käfig.

»Benny Boo!«, sagte er mit hoher, erwartungsvoll und aufgeregt klingender Stimme. So hatte ich ihn noch nie reden hören. »Fühlst du dich jetzt besser, Ben?«, fügte George hinzu. »Geht's dir gut?«

Wieder sprach er in einem Singsang, den ich nicht von ihm kannte, den der Kater aber mit einem Miauen erwiderte.

»Ich glaube, er mag dich«, sagte die Tierarzthelferin, die uns zu den Käfigen mit den kranken Tieren begleitet hatte, mit einem Lächeln.

Sofort verstummte George. Er wollte nicht mit anderen sprechen, und schon gar nicht mit Fremden, und er konnte Leuten, die ihn anzusprechen versuchten, auch nicht in die Augen schauen. Stattdessen schaute er schweigend an ihnen vorbei auf einen Punkt in der Ferne. Aber sobald die Frau sich mit etwas anderem beschäftigte und George wusste, dass er nicht mehr beobachtet wurde, beugte er sich wieder über den Käfig.

»Benny Boo!«, sagte er mit seiner hohen Stimme. »Tut dein Bauch dir weh?«

Er presste sein Gesicht dichter an die Gitterstäbe, und ich wollte schon einschreiten, weil ich mir sicher war, dass der

Kater seine Krallen ausfahren würde, wie er das immer getan hatte, wenn wir zu ihm in den Schuppen kamen. Aber ich hielt mich zurück, denn während Ben George würdevoll ansah, kam er langsam näher, um dann seinen Körper an den Gitterstäben des Käfigs zu reiben. Was war aus dem fauchenden, spuckenden Kater geworden, den wir so gut kannten? Ich glaubte, eine Erscheinung zu haben. Und glaubte gleich darauf Stimmen zu hören, als der Streuner zu einem kehligen, kontinuierlichen Schnurren anhob, wobei er sich im Takt zu den Worten bewegte, mit denen George ihn ansprach.

»Benny Boo, Benny Boo!«, sang mein Sohn. »Geht's dir gut jetzt? Geht's dir gut?«

Der Kater hielt schnuppernd seine Nase in die Luft, und George rückte noch ein wenig näher an ihn heran. Als sein Kopf auf gleicher Höhe wie der Bens war, schaute ihm dieser direkt in die Augen, und ich war mir sicher, dass George sich abwenden würde. Aber er wandte sich nicht ab. Anstatt an dem Kater vorbeizustarren oder den Kopf hängen zu lassen, hielt er dem Blick des Streuners stand. Die beiden unterbrachen ihren Blickkontakt keine Sekunde, während George sanft weiterredete.

Ich hielt den Atem an und beobachtete meinen Sohn wie unter Schock: George lächelte, als wäre es für ihn etwas ganz Alltägliches, mit Katzen zu reden, und Ben starrte ihn mit seinen grünen Augen an, worin ein Ausdruck lag, der sagte: Dich mag ich. Sein Blick war der einer alten Seele, die alles schon gesehen hatte und durch nichts mehr überrascht werden konnte.

Nun wusste ich, was ich zu tun hatte. Hatte ich eine Wahl? Hoffnung besteht immer, wie es so schön heißt. Ich wusste nicht, warum George den Kater mochte. Vielleicht war es nur die Gunst des Augenblicks, vielleicht lag es auch daran, dass er wusste, wie schwer die Welt sich damit tat, dieses merkwürdig aussehende Tier zu akzeptieren, genauso schwer wie mit ihm. Aber ich hatte etwas aufblitzen sehen, wonach ich mich gesehnt hatte, seit George auf der Welt war: Liebe. George zeigte einem anderen Wesen Liebe. Und der Kater schien seine Gefühle zu erwidern.

Das reichte mir. Meine einzige Hoffnung war damals die, dass Kater Ben George ein Freund werden könnte. Aber ich konnte nicht ahnen, dass er unser aller Leben für immer verändern würde – auf so vielfältige Weise, wie ich das nie für möglich gehalten hätte.

TEIL 1

Vor Ben

Kapitel 1

London ist eine Weltstadt, aber für jemanden, der dort geboren und aufgewachsen ist, kann sie auch recht klein sein. Abgesehen von den königlichen Palästen und Parks, den Wolkenkratzern und Museen, den roten Bussen, die hupend um die Ecke biegen, und den Fußgängern, die sich ihren Platz auf den geschäftigen Straßen erkämpfen, gibt es Orte, wo man seine Nachbarn kennt und wo sich die Straßen, durch die man schon in der Kindheit gelaufen ist, nicht allzu sehr verändern, bis man endlich erwachsen ist. In so einen Ort wurde ich hineingeboren – in einen von Londons westlichen Vororten namens Hounslow, wo sich Familien, die schon seit Generationen dort leben, mit anderen vermischt haben, die erst vor nicht allzu langer Zeit hergezogen sind, und wo jeder den anderen wenigstens vom Sehen kennt, wenn nicht sogar von einem Schwatz über den Gartenzaun.

London besteht also nicht nur aus den Gebäuden und Wolkenkratzern, die man von Postkarten kennt. Entfernt man sich nur wenige Kilometer vom Stadtzentrum, muss man sie mit der Lupe suchen. Man trifft auf ganze Straßenzüge voller Reihenhäuser, die sich den Platz mit Wohnsilos streitig machen, und neben Gegenden, die schick herausgeputzt werden, gibt es auch welche, die nicht so hübsch sind.

Hounslow, wo ich aufgewachsen bin, gehörte nicht gerade zu den vornehmen Orten, aber es war auch kein völlig heruntergekommenes Viertel. Wir wohnten in einer Siedlung aus den Dreißigerjahren in einer Doppelhaushälfte, deren andere Hälfte meine Großeltern Doris und George bewohnten. Ich kam 1973 zur Welt, im Jahrzehnt der ausgestellten Hosen, der Bee Gees und des Skateboardfahrens – wie in einem zeitgemäßen Austin-Powers-Film, aber echt – und hatte eine wahrhaft glückliche Kindheit, was nicht nur so dahergesagt ist.

Zu Hause waren wir zu sechst: meine Mum Carol, die sich um uns alle kümmerte, mein Dad Colin, der als Fahrer eines schwarzen Londoner Taxis unseren Lebensunterhalt bestritt, meine ältere Schwester Victoria und unsere jüngeren Brüder Colin und Andrew. Unter diesen Namen kannte man uns natürlich nicht. Victoria wurde Tor genannt, Colin war Boy, Andrew Nob (verrückt, ich weiß, habe aber keine Ahnung, woher er den hatte) und ich war Ju. Wir hinterfragten nie, warum wir nicht mit unseren richtigen Namen angesprochen wurden, denn wir hinterfragten gar nichts. Unser gemeinsames Leben war so bequem wie ein altes Paar Hausschuhe.

Damals war das Leben für uns Kinder anders, als es heutzutage ist. An den Wochenenden und während der Schulferien waren wir spätestens um neun Uhr morgens aus dem Haus und kehrten nur zurück, wenn wir Hunger hatten oder ein Pflaster auf ein aufgeschürftes Knie brauchten. Tor, Boy, Nob und ich spielten mit unseren Freunden in den Parkanlagen der Nachbarschaft, wo es immer jemanden gab, der ein Auge auf uns hatte. Den größten Ärger gab es für gewöhnlich, wenn man über einer Wasserschlacht in Streit geriet, und das tollste Geräusch des Tages war das Klingeln des

Eiscremewagens. An Feiertagen und in den Ferien lud mein Dad uns in sein Taxi und flitzte mit uns in die Stadt, wo er uns die Mall hochfuhr, damit wir die Wachablösung am Buckingham Palast verfolgen konnten, oder wir fuhren am Embankment runter zum Tower of London. An gewöhnlichen Tagen besuchten wir unsere Großeltern oder gingen in Mums Schrebergarten – ein Grundstück hinter den örtlichen Armeebaracken, wo sie unser ganzes Gemüse anbaute.

»Sollen wir eine Tasse Tee trinken?«, fragte Mum, nachdem sie stundenlang umgegraben und Unkraut gezupft hatte, und schenkte dann jedem von uns aus der Thermoskanne, die sie immer mitnahm, eine Tasse ein.

Lernen amerikanische Kinder schon früh, Milchshakes zu lieben, und französische Kinder ein wenig mit Wasser verdünnten Wein, so geht englischen Kindern das Bedürfnis nach Tee in Fleisch und Blut über, kaum dass sie der Wiege entwachsen sind. Nach Meinung meiner Eltern war Tee die Antwort auf jeglichen Rückschlag, den das Leben für einen bereithielt. Tee bekam ich als Kind im Schrebergarten, als ich davon träumte, den Schuppen so herzurichten, wie Calamity Jane das in einem der Lucky-Luke-Comics tat, und Tee bekam ich, als ich mit sechzehn die Schule verließ und wir uns alle fragten, was aus mir wohl werden würde. Ich war eine Schulversagerin, weil ich eine Tagträumerin war, und meine Lehrer waren nicht müde geworden, mir zu prophezeien, dass ich nicht weit kommen würde. Aber kurz bevor ich abging, machte ich ein Praktikum in einem Blumenladen, wo sich mir eine völlig neue Welt auftat: Mir gefiel die Arbeit, denn zur Abwechslung war ich einmal gut in etwas und bekam dafür fünfzehn Pfund am Tag.

Nach einem Gespräch bei einer Tasse Tee mit Mum und Dad beschloss ich also, dort in die Lehre zu gehen, und ein paar Jahre später gab es wieder Tee, als der Vikar unseres Viertels um meine Hand anhielt. Ich hatte ihn bei meiner Arbeit im Blumenladen kennengelernt, wo ich fast täglich mit Alan, dem örtlichen Bestatter, telefonierte, der wiederum fast genauso oft mit Harry, dem Vikar, Telefonkontakt hatte. Beerdigungen sind wie Hochzeiten ein wichtiges Geschäft für jeden Floristen, und Kränze wand ich besonders gern, denn ich tat das mit der Überlegung, dass ich den trauernden Familien half, sich angemessen zu verabschieden. Am Ende eines arbeitsreichen Tages traf ich mich meist mit Alan und Harry, die nicht viel älter waren als ich, und wir gingen zusammen aus.

»Seid ihr nicht die Floristin, der Bestatter und der Vikar?«, fragten uns die Leute.

Sie waren wirklich überrascht, dass drei Menschen, die sich dem traurigen Geschäft, den Toten einen würdigen Abschied zu bereiten, verschrieben hatten, auch Spaß haben konnten. Ein paar Mal entdeckte man uns sogar in der örtlichen Disco, und wir mussten jedes Mal lachen, wenn den Leuten vor Überraschung der Mund offen stehen blieb.

Je besser ich Harry kennenlernte, desto mehr mochte ich ihn. Er war freundlich und aufmerksam und hieß jeden vorurteilsfrei in dem von ihm geleiteten Jugendklub willkommen, wo ich ehrenamtlich mithalf. Er hatte für jeden alle Zeit der Welt – Tag und Nacht –, und das gefiel mir.

Das Problem war nur, dass es mich völlig unvorbereitet traf, als er bei meinem Vater um meine Hand anhielt. Ich dachte, Harry käme einfach so zum Tee vorbei, aber der einzige Grund seines Besuchs war es, diese Frage loszuwerden.

Ich war jung, gerade mal zwanzig damals, und fassungslos. Immer hatte ich von einem Leben geträumt, wie meine Eltern es führten, aber dazu war ich noch nicht bereit. Ich brach in Tränen aus, als Harry mit Dad sprach – ich wollte mein liebevolles, bequemes Zuhause noch nicht verlassen. Die meisten meiner Freunde lebten noch bei ihren Eltern, und es gefiel mir so, wie es war.

»Lass uns ein Tässchen trinken, Ju«, sagte mein Dad, nachdem Harry gegangen war.

Da ich zu weinen begonnen hatte, war der Vikar mit der Botschaft entlassen worden, dass ich möglicherweise noch nicht bereit war, seine Frau zu werden, aber ich war nicht die Einzige, die sein Heiratsantrag überrascht hatte. Dad hatte laut gelacht, als Harry mit ihm sprach, und ich denke, er war beinahe so überrascht wie ich, dass jemand annehmen konnte, ich sei bereit für die Ehe, denn ich war noch so jung und verrückt. Doch als ich den heißen süßen Tee trank, überlegte ich einen Moment lang, ob ich nicht einen schrecklichen Fehler beging, Harry abzuweisen, denn er war so ein guter Mensch.

Doch diese Überlegung war nicht von langer Dauer, denn damals machte ich mir eigentlich über so gut wie nichts allzu viele Gedanken. Ich baute einfach darauf, dass alles schon so laufen würde, wie ich mir das vorstellte; dass irgendwann ein anderer ehrbarer Mann käme, der um meine Hand anhielt. Ich zweifelte niemals daran, dass ich eines Tages mit meinem Märchenprinzen glücklich werden würde. In welcher Traumwelt ich damals lebte, verdeutlicht wohl am besten meine Reaktion an dem Tag, als ich zur Arbeit kam – ich hatte inzwischen zu einem Floristen in Mayfair gewechselt, dem vornehmsten Viertel von London – und erfahren musste, dass sie gerade erst Blumen für Michael Jackson in ein nahe gelegenes Hotel geliefert hatten. Er war mein Idol, und ich war am Boden zerstört, dass ich ihn verpasst hatte. Wie gesagt, ich merkte gar nicht, wie gut ich es hatte.

Dann kam der Nachmittag, an dem Mum und Dad wieder eine Kanne Tee kochen mussten, denn ich unterbreitete ihnen, dass ich unerwartet schwanger geworden war. Ich war zweiundzwanzig und eine Weile mit einem jungen Mann namens Howard aus dem Viertel gegangen. Da man mir gesagt hatte, ich habe polyzystische Eierstöcke und werde Schwierigkeiten haben, schwanger zu werden, war ich – Sie ahnen es – naiv in puncto Empfängnisverhütung.

»Lass uns ein Tässchen trinken«, sagte Dad, und wir setzten uns zusammen, ich in Tränen aufgelöst.

Meine Eltern sahen mich streng an. In unserer Erziehung hatte es Regeln gegeben, und ich wusste, dass sie enttäuscht waren.

»Was wirst du machen, Julia?«, fragte Mum.

»Ich weiß es nicht«, jammerte ich in meinen Tee.

Aber eigentlich wusste ich es, wusste, dass ich mein Baby bekommen würde, obwohl Howard verständlicherweise ziemlich entsetzt war. Mochte es auch nicht ganz so gelaufen sein wie geplant, so gehörte dieses Baby doch mir, und ich wollte ihm eine gute Mutter sein. Howard versuchte, mir gerecht zu werden, ich zog sogar bei ihm ein, um auszuprobieren, ob wir einen ernsthaften Versuch des Zusammenlebens unternehmen konnten. Aber sechs Wochen später rief ich zu Hause an und bat Dad, zu kommen und mich abzuholen, da weder Howard noch ich uns wohlfühlten. Im Taxi brach ich erneut in Tränen aus – ich hatte das Gefühl, alle zu enttäuschen.

Zu Hause angekommen rannte ich hoch in mein Zimmer und sah, sobald ich die Tür aufmachte, dass man es für mich hergerichtet hatte. Der untere Teil der Wände war mit weiß gestrichenen Holzpaneelen verkleidet worden, darüber ein Tapetenfries mit Rosenmuster. Früher hatte ich mir diesen Raum mit meiner Schwester Tor geteilt, jetzt stand ein Kinderbettchen darin. Ich konnte gar nicht mehr aufhören zu weinen.

»Komm, Ju«, sagte Dad und umarmte mich. »Trockne deine Tränen und komm mit nach unten. Mum hat schon den Kessel aufgesetzt.«

Ich glaube, die meisten Frauen, die zum ersten Mal Mutter werden, haben eine Traumvorstellung davon, wie das sein wird, aber meine war nicht nur rosarot. Meine war kirschrot. Während ich immer dicker und dicker wurde, träumte ich von einem kleinen Mädchen mit großen blauen Augen und blonden Locken, wie ich sie als Kind gehabt hatte. Wohin ich auch ging, immer schaute ich neugierig die Babys in ihren Kinderwagen an und überlegte dabei, welche hübschen Kleider ich meinem anziehen würde. Ich liebte ihren Geruch, ihr Lächeln, die Grübchen ihrer Wangen, einfach alles an ihnen.

Als George geboren wurde, entsprach er in keiner Weise meinen Erwartungen. Er schrie vom ersten Moment an, als er die Welt erblickte. Weil er Mekonium geschluckt hatte, musste die Krankenschwester ihn direkt nach der Geburt zur Untersuchung wegbringen, und seine Schreie hallten durchs ganze Krankenhaus. Dass sein Kopf auf seinem Weg durch den Geburtskanal verformt worden war, machte mir darüber hinaus Sorgen. In meiner Vorstellung kamen die Babys hübsch und lächelnd auf die Welt und dufteten nach Talkumpuder.

Als man mir George ein paar Minuten später zurückbrachte, schlugen die Schwestern vor, ihm ein Fläschchen mit Wasser zu geben, und Mum nahm das Baby, weil ich noch so geschwächt war, dass ich mir nicht zutraute, ihn zu halten. Aber in ihren Armen schrie George einfach weiter, es war ganz offensichtlich, welche Mühe sie hatte, ihn zu füttern. Und ich fragte mich, wie ich das jemals schaffen sollte, wenn Mum es schon nicht konnte. Nach vier Kindern war sie immerhin Expertin darin.

»Das lernt er schon noch«, sagte Mum lächelnd, den in seine Decke gewickelten George betrachtend. Sein Gesicht war vom Weinen rot und fleckig. »Diese Dinge brauchen Zeit, aber das gibt sich alles ganz natürlich. Keine Sorge, Ju.«

Damals wusste ich das natürlich noch nicht, aber genau diese Worte bekam ich im Laufe der kommenden Wochen, Monate und Jahre immer und immer wieder zu hören. Mum meinte es einfach nur gut, aber ihrer war der erste von tausend Versuchen, eine Erklärung für Georges Verhalten zu finden.

»Seine Hüften sind ein wenig steif, deshalb fühlt er sich vielleicht unwohl, das braucht Zeit«, meinte eine der Krankenschwestern, als er auch in den Tagen nach seiner Geburt weiter schrie.

»Es war eine schwere Geburt, deshalb braucht er Zeit, sich zu sammeln«, erklärte mir eine andere.

Ich wäre heute eine reiche Frau, wenn ich für jedes Mal, da ich die Worte »er braucht Zeit« hörte, ein Pfund bekommen hätte. Damals glaubte ich, was man mir sagte, und war mir sicher, George würde ruhiger werden, wenn wir erst mal zu Hause waren. Ich hatte viele Bücher gelesen und wusste, dass einige Babys Zeit brauchen, um sich ans Leben anzupassen. Ich war überzeugt davon, dass er sich schon beruhigen würde, wenn er von Liebe und Wärme umgeben war und nicht mehr von der klinischen Krankenhausatmosphäre.

Aber auch daheim in Hounslow wollte sich diese Wirkung nicht einstellen, egal, ob ich George warm badete, ihn in den Kinderwagen legte, um diesen dann im Garten auf und ab zu schieben, ihn mir über die Schulter oder auf den Bauch legte oder ihn in der Wippe schaukelte.

Ich liebte George vom ersten Augenblick an und wollte für ihn nur das Beste. Er war mein Baby, ein winziges, wehrloses Wesen, das ich hervorgebracht hatte und für das ich die Verantwortung trug, ein Teil von mir, für dessen Liebe und Schutz ich alles zu tun bereit war. Aber als aus den Tagen Wochen wurden, kam es mir so vor, als würde er die Liebe und Fürsorge, die ich ihm zu geben hatte, gar nicht wollen. Dies über ein Neugeborenes zu sagen, mag sich albern anhören, aber George schrie nur noch lauter, wenn ich in seine Nähe kam, und das war mir unverständlich, denn ich war immer davon ausgegangen, dass Babys liebkost werden wollten.

Als die Hebamme vorbeischaute, meinte sie, ich sollte mit ihm zum Arzt gehen. Dieser verwies mich an das örtliche Krankenhaus, wo man mir sagte, dass George womöglich an Verstopfung litt, und Medikamente mitgab. Aber er hörte noch immer nicht zu schreien auf. Dann meinte die Hebamme, dass Massagen helfen könnten, aber George wurde sofort steif, wenn ich ihn berührte, als würden meine Hände auf seiner Haut brennen. Später hob er jedes Mal, wenn ich

Hautkontakt zu ihm aufnahm, den Kopf und zuckte zusammen. Dasselbe passierte, wenn ich ihn durch Schaukeln oder indem ich ihn an meine Brust legte, zu beruhigen versuchte. Er wollte mir nicht nah sein und schrie Tag und Nacht.

Und jeden Tag redete ich mir ein, dass es bestimmt besser werden würde, aber dem war nicht so. Ich hängte ein Mobile über Georges Bettchen, weil ich davon ausging, dass ihm die bunten Farben gefielen, aber er stierte daran vorbei. Ich wedelte mit bunten Spielsachen vor seinem Gesicht, aber er wandte sich weinend ab. Das Schlimmste war seine Schlaflosigkeit, denn außer einem Nickerchen von höchstens einer halben Stunde war er Tag und Nacht wach.

Ich sah es meiner freundlichen Hebamme an, dass sie mich für ungeduldig hielt, als ich ihr sagte, dass er nicht zur Ruhe käme.

»Alle Babys schlafen«, sagte sie. »Sie brauchen das.«

Aber George schien es nicht zu brauchen.

»Irgendwann muss er mal einschlafen«, pflegte Mum zu sagen. »Er ist gefüttert, er hat es warm, und er ist frisch gewickelt. Er wird schon einschlafen.«

Aber Georges Schreie hallten jede Nacht durchs Haus, während die anderen zu schlafen versuchten. In unserem Haus gab es vier Schlafzimmer: Tor belegte das eine, Nob das andere, und sie mussten beide jeden Morgen zur Arbeit aufstehen. Das dritte Zimmer belegten George und ich, und im letzten schliefen Mum und Dad zusammen mit meinem Neffen Lewis, der dreieinhalb war. Mein Bruder Boy und seine Freundin Sandra hatten Lewis bekommen, als sie beide noch Teenager und viel zu jung waren, um sich um ein Frühchen zu kümmern, das mit zweiundzwanzig Wochen zur Welt kam und gerade mal zweieinhalb Pfund wog. Lewis war während seiner ersten paar Stunden im Krankenhaus getauft worden, weil die Ärzte nicht glaubten, dass er überlebte, aber er tat es. Neun Monate später kam er nach Hause, wo Mum und Dad sich um ihn kümmerten, weil er noch immer so schlimme Lungenprobleme hatte, dass er ständig Sauerstoff benötigte. Und deshalb schlief er auch jetzt noch bei ihnen im Zimmer – jede Stunde musste jemand nach ihm sehen. Georges Schreie jedoch bedeuteten, dass keiner mehr Schlaf fand, und es ist eine Sache, ein unglückliches Baby zu beruhigen, eine andere, sich auch noch wegen all der anderen Sorgen zu machen. Also blieb ich auch tagsüber immer häufiger mit ihm auf meinem Zimmer. Ich dachte, dass die anderen wenigstens ein bisschen aufatmen konnten, wenn zwischen ihnen und Georges Schreien ein paar Wände waren.

»Mach dir deswegen keine Gedanken, Ju«, sagte mein Dad eines Tages, als er die Tür öffnete und mich das Baby aufnehmen sah, das sich dabei sofort steif machte und rot anlief. »Es wird alles gut werden. Das wächst sich alles aus.«

An manchen Tagen, wenn meine Mum sah, dass ich mit meinen Nerven am Ende war, setzte sie Lewis in den Kindersitz ihres Autos, während ich George auf der anderen Seite in seinem Maxi-Cosi anschnallte, und wir fuhren los in der Hoffnung, dass die rhythmische Bewegung ihn einlullte. Hounslow liegt nur wenige Kilometer vom Richmond Park entfernt, einem großen grünen Areal, wohin Charles I. seinen Hof verlagert hatte, um der Pest zu entgehen. Es ist ein wunderschöner Ort, und wir waren dort früher oft zum Picknicken oder Spazierengehen gewesen, weshalb ich ihn mit vielen glücklichen Erinnerungen verband. Aber diese schienen alle zu verblassen, wenn wir mit dem schreienden George hindurchfuhren.

»Er beruhigt sich schon«, tröstete Mum mich. »Manche Babys brauchen einfach eine gewisse Zeit, um sich einzuleben. Es kann nur besser werden.«

Doch ich begann mich zu fragen, ob das jemals der Fall sein würde.

Kapitel 2

Selbst wenn man von fünfundachtzig Pfund in der Woche leben muss, kann man sich eine Dose Farbe leisten, und die kaufte ich mir, um die Räume etwas fröhlicher zu gestalten, als ich mit George meine eigene Wohnung bezog. Ich war bei meinen Eltern ausgezogen, weil Familien ein wenig an Ballons erinnern, die sich immer weiter ausdehnen, damit für alle Platz ist, bis irgendwann zu viel Druck darin ist, der sie platzen lässt. Ich wusste, welchen Stress George für alle bedeutete, die ich liebte, auch wenn sie mir das niemals sagten. Und so beschloss ich, als er sechs Monate alt war, mich auf der Liste für Sozialwohnungen einzutragen.

Außerdem musste meine Mum sich jetzt nicht nur um Lewis kümmern. Mein Dad war an rheumatischer Arthritis erkrankt, als ich noch ein Teenager war. Damals hatte ich nicht gewusst, wie sehr diese Krankheit sein Leben beeinträchtigte, denn meine Eltern sprachen vor uns nie über ihre Probleme. Ich hielt das Leben immer für perfekt, wenn ich auf dem Sofa saß und mir Superman ansah. Aber als ich älter wurde, fiel selbst mir auf, wie sehr Dad litt. Er arbeitete schon nicht mehr Vollzeit, als ich schwanger wurde, und brauchte starke Steroidinjektionen, um den Schmerz so im Zaum zu halten, dass er wenigstens ein paar Pfund mit seinem Taxi verdienen konnte. Doch auch damit war Schluss, als ich George nach Hause brachte. Dads Hände hatten sich wie Klauen zusammengezogen, sein Rücken war krumm, und er benötigte zum Gehen einen Stock.

Ich musste mir eine Bleibe suchen, sosehr mir die Vorstellung, als alleinerziehende Mutter von Almosen zu leben, auch verhasst war. Im Januar 1997 bekam ich die Schlüssel zu einem Haus mit zwei Schlafzimmern in einer Siedlung, die ein paar Kilometer weit entfernt lag. Mit einem Kinderwagen, einem Bett, einem Kühlschrank und einem Herd von meinen Eltern, sowie einem blauen Cordsofa zog ich ein. Zu meiner Freude war das Haus gepflegt. Der alte Mann namens Bob, der hier bis zu seinem Tod gelebt hatte, hatte es gut in Schuss gehalten, und ich hörte von meinen Nachbarn mehr als einmal, dass er mich heimsuchen würde, wenn ich seine Holzverkleidungen nicht gut pflegte. Aber auch Bobs Ordentlichkeit täuschte nicht darüber hinweg, dass das Haus nackte Betonböden hatte und man in den dunklen Zimmern Champignons hätte züchten können.

Ich wusste, was Mum und Dad durch den Kopf ging, als sie mich absetzten: So traurig sie auch waren, mich weggehen zu sehen, ich war erwachsen und hatte mich entschieden. Und damit musste ich jetzt klarkommen. Sie hatten natürlich recht, und doch wäre ich ihnen am liebsten hinterhergelaufen, als sie wegfuhren, um sie anzuflehen, mich wieder mit nach Hause zu nehmen. Es fiel mir schwer, die Realität anzuerkennen, denn dies war eine Welt, die von all meinen früheren Träumen unendlich weit entfernt war.

Der Dunkelheit in unserem Haus konnte ich durch Farbe entgegenwirken. Mochte Bob auch alles in Schuss gehalten haben, so konnte ich doch seine Vorliebe für magnolienfarbene Wände nicht teilen. Und mithilfe meiner Familie strich ich das Wohnzimmer gelb, die Flure hellgrün und mein Schlafzimmer rosa. An die Tapeten mit ihren großen blauen psychedelischen Blüten im hinteren Schlafzimmer traute ich mich jedoch nicht. Sie waren so alt und vermutlich wertvoll. Ich hätte sie bestimmt hundertmal überstreichen müssen, und die Aussicht, in diesem Raum gefangen zu sein, während ich ihn veränderte, machte mir Angst.

Der neue Farbanstrich im Rest der Wohnung hob meine Stimmung jedoch erheblich, genauso wie die Tatsache, dass Howard und seine Mum, Zena, in der Nähe wohnten. Obwohl Howard und ich nicht mehr zusammen waren, sollte George seinen Vater und seine Nanny Zena kennen, und wir besuchten die beiden häufig. Ich schaute auch täglich bei Mum und Dad vorbei, weil ich froh um jede Gesellschaft war. Aber obwohl ich mich mit Leuten traf und versuchte, das Beste daraus zu machen, wurde das Leben mit George nicht einfacher. Wenn ich heute zurückblicke, wird mir klar, dass ich in den ersten Monaten, die ich mit ihm allein verbrachte, lernte, meine Befürchtungen zu verbergen. Man kann schließlich nicht immer stöhnen und in Tränen ausbrechen, sobald einen die Leute fragen, wie's einem geht. Ich hätte ihnen sagen können, dass mein Leben ein Albtraum war: Ich lebte allein mit einem Baby, das tagaus, tagein schrie und das mir bisweilen das Gefühl gab, ein Besucher zu sein, den ich nicht zufriedenstellen konnte, und nicht mein eigenes Kind. Aber was hätte das gebracht?

Außerdem war ich mir sicher, dass der Grund für Georges Unglücklichsein in dem Chaos zu suchen war, das ich verbreitete. Schließlich sah ich selbst, dass andere Frauen ihren Job viel besser hinbekamen. Wenn ich beobachtete, wie ihre Babys sie anlächelten und brabbelten, sehnte ich mich danach, George würde dasselbe tun. Aber er wollte nicht, dass man mit der Rassel klapperte oder ihn knuddelte. Und die Antwort des Arztes auf meine Fragen war immer dieselbe.

»Er ist Ihr erstes Kind«, hieß es. »Machen Sie sich nicht so viele Gedanken, Julia. Sie sind eine tolle Mutter. Entspannen Sie sich einfach, dann wird es auch das Baby tun.«

Nachdem ich mir hundert Mal hatte anhören müssen, dass ich mir unnötig Sorgen machte, brachte ich die Stimme in mir, die sagte, dass was nicht stimmte, zum Schweigen. Es ist schon erstaunlich, dass man sich so in die eigene Tasche lügen kann. Wenn ich abends versuchte, George zum Einschlafen zu bewegen, wohl wissend, dass es Stunden dauerte, bis er so weit war, redete ich mir ein, dass am nächsten Tag alles besser würde. Und wenn ich dann morgens aufwachte und zu weinen anfing, gelobte ich mir, dass ich nur noch diesen Tag durchstehen musste, weil am kommenden Tag alles anders wäre. Scarlett O'Hara war nichts im Vergleich zu mir, als sie für Tara im Dreck wühlte.

Manchmal jedoch, wenn George tagelang geschrien hatte, war ich dem Zusammenbruch so nah, dass ich ihn oben im Schlafzimmer schreien ließ. Ich schloss die Tür und ging nach unten, um von dem Lärm wegzukommen, immer geplagt von Gewissensbissen, weil ich George nicht die Fröhlichkeit bieten konnte, mit der ich groß geworden war. Denn natürlich ließ sein Leben sich nicht mit meinem damals vergleichen – er war allein mit seiner Mum, sein Dad wohnte ein Stück die Straße runter. Und ich verstand seine Schreie als Vorwurf. Aber dann ging ich wieder nach oben und betrachtete George in seinem Bettchen, dieses kleine, vollkommene Wesen mit seinen runden Pausbacken und den blonden Haaren, und fragte mich, was ich für eine Mutter war.

Mit der Zeit schloss ich uns Stück für Stück weg, indem

ich sowohl George als auch mich vor der Welt versteckte, sodass unser Haus langsam zum Gefängnis wurde.

Die Siedlung, in der wir wohnten, trug nicht gerade dazu bei, meine Stimmung zu heben. Es gibt überall Gutes und Schlechtes, sowohl in den Hügeln von Hollywood als auch in den Slums von Indien, aber der Ort, an dem ich damals lebte, war viel schlechter, als ich es gewohnt war. In der Nacht hörte man Schreie von Streitenden und Schlägereien von Betrunkenen. Oder es klopfte an der Tür, weil einer aus der Schar von Männern, die sich eine meiner Nachbarinnen stundenweise mieteten, unser Haus für ihres hielten. Die graue Betonsiedlung erinnerte an ein Gefängnis, das einige der Bewohner hier bereits aus eigener Erfahrung kannten.

Erst hier bekam ich mit, wie sehr manches Leben von Drogen bestimmt wird. Ich hatte noch nicht einmal eine Zigarette in der Hand gehalten, sah jetzt aber Menschen, die mit leerem und verzweifeltem Blick durch die Welt liefen. Es verging fast kein Tag, an dem nicht jemand klopfte, um mir, wenn ich die Tür aufmachte, Faltencreme oder Babykleidung oder sonst etwas Gestohlenes anzubieten, in der Hoffnung, es versilbern und sich davon einen Schuss kaufen zu können.

Inmitten all dieser Probleme fühlte ich mich äußerst unwohl und nutzte deshalb sechs Monate nach unserem Einzug die Chance, unser Haus gegen eine Wohnung im zweiten Stock in einem anderen Block zu tauschen. Was machte es schon, dass die Zimmerdecken nikotinfleckig waren und die Eingangstür sich nicht abschließen ließ? Ich konnte vor unseren Fenstern blauen Himmel sehen und schloss auch schon bald meine erste Freundschaft in der Siedlung – mit einer Frau namens Jane, die sich mir eines Tages vorstellte, nachdem mein Dad, vollgepumpt mit genügend Steroiden, um ein Pferd zu schlachten, mit Nobs Hilfe eine neue Eingangstür eingesetzt hatte.

»Reagieren Sie abends am besten gar nicht, wenn es klingelt«, sagte Jane mir, als wir bei einem Tee zusammensaßen. »Bleiben Sie am besten für sich, dann kann Ihnen gar nichts passieren.«

Jane war groß und schlank, und wenn ich sie traf, war sie immer perfekt geschminkt und trug hohe Stilettos, als würde sie gleich in einer Limousine zu Harvey Nichols davonrauschen, anstatt die Hauptstraße von Hounslow hochzulaufen und einzukaufen. Es schien ihr Freude zu machen, sich ein wenig um mich zu kümmern, ihr Freund Martin war genauso nett. Manchmal tauchte er an unserer Tür auf und gab mir ein Stück gekochten Schweinskopf, das ich schweren Herzens entgegennahm, weil ich es nicht über mich brachte, Martin zu erzählen, dass ich Vegetarierin war. Aber so waren die beiden: freundlich und großzügig, gute Nachbarn, die ein Auge auf mich hatten und mir auf alle erdenkliche Weise halfen. Na gut, ich merkte ziemlich schnell, dass ihnen die Designerdroge Diamond White zusagte, aber das kümmerte mich nicht, denn mir stand kein Urteil zu. Als alleinerziehende Mutter in einer Sozialwohnung ohne einen Penny eigenes Geld stand Hochnäsigkeit mir wohl kaum gut zu Gesicht.

So verging die Zeit, und George war mittlerweile zwei Jahre alt.

»Sieh dir die beiden an, Ju«, sagte Mum bei einem unserer täglichen Besuche im Haus meiner Eltern mit einem Lächeln. Lewis und George saßen vor dem Fernseher und schauten *Tots TV*, wie sie das oft taten, denn keiner von beiden konnte genug kriegen von den drei Lumpenpuppen namens Tilly, Tom und Tiny. »Er ist doch ein guter Junge, nicht wahr, Liebes?«, fügte sie hinzu.

George stand auf, um Lewis zu folgen, als dieser nach der Sendung aus dem Zimmer ging. Er hatte kurz nach seinem ersten Geburtstag ganz normal zu laufen und zu krabbeln begonnen. Jetzt, nach einem weiteren Jahr, folgte er Lewis wie ein Schatten, und meine Eltern versuchten immer noch, mir Mut zu machen, was seine Entwicklung betraf. Ich sagte nicht viel dazu. Ich wusste, dass alle es gut meinten, aber ich war mir inzwischen sicher, dass meine Probleme mit George nicht einfach nur etwas mit mir zu tun hatten. Denn obwohl ich mit allen Mitteln versuchte, ihn glücklich zu machen, war es, als würde ich mit einem Fremden zusammenleben. Er konnte im Bruchteil einer Sekunde von fröhlich auf wütend umschalten, und da nützte es nichts, dass alle sich Mühe gaben, so zu tun, als würden für George normale Regeln gelten, denn ich wusste, dass dem nicht so war.

Das Schlafen war weiter ein besonderes Problem. George lag nachts stundenlang in seinem Bettchen wach und brabbelte in einem Singsang von Worten vor sich hin. Sobald er gelernt hatte, wie er herausklettern konnte, stand er auf und schrie, ohne aufzuhören, wenn ich ihn wieder hinzulegen versuchte, was sich alle paar Minuten wiederholte. Nicht dass ich Angst vor seinen Wutausbrüchen gehabt hätte oder keine Regeln aufstellen wollte. Der Ausdruck in Georges Augen sagte mir jedoch, dass er gar nicht begriff, was ich ihm beizubringen versuchte. Also blieb mir keine andere Wahl, als ihn durch die Wohnung zockeln zu lassen, bis er endlich in einen erschöpften Schlaf fiel. Wir dürften ein paar Marathons in unserer winzigen Wohnung gelaufen sein.

»Buzz Lightyear, Buzz Lightyear, Buzz Lightyear«, sagte er immer und immer wieder, denn diese beiden gehörten zu der Handvoll von Wörtern, die er jetzt zusammen mit »Dad«, »Mum« oder »Batman« benutzte.

»Das kann einfach nicht sein«, erwiderte der Arzt jedes Mal, wenn ich ihn aufsuchte, fast ohne mich dabei anzusehen. »Jeder braucht Schlaf – vor allem Kinder.«

»Aber George braucht keinen.«

Der Arzt betrachtete mich mit einem kleinen Lächeln. »Sie werden wohl selbst eingeschlafen sein, Julia, und haben gar nicht gemerkt, dass auch George schlief.«

Ich wusste, dass es nicht so war, aber ich lernte, den Mund zu halten, und stellte keine Fragen mehr. Sobald etwas Neues auftrat und ich sichergehen wollte, dass George kein offenkundiges Gesundheitsproblem hatte, brachte ich ihn allerdings wieder zum Arzt. Schließlich war ich dazu erzogen worden, Ärzten zu vertrauen, und alle redeten mir ein, dass sein Verhalten etwas mit mir zu tun hatte.

Deshalb unternahm ich auch alles, was in meinen Möglichkeiten lag, um unser Leben zu verbessern. Ich meldete mich für die Taxiprüfung The Knowledge an, die Voraussetzung dafür ist, eine Lizenz als Londoner Taxifahrer zu erwerben. Ich wollte wieder arbeiten und für George sorgen, und so büffelte ich, ermuntert von Dad, jede freie Minute.

»Taxifahrerin wäre der perfekte Job für dich, Ju«, sagte er mir. »Du kannst arbeiten, wie es dir passt, genauso wie ich das getan habe.«

Aber wie viele andere Dinge im Leben war das Lernen für eine Taxifahrerlaubnis leichter gesagt als getan. Sich mit Autofahren den Lebensunterhalt zu verdienen, mochte sich simpel anhören, aber wenn man Fahrgäste in der Londoner Innenstadt abholen wollte, musste man sämtliche Straßen innerhalb eines Radius von zehn Kilometern um die Charing Cross Station in der Nähe des Trafalgar Square auswendig kennen – und das sind fünfundzwanzigtausend. Die Vorbereitung auf die Prüfung ist so hart, dass bewiesenermaßen das Gehirn daran wächst, aber es genügt nicht, sämtliche Straßen zu kennen. Man muss auch über sogenannte Runs Bescheid wissen. Das sind die vorgegebenen Routen, die einen von A nach B bringen – Straßenlisten, so lang, dass sie ganze Bücher füllen. Ich war mir nicht sicher, ob das alles in meinem Gehirn Platz hatte, und das andere Problem war, dass ich es hasste, durch Zentrallondon zu fahren.

»Schneller, Ju, schneller«, rief Dad, als ich mit ihm in seinem alten silbernen Mustang die Great West Street entlangfuhr.

Aber sobald ich mit meinem Fuß aufs Gaspedal drückte und spürte, wie der schwere alte Wagen fast abhob, drosselte ich das Tempo schon wieder vor Angst. Ich war zu langsam für die Innenstadt von London, also beschloss ich, mich auf eine Vorortlizenz zu bewerben, die es mir erlaubte, Fahrgäste in den Vororten, wozu auch Hounslow gehörte, zu transportieren. Dazu musste ich immer noch Tausende von Straßen auswendig lernen, doch nachdem ich die Genehmigung hatte, begann ich, mich zu Hause mit George darauf vorzubereiten. Ich setzte ihn in einen Wippstuhl, breitete um mich herum die Straßenkarten aus und versuchte, mir die Straßen und die Runs einzuprägen, während er sich in Schreikrämpfen austobte.

»Friedhof von New Brentford zum Bahnhof Hounslow«, murmelte ich vor mich hin. »Links Sutton Lane, geradeaus Wellington Road, links Staines Road, rechts Hibernia Road, links Hanworth Road, rechts Heath Road, rechts Whitton Road, links an der Station Road anhalten. Sie haben Ihr Ziel erreicht.«

Das war noch eine leichte Strecke, bei manchen Runs gab es fünfzig Straßen zu berücksichtigen. Aber seltsamerweise kam ich besser mit George zurecht, seitdem ich mich auf etwas anderes konzentrieren musste. Ich kümmerte mich darum, dass seine Windel trocken war, er es warm hatte und er satt war, wobei er immer noch schrie. Doch wenn ich in sein winziges rotes Gesicht sah, sagte ich mir jedes Mal, dass meine Taxilizenz uns helfen würde, uns aus diesem Leben herauszuführen. Wenn ich die Prüfung bestand und zu arbeiten anfing, würde ich genug verdienen, um es besser zu haben. Das musste ich irgendwie für George schaffen, denn je älter er wurde, desto ungewöhnlicher wurde sein Verhalten: Wenn jemand unerwartet in der Wohnung auftauchte, rollte er sich zu einer Kugel zusammen und begann zu schaukeln; wenn wir draußen waren, schlug er seinen Kopf so heftig gegen die Seiten des Buggys, dass ich das Gestänge mit weichen Tüchern abdecken musste, die er sich dann übers Gesicht zog, um sich dahinter zu verstecken. Ich war sogar dazu übergegangen, meine Supermarkteinkäufe nachts zu erledigen, weil dann weniger Menschen unterwegs waren, die George aufregten.

Man weiß nie, wozu man fähig ist, bis man auf die Probe gestellt wird. Ich wusste nur, dass George nur dann annähernd glücklich war, wenn die Dinge ihre ganz spezielle Ordnung hatten, weshalb ich ihm auch gab, was er brauchte, wie das jede Mutter tun würde. Noch immer waren seine Emotionen wie ein Dampfkessel, den er nicht kontrollieren konnte, und ich musste ihn davor schützen, denn sonst bestand Gefahr, dass er sich selbst verletzte – sich in den Arm biss, bis Blut kam, sich die Haare ausriss, bis seine Kopfhaut wund war. Auch als George schon laufen konnte, trug ich ihn noch viel herum, weil immer Verletzungsgefahr bestand.

An manchen Tagen hatte ich das Gefühl, als würden wir beide ertrinken, und ich hielt nur durch, weil ich wusste, dass der Moment kam, da ich mich an Georges kleinen Körper schmiegen konnte, wenn er endlich eingeschlafen war – die Ruhe nach dem Sturm. Es war die größtmögliche Nähe, und wenn ich dann sanft eine kleine Haarlocke an seiner Stirn um meinen Finger wickelte, betrachtete ich George, der so friedlich dalag, und wünschte, ich könnte einen Weg finden, ihm auch im Wachzustand dieses Gefühl zu geben. Für ihn schien das Leben eine Qual zu sein, und das ist wohl mit das Schlimmste, was eine Mutter erleben kann.

Jetzt, im Wohnzimmer meiner Eltern, verfolgte ich, wie Lewis zurück ins Zimmer kam, dabei den langen Schlauch hinter sich herschleifend, der ihm noch immer Sauerstoff über eine Nasenbrille zuführte. Sie war verrutscht, und als Lewis sich zum Spielen hinsetzte, kniete George nieder und brachte sie sanft wieder in Position. Das war etwas, was er oft bei Lewis tat, und jedes Mal, wenn ich ihn dabei beobachtete, wusste ich, dass George Liebe in sich trug.

»Ich muss ihm noch die Windel wechseln, bevor wir aufbrechen«, sagte ich zu Mum, als ich vom Sofa aufstand.

Ich ging hinüber zu George und atmete tief durch, bevor ich ihn hochhob, denn ich wusste, dass mir nur der Bruchteil einer Sekunde blieb, bevor er zu schreien anfing. Während ich ihn zur Wickelmatte trug, die ich auf dem Boden ausgebreitet hatte, begann er sich in meinen Armen zu winden und zu drehen. Er trat und biss und brüllte vor Wut, als ich ihn niederlegte. Ich musste mit einem Arm seine Brust niederdrücken und mit meiner freien Hand seine Windel wechseln. Georges Gesicht war hellrot vor Zorn, aber ich sah ihn nicht an und versuchte ihn weder durch Worte noch Grimassen zum Lachen zu bringen. Wenn ich das tat, wurde alles nur noch schlimmer, weil George jeglicher Augenkontakt zuwider war. Das war eins der Dinge, die ich lernen musste: Keiner vermochte ihn mit einem freundlichen Blick zu trösten – nicht einmal ich.

Das erste Jahr in der neuen Wohnung ging in das zweite über, und ich büffelte weiter für The Knowledge. Denken Sie jetzt bloß nicht, es dauerte so lang, weil ich dumm bin. Ich gehörte in der Schule zwar nicht zu den Besten, aber um die Prüfung für eine Taxilizenz in London zu bestehen, brauchen die meisten Leute mehrere Jahre, und ich war keine Ausnahme. Es war meinem Vater gelungen, ein altes Taxi für mich aufzutreiben, damit ich üben konnte, anstatt wie die meisten anderen auf einem Moped herumzukurven, und so kam ich ein paar Mal in der Woche raus und fuhr die Routen ab, um sie mir einzuprägen.

Alles Gelernte wurde geprüft, und dafür musste man beim Public Carriage Office in der Penton Street im Norden von London vorsprechen. Sie müssen sich diesen Ort als das vorstellen, was das Stadion für die Tottenham-Fans ist – als den Ort, wo alles wirklich Wichtige passiert. Fahrer, die bereits eine Lizenz besitzen, müssen dort ihre Taxis überprüfen lassen und Papierkram erledigen, während diejenigen, die sich darauf vorbereiten, hier auf ihre Runs geprüft werden.

Die Luft knisterte vor Spannung in dem grauen Raum,

in dem wir alle warten mussten, bis wir einzeln von zwei Männern mittleren Alters in Anzügen hereingerufen wurden, vor denen wir verschiedene Runs aufsagen mussten, um dann zwischen A und D eingestuft zu werden. Man nennt das »Calling over the Runs«, ein ständiges Abfragen der Routen – wie gut oder schlecht man abgeschnitten hat, weiß man am Ende anhand der Benotungen und des Zeitabstands zum nächsten Vorstellungstermin. Erfolgte die Vorladung dazu in vierzehntägigen Abständen, bedeutete dies, dass man besser wurde, lagen hingegen ein paar Monate dazwischen, wusste man, dass man noch einen langen Weg vor sich hatte. Das Schlimmste war jedoch, dass es kein definitives Ende gab, keine vorgegebene Bewertungsliste, die man erfüllen musste, um die Prüfung zu bestehen. Man wurde einfach immer wieder zu einem weiteren Test vorgeladen, bis einer der Männer in Anzügen befand, dass man bereit war. Es war wie ein Marathon, bei dem die Ziellinie nicht bekannt war.

Ich fuhr einmal im Monat nach London, um mich prüfen zu lassen, und hatte jedes Mal Angst. Hätten die Männer in den Anzügen mir ins Gesicht geleuchtet und mir angedroht, auf einem Bett aus Nägeln schlafen zu müssen, wenn ich nicht bestand, hätte mich das nicht überrascht. Sie kannten sich bestens darin aus, einem Vorschriften zu machen, und erwarteten eine positive Einstellung, gute Manieren und Selbstvertrauen: Zögerte man und brachte bei der Auflistung einer Route etwas durcheinander, gaben sie einem ohne mit der Wimper zu zucken ein D; saß die Krawatte von jemandem schief, sagten sie einem, man solle an einem anderen Tag wiederkommen; ein Mann, der mitten in der Prüfung fluchte, wurde mit Schimpf und Schande entlassen. Wir waren alle starr vor Angst, und man hätte eine Stecknadel fallen hören, wann immer einer der Prüfer den Raum betrat, in dem wir warten mussten.

Es gibt ein paar Taxifahrerinnen in London, aber nicht viele – mir ist keine begegnet, während ich für die Fahrerlaubnis lernte. Es war eine Männerwelt, und die in den Anzügen starrten auf meine Lockenmähne, die immer aussah, als hätte ich gerade meine Finger in eine Steckdose gesteckt, egal, wie oft ich sie bürstete. Manchmal hätte ich die Prüfer am liebsten angeschrien, wenn sie mich so ansahen. Was wussten sie schon? Ich hatte George zu Hause, hatte kaum geschlafen und gab mein Bestes. Aber Entschuldigungen interessierten sie nicht.

Dad jedoch begleitete mich auf meinem Weg und machte mir Mut.

»Hast du auch geübt, Ju?«, fragte er, wenn ich auf eine Tasse Tee vorbeikam. »Wirst du bald wieder zum Carriage Office gehen?«

Ich gab mir alle Mühe, aber nach fast zwei Jahren Lernen war ich die Sache leid. Anfang 1999 wurden meine Bewertungen dann endlich besser, und ich wurde häufiger vorgeladen, hätte aber am liebsten aufgegeben, weil ich so erschöpft war vom Lernen und der Beschäftigung mit George. Auch Dads Krankheit nahm mir die Lust am Weitermachen, denn inzwischen ging es ihm so schlecht, dass er ständig ins Krankenhaus musste. Eigentlich wollte ich nur bei ihm sein und nicht auf Straßenpläne starren und versuchen, irgendwas zu erreichen, an das ich schon fast nicht mehr glaubte. Und so besuchte ich eines Tages im April, an dem ich eigentlich eine Vorladung zum Carriage Office hatte, stattdessen meinen Vater im Krankenhaus.

»Was machst du denn hier?«, fragte er aus dem Bett heraus. »Solltest du nicht in der Penton Street sein?«

»Ich schaff das heute nicht, Dad. Ich wollte lieber dich sehen. Ich gehe ein andermal hin.«

»Was meinst du damit?«

»Ich gehe da heute nicht hin.«

Das wirkte, als wäre unter ihm eine Bombe hochgegangen.

»Das soll wohl ein Scherz sein, Ju?«, rief Dad, rappelte sich im Bett auf, bis er saß, und versuchte dann zappelnd aufzustehen. »Zieh mich hoch! Hol meine Sachen! Bring mir meine Tabakdose! Vergiss meine Streichhölzer nicht.«

»Aber du darfst das Krankenhaus nicht verlassen, Dad.«

»Nun, ich tue es aber, wenn das nötig ist, um dich zu diesem Test zu bringen.«

»Sei doch nicht albern, Dad. Du kannst in deinem Zustand nirgendwohin.«

Das Weiteste, wohin er kam, war nach unten, um eine Zigarette zu rauchen, aber selbst dorthin musste ich ihn im Rollstuhl schieben. Nie würde er die fünfzehn Kilometer bis nach London hinein schaffen.

»Sag du mir nicht, was ich zu tun habe, mein Mädchen!«, schrie er mich an. »Wir fahren in die Stadt.«

Mit Dad zu streiten, wenn er sich was in den Kopf gesetzt hatte, führte zu nichts. Er durfte nicht mal das Krankenhaus verlassen, aber er war entschlossen, es zu tun. Wir brauchten uns zwar nicht gerade einen Tunnel ins Freie zu graben, aber ich fühlte mich doch wie ein Gefangener auf der Flucht, als Dad mir sagte, ich solle ihn in seinen Rollstuhl setzen, hinaus auf den Parkplatz schieben und ihm in den Beifahrersitz meines Wagens helfen. Wir wussten beide, dass die Schwestern ausrasten würden, wenn sie wüssten, was wir vorhatten.

»Ich habe ein gutes Gefühl, was den heutigen Tag angeht«, wurde Dad nicht müde zu sagen, als wir endlich losfuhren. »Du wirst es schaffen, Ju. Da bin ich mir ganz sicher. Heute wirst du die Prüfung bestehen.«

Aber mein Vater konnte sagen, was er wollte, ich hatte dennoch Panik, als wir in die Londoner Innenstadt kamen. Ich hatte mich nicht vorbereitet und wusste nicht, ob ich der Befragung gewachsen war. Nervös und krank vor Sorge saß ich neben Dad, für den ich den Beifahrersitz ganz nach hinten hatte schieben müssen, sodass er fast lag, weil er vor Schmerzen nicht aufrecht sitzen konnte.

»Ich weiß nicht, wie ich fahren muss«, jammerte ich, als ich auf einen großen Kreisverkehr zufuhr.

»Warte!«, sagte Dad. Er hob seinen Kopf gerade hoch genug, um übers Armaturenbrett schauen zu können, und wusste sofort, wo wir waren. »Wir müssen nach rechts.«

Ich versuchte, den Wagen rüberzuziehen.

»Rechts, RECHTS«, schrie Dad.

Ich kreuzte drei Fahrspuren und betete, es möge gut gehen.

»Jetzt links«, sagte Dad, erschöpft vor Anstrengung und Schmerz.

Wir schafften es zum Carriage Office, aber ich war wie benebelt, als ich zu meinem Test hineinging. Offenbar spulte ich meine Routen wie ein Roboter ab, denn der Mann im Anzug wirkte selbst auch ein wenig benommen, als ich endlich fertig war.

Ich blickte zu ihm hoch und wartete, für wann er mich das nächste Mal herbestellte.

»Das war's«, sagte er. »Sie sind fertig.«

Ich starrte ihn an. Ich hatte es geschafft? Ich hatte die Prüfung bestanden?

Ich konnte kaum glauben, dass es endlich vorbei war. Dad hatte ich im Wagen zurückgelassen, und als ich ins Auto stieg, sah ich auf seiner Brust eine hochrote Brandwunde. Während meiner Abwesenheit war ihm seine Zigarette heruntergefallen, die er mit seinen deformierten Händen nicht hatte aufheben können. Er hatte hilflos zusehen müssen, wie sie ein Loch in ihn brannte.

»O Dad!«, sagte ich mit Tränen in den Augen.

»Alles klar, Ju?«, erwiderte er und lächelte.

»Deine Brust, Dad. Bist du okay?«

»Mach dir deswegen keine Sorgen, meine Liebe. Das tut nicht weh.«

»Bist du dir da sicher?«

»Ja. Vergiss es und sag mir, wie es dir ergangen ist.«

Voller Liebe sah ich meinen hilflos vor mir liegenden Dad an. »Ich hab's geschafft, Dad, ich hab's geschafft.«

Da überzog ein breites Lächeln sein Gesicht. »Ich wusste es«, sagte er.

Seufzend legte mein Vater seinen Kopf zurück auf den Sitz. »Jetzt lass uns ins Krankenhaus zurückfahren. Diese Krankenschwestern machen sonst Kleinholz aus mir.«

Kapitel 3

Wie schön wäre es, wenn dies eine jener wirklich glücklichen Geschichten wäre, in der ich Taxifahrerin wurde, einen Filmstar als Fahrgast hatte und am Ende mit ihm in den Sonnenuntergang durchbrannte. Aber das echte Leben ist meist nicht so. Meins jedenfalls nicht, und was tatsächlich passierte, zwei Monate, nachdem ich die Prüfung bestanden hatte, veränderte mein Leben auf eine Weise, die mir jede Hoffnung nahm, je wieder glücklich sein zu können.

Allein George brachte mich dazu, mein Bett zu verlassen, nachdem Dad gestorben war, denn ihn zu verlieren, war für mich das Ende der Welt. Wir verabschiedeten meinen Vater so, wie er es verdient hatte – sein Sarg lag in einer gläsernen Kutsche, die von einem Pferd mit schwarzem Federschmuck gezogen wurde, angeführt von einem Mann mit Zylinder und Frack. Dahinter folgten die Freunde und die Familie in einer langen Taxischlange – aber es war völlig irreal. Wie verabschiedet man sich von einem Menschen, der einen an die Erde bindet und mit seinen Scherzen, freundlichen Worten und seiner stillen Liebe dafür sorgt, dass man nicht wegfliegt? Und ich war nicht die Einzige, die verloren war – Mum und Dad waren zusammen gewesen, seit sie Teenager waren. Wir trauerten alle um ihn so gut wir konnten: indem wir uns zusammenschlossen und gemeinsam lernten, ohne ihn zurechtzukommen.

Dad wurde auf dem Friedhof unseres Viertels zur letzten Ruhe gebettet, aber ich fand es schrecklich, ihn dort kalt im Boden zu wissen, also besuchte ich ihn, sooft ich konnte, und setzte mich zu ihm, während George und Lewis herumtollten.

»Dürfen wir das Loch auffüllen, Ju?«, fragte Lewis mich eines Tages, als sie einen Erdhaufen neben einem frisch ausgehobenen Grab fanden, das darauf wartete, gefüllt zu werden.

»Ein klein wenig«, sagte ich.

Auf ein paar Handvoll Erde kommt es wohl nicht an, dachte ich, als ich dem lachenden Lewis beim Spielen zusah. Er keuchte, weil das Lachen ihm die Luft raubte – er hörte sich an wie ein achtzigjähriger Mann, der sein ganzes Leben lang täglich eine Packung Zigaretten geraucht hat. George beobachtete schweigend den röchelnden Lewis, als versuchte er, dahinterzukommen, woher dieses seltsame Geräusch kam. Als Lewis dann, erschöpft vom Lachen, zu husten anfing, sorgte George dafür, dass er sich bückte, klopfte ihm so lange auf den Rücken, bis er wieder Luft bekam, und spielte weiter mit ihm.

Kurze Zeit später hörte George plötzlich zu spielen auf und verharrte in Habachtstellung wie ein Kaninchen, das einen Fuchs hört. Ich wusste, dass er auf das Geräusch eines Zuges lauschte, den keiner hören konnte, bis er auf der Eisenbahnlinie vorbeiratterte, die neben dem Friedhof verlief. George war so geräuschempfindlich, dass er, wenn wir spazieren gingen, jedes Mal schrie, wenn ein Auto vorbeifuhr, als wäre es ein Sattelschlepper und kein Ford Fiesta.

Ein paar Monate verstrichen auf diese Weise – George verblüffte mich immer wieder mit seinem Verhalten. Ich besuchte den Friedhof, manchmal mit den Jungs, manchmal nur mit meinem Sohn, und ich saß da und überlegte, was die Zukunft, nun, da mein Traum, Taxifahrerin zu werden, geplatzt war, für uns bereithielt. Nachdem ich die letzten Tests bestanden hatte, hätte ich nur noch eine Fahrprüfung in der Londoner Innenstadt bestehen müssen, um meine Lizenz zu bekommen, aber ich war zweimal durchgefallen, solange Dad noch lebte, und brachte es nicht über mich, es noch mal zu versuchen, nachdem er gestorben war. Er hatte mich immer ermutigt, weiterzumachen, aber jedes Mal, wenn ich ins Taxi stieg, hörte ich ihn lachen und sah sein Gesicht. Das war zu viel, und deshalb gab ich alles dran. Ich fühlte mich als Versagerin. Ich war keine gute Mutter, und jetzt warf ich auch noch die Flinte ins Korn, was meinen Job betraf.

Zeit verstrich, wie sie das immer tut, die Erde auf dem Grab meines Vaters setzte sich, und als die Senke zu tief wurde, wäre ich fast verhaftet worden, denn ich hatte eines Abends, als die Sonne gerade unterging, beschlossen, sie mit etwas Torf aufzufüllen. Binnen weniger Minuten waren zwei Polizisten zur Stelle – mit schwarzen Helmen auf dem Kopf und knisternden Funkgeräten –, und ich musste ziemliche Überzeugungsarbeit leisten, dass ich nichts Böses im Schilde führte. Aber obwohl ich in Verdacht geraten war, eine Grabräuberin zu sein, ging ich weiterhin gern auf den Friedhof – es war ein friedlicher Ort zum Nachdenken.

Leider änderte das Grübeln nichts daran, dass ich das Gefühl hatte, in der Patsche zu sitzen. Während George spielte, ging mir alles Mögliche durch den Kopf. Das Leben, das ich George zu bieten hatte, war Welten von dem entfernt, was mein Dad und meine Mum Boy, Nob, Tor und mir als Kindern geboten hatten. Und egal, was ich tat, ich fand keinen Ausweg. Ich hatte gelernt, mir meinen Lebensunterhalt selbst zu verdienen, und dies auch getan in meinem eigenen kleinen Blumenladen, in dem ich sieben Tage die Woche gearbeitet hatte, bevor George zur Welt kam, den ich aber aufgeben musste, als ich Mutter wurde. Jetzt, da meine Zukunft als Taxifahrerin sich als Sackgasse erwiesen hatte, fiel mir nichts mehr ein. Es kam mir alles so sinnlos vor, und seit dem Tod meines Vaters zweifelte ich, ob sich daran jemals etwas ändern würde.

Doch je mehr ich darüber nachdachte, desto größer wurde eine Gewissheit: Ich durfte mein Unglücklichsein nicht die Oberhand gewinnen lassen. Es war Zeit für einen Neuanfang.

George war vier, als wir im September 2000 mit der Schule anfingen. Es war einer jener Tage, an dem ich ihn ansah und mich fragte, warum ich so ein Theater machte. Er sah so perfekt aus mit seinen großen blauen Augen und den blonden Haaren, mit seinem leuchtend roten Sweatshirt und der schwarzen Hose. Ich war mir sicher, dass die Schule jetzt, nachdem wir noch einmal umgezogen waren – in eine neue Siedlung, die so viel freundlicher wirkte als die Gegend um unsere letzte Wohnung –, genau das Richtige für ihn war. Es war für uns beide ein Neuanfang.

Wie schon gesagt, ich bin eine Träumerin. Es dauerte nur wenige Wochen, bis ich zu einem Gespräch mit den Lehrern gerufen wurde.

»Wir glauben, dass George womöglich Hörprobleme hat«, sagte einer.

»Er reagiert nicht, wenn wir seinen Namen aufrufen«, teilte mir ein anderer mit.

»Er kann offenbar Befehle nicht richtig verstehen«, meldete sich wieder ein anderer zu Wort. »Wenn wir den Kindern sagen, dass wir uns jetzt hinsetzen werden, macht George das sofort, aber wenn wir dann alle im Stuhlkreis sitzen und beginnen, Geschichten zu erzählen, kriecht er rückwärts unter eine Bank und hält sich mit seinen Händen die Ohren zu.«

In gewisser Weise war ich fast erleichtert zu erfahren, was die Lehrer zu berichten hatten, denn es waren die ersten Profis, die angemessen viel Zeit mit George verbrachten und imstande waren, die Probleme zu erkennen, auf die ich schon seit Jahren aufmerksam zu machen versuchte. Aber gleichzeitig hatte ich auch Angst: Solange man den Deckel draufhält, lässt sich ein Problem ganz gut kleinhalten, nimmt man diesen aber ab, werden einem die Dimensionen erst richtig bewusst.

Als man George für einen Seh- und Hörtest an eine Klinik in unserer Nähe verwies, sagte ich mir, dass ich keinen Grund hatte, Angst zu haben: Ich war siebenundzwanzig Jahre alt, eine erwachsene Frau, und sollte er wirklich Probleme haben, konnte man diese, je eher man sie feststellte, umso besser lösen.

Nach allem, was in der alten Wohngegend passiert war, blieb ich in der neuen Wohnung erst einmal für mich. Vor unserem Einzug hatte die wichtigste Aufgabe für mich darin bestanden, die Wohnung bewohnbar zu machen, denn die Vormieterin, eine alte Frau, hatte dort mit ihren dreizehn Katzen gelebt, und es wimmelte von Flöhen. Das Wohnungsamt sorgte dafür, dass die Räume von einem Schädlingsbekämpfer ausgesprüht wurden. In dieser Zeit kamen George und ich bei meiner Mutter unter, und als wir endlich einzogen, stand die ganze Familie bereit, mitzuhelfen. Mochte ich mich auch schon als Miss Unabhängig gesehen haben, so brauchte ich doch noch immer meine Familie für die Renovierungsarbeiten.

Schon von klein auf hatte ich gelernt, dass man aus seinem Zuhause das Beste machen muss.

»Seiten, Oberfläche, dann die Vorderseite«, hatte meine Nanny Doris mir gesagt und dabei auf die Garderobe gezeigt, bevor sie mir eine große Flasche Politur und ein Staubtuch anreichte, als ich wie jeden Samstagmorgen pflichtschuldig antrat, um ihr beim Saubermachen zu helfen.

Für gewöhnlich machte ich meine Arbeit gut, aber dann kam der Tag, an dem sie mir – ich dürfte etwa zehn Jahre alt gewesen sein – ohne jede Vorwarnung einen Schlag auf den Hinterkopf verpasste.

»Rühr dich nicht vom Fleck!«, kreischte Nanny, während ich Sterne sah. »Ich werde deine Mutter holen.«

Sie lief nach nebenan, kam mit meiner Mutter zurück, und gemeinsam nahmen sie meinen Kopf unter die Lupe.

»Sieh sie dir an«, sagte Nanny.

»Die hat sie von den Kindern, die unten an der Straße wohnen«, sagte Mum.

»Stimmt was nicht?«, fragte ich.

»Du hast Kopfläuse«, erklärte Mum mir, und ich begann zu weinen.

Nachdem man mir die Haare mit Nissen-Shampoo gewaschen hatte, war alles wieder im Lot, und ich durfte zurück in Nannys Haus, um ihr beim Putzen zu helfen. All die Jahre, die ich mit Staubwischen zugebracht hatte, hatten mich gelehrt, an Muskelkraft zu glauben, weshalb ich sie auch in unserer neuen Wohnung zum Einsatz brachte. Bald schon war die Küche terracottafarben, der Flur weiß, mein Schlafzimmer rosa und Georges Zimmer gelb gestrichen. Doch ich begnügte mich nicht mit der Innenraumgestaltung. Zu unserer Wohnung im dritten Stock gehörte ein Balkon mit Blick auf ein Feld, auf dem eine Weide stand. Ich verschönerte die Aussicht noch, indem ich den Balkonboden in regenbogenfarbenen Streifen strich, die Wände grün anmalte und Topfblumen aufstellte. Als ich dann auf dem Balkon stand und George mit Seifenblasen anblies, wovon er nie genug bekommen konnte, fiel mein Blick auf die Dächer der Schuppen unter uns, und ich fragte mich, ob sie nicht bepflanzt besser aussähen. Man kann auf Dächern Gras wachsen lassen.

Das wahre Leben meldete sich jedoch jedes Mal, wenn ich die Wohnung mit George verließ, mit einem Knall zurück – an manchen Tagen dauerte es bis zu einer Stunde, bis ich ihn in der Schule hatte. Dann biss er mich oder klammerte sich beim Gehen an die Geländer, kreischte und schrie oder starrte die Soldaten an, die an den Toren der Armeebaracken in unserer Nachbarschaft standen, und weigerte sich, weiterzugehen. Dieser Kampf war so schlimm, dass ich ihn oft in den Buggy setzte.

Als ich eines Tages damit die Treppe hinunterholperte, lernte ich die Frau kennen, die in der Wohnung unter uns wohnte. Ich wusste nicht, wie sie mich einschätzte, denn die Wände waren sehr dünn, und George machte viel Lärm, wohingegen ich von ihr nur mitbekam, dass sie offenbar mit Begeisterung staubsaugte, und das tagein, tagaus.

Die Frau schien etwa meines Alters zu sein und hatte zwei Kinder: einen kleinen Jungen von etwa vier Jahren wie George, und ein Mädchen, das ein wenig älter war. Obwohl wir uns anlächelten, als wir uns auf der Treppe begegneten, und sie recht normal aussah, wagte ich es doch nicht, sie anzusprechen, weil ich gerade erst aus einer mysteriösen Gegend weggezogen war, in der man niemandem hatte trauen können.

Aber ein paar Tage später sprach die Frau mich an. Ich kämpfte mich wieder einmal mit George die Treppe hinunter.

»Abstoßend, nicht wahr?«, sagte sie mit Blick auf die grauen Betonwände des Treppenhauses.

Sie waren mit Schmierereien überzogen und vom Flur unten drang Uringestank nach oben, weil die Leute ihre Hunde dort häufiger hinpieseln ließen.

»Schrecklich«, sagte ich.

»Ich bin Michelle«, stellte die Frau sich mit einem Lächeln vor.

»Ich bin Julia.«

»Schön, Sie kennenzulernen. Was meinen Sie, sollen wir das Treppenhaus in Angriff nehmen?«

Das war der Beginn unserer Freundschaft. Unser Hass auf das Treppenhaus vereinte uns, als wir alle zusammentrommelten und dann zum Leiter der Wohnungsbaugesellschaft gingen.

»Die Leute werden nur dann stolz auf ihr Zuhause sein, wenn Sie ihnen Grund dazu geben. Indem nämlich die Schmierereien an den Wänden und der Hundedreck entfernt werden«, teilten wir ihm mit.

Der Leiter der Wohnungsbaugesellschaft willigte ein, dass die Stadtverwaltung für das Streichen der Wände aufkam, sofern Michelle und ich die Treppen und Flure mit dem Hochdruckreiniger bearbeiteten. Dann wurden wir gefragt, welche Farbe wir haben wollten. Creme vielleicht? Weiß? Oder auch blau? Nein, wir wollten ein blasses Babyrosa, weil wir glaubten, dass es hübsch aussah zu dem grauen Betonfußboden.

Am Ende waren wir so stolz auf unser Treppenhaus, dass wir sogar Kunstblumen an den Wänden anbrachten und auf unseren Balkonen Wache schoben, damit keine Unruhestifter ins Gebäude kamen.

»Hoffentlich lassen Sie den Hund nicht wieder hier reinpinkeln«, riefen wir dem Mann zu, von dem wir wussten, dass er sein Haustier in unserem Flur immer frei herumlaufen ließ.

Das gefiel ihm gar nicht, aber Michelle und mir umso besser. Uns hatte der Verschönerungsbazillus angesteckt, und am Ende strichen wir sogar die Türen der Lagerschränke, die es für jede Wohnung im Erdgeschoss gab, damit alles ein wenig fröhlicher wurde.

Aber obwohl Michelle und ich uns so gut verstanden, war ich doch sehr zurückhaltend und konnte mich auf keine richtige Freundschaft einlassen. Früher einmal hatte ich mich nach einer Freundin meines Alters gesehnt. Nach jemand, mit dem ich mal ins Kino oder shoppen gehen konnte. Aber nachdem ich die Erfahrung hatte machen müssen, als Einzige dafür sorgen zu können, dass George ruhig blieb, hätte ich es ihm und allen anderen gegenüber unfair gefunden, ihn allein zu lassen. Seine Bedürfnisse standen an erster Stelle, und ich wollte noch nicht ohne ihn aus dem Haus gehen.

Es gab zwar nach wie vor schlimme Tage, an denen ich leise vor mich hin weinte, wenn er endlich eingeschlafen war, aber ich ließ mich nicht hängen und machte einfach weiter. Ich war Georges Mum und hatte mich daran gewöhnt, dass wir für uns blieben und kaum Kontakt zu anderen Leuten suchten. Wir trafen uns natürlich mit der Familie, aber ich wollte nicht, dass George von Fremden angestarrt wurde, wenn er einen Anfall hatte und steif auf dem Boden lag, und ich wollte mir keine Kommentare anhören müssen, wenn er alles zusammenschrie. Auch war ich die Erklärungen leid, wieso man mich in die Schule kommen ließ, wenn er dort mit den anderen Kindern Ärger hatte und sie biss und schlug, weil sie nicht so spielen wollten wie er, oder warum ich erneut mit ihm zum Hör- und Sehtest gehen wollte, obwohl sie beide normal ausgefallen waren. Denn meine Gewissheit, dass etwas mit ihm nicht stimmte, war jetzt, da George in der Schule war, größer denn je. Solange es nur um uns beide ging, war es mir möglich gewesen, mich an sein Verhalten zu gewöhnen, aber jetzt konnte ich nicht mehr ignorieren, wie sehr dieses sich von dem der anderen Kinder unterschied, und deshalb wollte ich ihn auch erneut testen lassen – vielleicht war ja beim ersten Mal ein Fehler unterlaufen.

Aber wie sollte ich dies alles Michelle erklären, deren Kinder Ricky und Ashley perfekt waren? Ihr etwa sagen, dass George sich angewöhnt hatte, einfach mit seinen Bemerkungen herauszuplatzen, wenn wir draußen waren, und nicht damit aufhören wollte, egal, wie oft ich ihm ins Gewissen redete?

»Fett!«, pflegte er zu sagen, wenn eine korpulentere Frau vorbeiging.

»Haarig!«, schrie er einer anderen mit einem Zopf hinterher.

»Leberflecke!«, rief er jemandem mit Sommersprossen zu.

»Stinkt!«, bemerkte er, sobald ihm jemand zu nahe kam.

Die Leute sahen ihn befremdet an, ehe sie weitergingen, aber sooft ich George auch sagte, er solle das sein lassen, er konnte einfach nicht still sein. In der Schule wusste man auch nicht, was man mit ihm anstellen sollte, seine Lehrerin hatte inzwischen sogar ein Buch angelegt, worin all seine Verhaltensauffälligkeiten aufgelistet waren, wie etwa, dass er sich weigerte, im Beisein anderer Menschen zu trinken, oder eine halbe Stunde auf der Toilette blieb, weil er sich vorher sämtlicher Kleider entledigte. Es gab so viele Kleinigkeiten, bei denen ich mir keinen Rat wusste, und das war der Grund für meine Angst, Freundschaften zu schließen.

Glücklicherweise schien Michelle sich deswegen keine Gedanken zu machen. Vielleicht lag es an ihrer Ausbildung als Tagesmutter oder auch nur daran, dass sie sehr viel Geduld hatte, jedenfalls wurde Michelle mit allem spielend fertig – selbst an dem Tag, als wir draußen auf der Wiese waren und ich zusehen musste, wie George Ricky auf den Boden drückte und auf ihn einschlug.

»Aufhören!«, schrie ich und rannte auf die beiden zu.

George reagierte überhaupt nicht auf meine Stimme, und als ich endlich dort war, sah er mich einen Moment lang einfach nur verständnislos an, bevor er erneut auf Ricky einschlug.

»Nein, George!«, sagte ich, als ich ihn wegzog, weil ich fand, dass er diesmal wirklich zu weit gegangen war.

Ich befürchtete, dass Michelle nun bestimmt nicht mehr mit mir sprechen würde. Aber sie ging ganz locker damit um.

»So was passiert bei Kindern«, sagte sie, als ich George wegschleifte.

Dass George selbst keine Freundschaften schließen konnte, stimmte mich sehr traurig. Wenn ich ihn im Umgang mit Ricky und Ashley beobachtete, wurde mir klar, dass George gar nicht begriff, wie er mit anderen Kindern umgehen sollte. Noch immer war ich nicht mutig genug, über dies alles mit Michelle zu reden, bis sie das Thema selbst anschnitt, als wir eines Abends auf den Treppenstufen zwischen unseren Wohnungen saßen. Wir hatten es uns zur Gewohnheit gemacht, uns dort zu treffen, und ich freute mich inzwischen jedes Mal auf den Moment, da ich Michelles Klopfen hörte. Wir ließen unsere Eingangstüren einen Spalt weit geöffnet, damit wir es hörten, falls eins der Kinder wach wurde, und setzten uns zusammen.

»Gibt es eigentlich ein Problem mit George?«, wollte Michelle wissen.

Keiner hatte es vor mir je so direkt angesprochen.

»Ich denke schon«, erwiderte ich. »Aber man hat bei ihm Hör- und Sehtests vorgenommen, die angeblich in Ordnung sind. Ich weiß mir inzwischen nicht mehr zu helfen, aber keiner scheint mir zuhören zu wollen, obwohl ich mir sicher bin, dass es da ein Problem gibt.«

Michelle sah mich mit ihren großen Augen an. »Weißt du, Ju, du musst aufhören, dich seinetwegen zu entschuldigen. George ist so, wie er ist, und das müssen die Leute akzeptieren. Du machst dir viel zu viele Gedanken. Du solltest nicht so viel auf die Meinung der anderen Leute geben. Ich sehe, wie sehr dich das beschäftigt, aber das sollte es nicht.«

»Aber was ist, wenn er Ricky schlägt oder Ashley sagt, dass sie stinkt?«, fragte ich. »Was soll ich in so einem Fall tun?«

»Du machst so viel du kannst mit ihm. Das weiß ich. Aber manchmal muss man die Kinder das unter sich ausmachen lassen und sich sagen, dass die Leute George auf seine Art akzeptieren müssen, denn er wird sich so bald nicht ändern.«

Ich war schon immer der Überzeugung, dass Begegnungen mit Menschen nicht zufällig stattfinden, sondern einen tieferen Sinn haben. Michelle war mein Karma. Als wir einander besser kannten, redete ich mit ihr immer häufiger über George: Wie es mir endlich gelungen war, ihn dazu zu bringen, dass er jede Nacht schlief, und ich dabei die Hoffnung hegte, er werde nicht aufstehen und gegen die Wand pinkeln, oder dass ich mir, wenn ich andere Kinder miteinander spielen sah, jedes Mal wünschte, George würde mitspielen.

»Lass ihn in Ruhe, Ju«, sagte Michelle mir dann, »du kannst George nicht zu etwas machen, was er nicht ist, und jeder kann sehen, was für eine gute Mum du bist. Es sind die anderen, die ihre Einstellung ändern müssen, nicht George. Wenn sie ihn nicht so nehmen können, wie er ist, dann sollen sie es bleiben lassen.«

Michelle war so verständnisvoll. Bald schon fühlte ich mich dermaßen wohl bei ihr, dass ich George mit in ihre Wohnung nahm. Es machte nichts, wenn er Kuchen an die Wand schmierte oder den Kopf von Ashleys Puppe dagegenknallte, Michelle zuckte mit keiner Wimper.

»Bläust du Barbie endlich ein wenig Verstand ein, George?«, sagte sie mit einem Lachen. »Das ist gut.«

Und ich wusste, dass George Michelle mochte, wenngleich es ihm immer noch schwerfiel, mit Ricky und Ashley klarzukommen, die beide wirklich nett zu ihm waren. Natürlich umarmte er sie nie oder lächelte sie an – George sah auch Michelle kaum an, wenn er mit ihr sprach, und ließ sich nicht anmerken, dass er ihre Anwesenheit wahrnahm.

Aber im Laufe der Monate ging er dazu über, etwas zu tun, das mir sagte, dass er sie mochte: Er schnupperte. Jeden Tag, wenn wir die Wohnung verließen, sog George die Luft ein, und manchmal teilte er mir mit, dass er Michelle riechen könne. Denn obwohl ihre Wohnung ein Stockwerk unter unserer lag, wusste er, wann sie gewaschen hatte, und dieser Geruch bedeutete für George Michelle.

Irgendwie war es ihr gelungen, zu ihm durchzudringen, und George zeigt mir dies auf seine ganz besondere Weise.

Kapitel 4

Ich blieb wie angewurzelt stehen, als ich eines Tages ins Schlafzimmer kam und George sah. Mir war nach Schreien zumute, aber ich wusste, dass ich stillhalten musste. Irgendwie war es ihm gelungen, die Fensterverriegelung zu öffnen und nach draußen zu klettern. Er stand da, die nackten Füße auf dem Sims. Wir befanden uns im dritten Stock. Schnell bewegen durfte ich mich nicht, denn sonst hätte ich ihn erschreckt.

»Was hast du vor, George?«, fragte ich ruhig.

Er starrte schweigend auf eine Stelle gleich hinter meinem Kopf und hielt sich mit seinen Händen am Rahmen fest. Langsam griff ich in meine Hosentasche, holte mein Handy heraus und wählte die Notrufnummer.

»Ich brauche Hilfe«, sagte ich der Einsatzzentrale.

Eine Stimme am anderen Ende der Leitung nahm meine Daten auf, und ohne George eine Sekunde lang aus den Augen zu lassen, steckte ich das Handy wieder weg. Ich betete, dass bald jemand kommen möge, denn ich wusste: Würde er sich nur wenige Zentimeter weiterbewegen, stürzte er ab. Ich hätte mit so etwas rechnen müssen. Auch in seinen besten Zeiten hatte George kein Gefühl für Gefahren, und er schien auch keinen Schmerz zu empfinden. Wenn er hinfiel, kam er nie zu mir oder weinte, er stand einfach auf und ging weg, auch wenn er sich das Knie aufgeschürft hatte. In letzter Zeit war er beim Spazierengehen häufig auf und ab gesprungen und hatte mir erzählt, er würde fliegen.

»Ist das so, mein Schatz?«

»Ja.«

»Wohin denn?«

»Über ein großes Gebäude.«

»Tatsächlich? Und wohin noch?«

»Einen Baum.«

Ich redete mir ein, dass George eine blühende Fantasie hatte, und freute mich, dass er träumen konnte. Aber als mir jetzt das Herz bis zum Hals schlug und George mich ansah, wusste ich, dass ich ihn besser im Auge hätte behalten sollen. Den Schrei zu unterdrücken, den ich ausstoßen wollte – wohl wissend, dass ich mich still verhalten musste und meinem Drang, zu ihm zu laufen, nicht nachgeben durfte –, schien eine Ewigkeit zu dauern, obwohl es in Wirklichkeit vermutlich nur ein paar Minuten waren, bis ich die Sirenen hörte. Ich hatte die Feuerwehrleute gebeten, sich bereitzuhalten, um George aufzufangen, falls er stürzen sollte, denn in die Wohnung lassen konnte ich sie nicht. Wenn George Fremde sähe, würde er den Fensterrahmen mit Sicherheit loslassen. Er begriff einfach nicht, dass er, wenn er dies tat, fallen würde. George glaubte, wie die Vögel fliegen zu können.

Ich machte einen vorsichtigen Schritt auf ihn zu, bereit, auf ihn zuzustürzen und ihn zu packen, wenn er die Hände losließ. Dann warf ich einen Blick auf die Uhr, als wäre es ein Tag wie jeder andere, und als gäbe es nichts, weswegen ich mir Sorgen machen müsste.

»Wir sind spät dran, George«, erklärte ich ihm. »Wir müssen zu Nanny, Lewis wartet schon auf uns.«

George sah mich an, als überlegte er, ob er sich bewegen wollte oder nicht.

»Sie werden sich schon fragen, wo wir bleiben«, sagte ich, bemüht, mir meine Panik nicht anmerken zu lassen.

Zentimeter für Zentimeter arbeitete George sich auf dem Fenstersims voran, und bei jeder Bewegung, die er machte, blieb mir fast das Herz stehen. Aber sobald er einen Fuß durch das offene Fenster hineinsetzte, packte ich ihn so fest, dass er keine Möglichkeit mehr hatte, nach hinten zu fallen, und ich zog ihn zu mir ins Zimmer.

»Guter Junge«, sagte ich und hätte ihn gern geknuddelt, was aber natürlich nicht möglich war. »Aber weißt du, George, das darfst du nie wieder tun.«

Er strich mit seinen Händen über die Stellen, wo ich ihn berührt hatte, und sah mich ohne den Schimmer eines Begreifens in seinem Blick an. Mit zitternden Händen folgte ich George aus dem Zimmer. Ich wusste natürlich, dass ich von nun an jedes Fenster und jede Tür in der Wohnung abschließen und sämtliche Schlüssel verstecken würde, doch als ich mit Michelle am Abend darüber sprach, war ich dennoch völlig ratlos.

»Wir müssen es ihm zeigen, Ju«, meinte sie. »George kann es selbst nicht erkennen, also müssen wir ihm zeigen, was passieren könnte.«

Am folgenden Morgen tauchte Michelle mit einer Schachtel Eier bewaffnet in unserer Wohnung auf, und wir brachten George ins Schlafzimmer, wo wir das Fenster öffneten.

»Siehst du dieses Ei hier, George?«, fragte Michelle ihn, während sie es ihm vors Gesicht hielt. »Das hier bist du.«

Sie warf das Ei aus dem Fenster und George verfolgte, wie es nach unten flog und auf dem Betonboden aufschlug.

»Jetzt versuch du es«, sagte Michelle und gab ihm ein Ei.

Nachdem er ein halbes Dutzend aus dem Fenster geworfen hatte, rannten wir nach unten und sahen uns die Bescherung an. George betrachtete die zerbrochenen Eier mit ausdrucksloser Miene.

»Du würdest auch kaputtgehen, wenn du fällst – genauso wie du kaputtgehst, wenn du vor ein Auto läufst«, erklärte ich ihm, wobei ich in die Knie ging, um ihm in die Augen zu sehen. »Du bist wie ein Ei, George – du bist zerbrechlich. Siehst du das?«

Er sah mich nicht an und sagte auch nichts, aber wir hatten es wenigstens versucht. Außerdem hatte ich inzwischen gelernt, dass Dinge, die man oft genug wiederholte, schließlich zu George vordrangen. Wenn andere Mütter es ihren Kindern hundertmal sagen mussten, musste ich es vor George tausendmal wiederholen. Wie sollte er sonst lernen, sich einer Welt anzupassen, die er nicht begriff?

Georges Schwierigkeiten in der Schule wurden immer größer, und ich kannte eine Menge Leute, die in George nur ein unerzogenes Kind sahen, das sich jeglicher Kontrolle entzog: Er kletterte auf den Zaun, obwohl die Lehrer ihm sagten, er solle es nicht tun, versteckte sich hinter den Saris der Frauen von der Essensausgabe oder schubste Kinder um. Er musste lernen, sich anzupassen, weshalb ich jedes Mal, wenn ich in die Schule bestellt wurde, versuchte, ihm ins Gewissen zu reden, aber George konnte einfach nicht verstehen, warum das, was er tat, falsch sein sollte. Der Unterschied zwischen einem Antippen und einem so festen Zupacken, dass der Pullover des anderen Kindes dabei zerriss, war ihm nicht bewusst, und genauso wenig wusste er, wie man sich um andere Erwachsene oder Kinder herumbewegte. Jedes Mal, wenn wir die Schule verließen, rannte er durchs Tor und rempelte Leute an, die ihm verwundert hinterherschauten. Ich hatte mit allen möglichen Tricks versucht, ihn dazu zu bringen, neben mir zu gehen, aber jedes Mal, wenn er durch die Tür des Schulgebäudes kam, stürmte er sofort los. Wenn ich ihm dann hinterherjagte und ihn einfing, warf er sich auf den Boden und begann zu schreien, sobald ich ihn berührte.

George konnte nicht begreifen, dass er derjenige war, der anders war, und auf all meine Versuche, ihm zu erklären, was er falsch gemacht hatte, erklärte er mir, dem sei nicht so. Für ihn ergab das, was ich ihm beizubringen versuchte, keinen Sinn, er war der festen Überzeugung, dass die anderen Kinder das Problem waren. Und obwohl ich wusste, dass ich nicht aufgeben durfte, ihm begreiflich zu machen, wie die Welt funktionierte, hatte ich mehr und mehr das Gefühl, seine Schule gab es auf, mich darin zu unterstützen.

Im Dezember seines zweiten Schuljahres – George war fünfeinhalb Jahre alt – teilte man mir mit, dass er nicht am Weihnachtskonzert teilnehmen könne, weil er womöglich alles verdarb, sollte er einen seiner Wutanfälle bekommen. Mir war klar, dass es George nicht auffallen würde, wenn er nicht beim Konzert dabei wäre, aber für mich als Mutter stellte sich das natürlich anders dar.

Lehrer verbringen keine vierundzwanzig Stunden am Tag mit den Kindern. Sie kannten George nicht so, wie ich das tat, und sahen nicht die vielen winzigen Details seines Verhaltens – das Gute, was sich mit dem nicht so Guten mischte. So schien er sich beispielsweise für den Unterricht so gut wie gar nicht zu interessieren, aber wenn er Geschichte hatte, spitzte George immer die Ohren. Deshalb besuchte ich mit ihm alle möglichen Orte, die mir einfielen – Hampton Court Palace und den Tower of London, Windsor Castle und alte Patrizierhäuser. Ich zeigte ihm all das, was ich als Kind gesehen hatte, erzählte ihm all das, was meine Eltern mir und meinen Geschwistern über die alten Bauten Londons erzählt hatten. Ich versuchte, ihm beizubringen, Orte wie diese zu lieben. Meine Lieblingssehenswürdigkeit war immer Hampton Court Palace gewesen; jedes Mal, wenn ich die gewaltige Eingangshalle mit ihren Marmortreppen, alten Gemälden und riesigen Kandelabern betrat, stellte ich mir vor, es wäre mein Haus.

Leicht war das alles natürlich nicht. George mochte die vielen Menschen nicht, und ich musste erst herausfinden, was ich ihm zumuten konnte. Die U-Bahn konnten wir nicht nehmen, das wäre viel zu beängstigend gewesen, aber wenn wir mit dem Auto fuhren und ich ihm erlaubte, sich zu verstecken, sofern es an dem Ort, den wir besichtigten, zu voll wurde, kamen wir ganz gut zurecht. George sprach nie über das Gesehene, aber ich wusste, dass Windsor Castle sein Lieblingsort war, weil er verwundert die Augen aufriss, besonders im Winter, wenn bei Einbruch der Dunkelheit die großen Lampen angingen. Seine wahren Leidenschaften waren Wasser, glänzende Gegenstände und Lichter.

Obwohl George in der Schule nicht vorankam, wusste ich, dass er intelligent war. In allem, was er tat, zeigte er, dass er das, was um ihn herum geschah, aufgriff. Als Mum eines Tages vor ihm erwähnte, dass meine Nanny aus Aberglauben Salz über ihre Schulter zu streuen pflegte, begann er auch damit. Sobald irgendetwas Georges Interesse geweckt hatte, ein Gebäude, Bäume und Vögel oder Wasser und Fische, konnte er nicht genug davon bekommen.

Seine Lehrer jedoch schienen nur einen kleinen Jungen zu sehen, der nicht gehorchte und ein Störenfried war, am Lernen kein Interesse zeigte und manchmal aggressiv wurde. In einer Klasse mit etwa vierzig Kindern hatte man einfach nicht genug Zeit für ihn, und es machte mich krank vor Sorge, dass George wohl nie Hilfe erfahren würde. Deshalb willigte ich auch ein, zwei Erziehungsberater zu treffen, als man mich bat, noch mal die Klinik aufzusuchen, wo man bei George die Hörtests vorgenommen hatte, denn da auch der zweite Test normale Werte ergab, hatte offenbar irgendwo irgendwer entschieden, dass Georges Probleme mit mir zu tun hatten.

Zu den ersten paar Sitzungen mit den Erziehungsberatern kam George mit. Er versteckte sich hinter meinem Stuhl, während sie redeten.

»Was machen Sie, wenn George auf dem Boden liegt und sich weigert, aufzustehen, Julia?«, erkundigten sich die Frauen mit sanften Stimmen und wissendem Blick.

Was glaubten sie wohl? Dass ich ihn an den Haaren packte und hochriss?

»Sagen Sie ›Nein‹ zu ihm, wenn er ein Spielzeug kaputtmacht?«, wurde ich gefragt.

Glaubten sie etwa, ich hätte Angst, was zu sagen, wenn er Buzz Lightyear demolierte?

»Weshalb, glauben Sie, isst er nicht mit dem Löffel?«

»Wie ist es um die Beziehung von George zu seinem Vater bestellt?«

»Haben Sie einen Freund?«

Es gibt nur ein Wort für diese Frauen, nämlich: bevormundend. Sie sahen in mir nur eine alleinerziehende Mutter mit einem nicht zu kontrollierenden Kind, und keiner meiner Versuche, sie auf andere Dinge aufmerksam zu machen, interessierte sie.

»Warum sprechen Sie nicht mit der Schule?«, bat ich sie immer und immer wieder. »Dort kann man Ihnen mehr über George und seine seltsamen Verhaltensweisen erzählen. Es ist keine Frage der Disziplin. Ich weiß, dass dahinter was anderes steckt.«

Die Antwort war jedes Mal dieselbe. »George ist noch immer sehr jung, Julia. Und die Beurteilung braucht Zeit.«

Also wurde ich wieder in der Schule vorstellig und fragte dort, ob man nicht etwas mehr für George tun könne.

»Sie unterliegen der Beurteilung, Julia. Das braucht Zeit.«

Ich hätte am liebsten ihre Köpfe genommen und gegeneinandergeschlagen, denn je länger das so weiterging, desto schlimmer wurde es, und meine Frustration wuchs, als man mich in eine Gruppe von Eltern schickte, deren Kinder verhaltensauffällig waren.

Hat man dein Kind erst mal in eine Schublade mit der Aufschrift »ungezogen« gesteckt, wird es dir kaum gelingen, jemanden dazu zu bewegen, eine andere Perspektive einzunehmen, und ich wünschte mir so sehr, George dürfte in der Schule einfach mal ein wenig er selbst sein. So war er beispielsweise noch immer sehr eigen mit dem, was er aß. Er konnte es mir nicht in Worten vermitteln, aber im Lauf der Zeit stellte ich fest, dass er nichts essen konnte, was sich berührte: er mochte Eier, er mochte Baked Beans, aber wenn beides zusammen auf einem Teller war, starrte er nur darauf. Es war, als hätte George in seinem Kopf eine Berliner Mauer, was das Essen betraf, alles musste immer getrennt sein. Also ging ich, sobald mir klar geworden war, dass dies der einzig gangbare Weg war, ihn zum Essen zu bewegen, dazu über, ihm alles in einer extra Schüssel zu servieren.

George hatte auch beim Essen phasenweise Vorlieben – mal waren es nur Cracker, dann Fruchtjoghurt und dann Vanillepudding. Ich wusste, dass George nicht einfach nur heikel war, denn manchmal bekam er regelrecht Angst, wenn er auf den Teller starrte. Deshalb gab ich ihm, was er haben wollte, sein Atem beruhigte sich, und er konnte essen. Während seiner Marmeladenbrotphase hätte ich mir gewünscht, dass die Lehrer ihn ein wenig in Ruhe ließen. Georges Sandwiches mussten einem genauen Muster entsprechen – er aß sie zum Beispiel nicht, wenn die Butter seitlich aus dem Brot herausquoll; doch selbst wenn ich sie richtig zubereitet hatte, landeten sie am Ende, nachdem er darauf herumgekaut hatte, ausgespuckt in seiner Brotzeitdose. Das gefiel den Lehrern überhaupt nicht, und obwohl ich ihnen erklärte, dass ich Rücksprache bei einer Ernährungswissenschaftlerin genommen und diese mir versichert hatte, George sei ausreichend versorgt, solange er jeden Tag Milch, Joghurt und Brot zu sich nahm, und ich, wenn er nach Hause kam, seine Brotzeitdose ausleeren würde, wollten sie nicht auf mich hören. Das alles laugte mich aus. Warum musste man mir ständig Fragen stellen? Warum glaubte man mir nicht? Warum half mir niemand?

Zum einen sagte ich mir, dass ich den Ärzten weiterhin Vertrauen entgegenbringen sollte, die mir erklärten, George sei für eine Diagnose noch zu jung, falls mit seiner Entwicklung irgendwas nicht in Ordnung sein sollte, sowie den Erziehungsberatern, die mir sagten, ich solle durchatmen und bis drei zählen, und den Lehrern, die meinten, es gebe bei Kindern unterschiedliche Lerngeschwindigkeiten. Doch andererseits wollte ich sie auffordern, doch endlich etwas zu tun, irgendwas, nachdem er mittlerweile im dritten Schuljahr war.

Nachdem George seinen ersten Schulausflug mitgemacht hatte, sagten die Lehrer mir, er könne nicht mehr mitkommen, weil er im Bus nicht auf seinem Sitz bleibe; wenn sie mit den Kindern schwimmen gingen – schwimmen hatte Howard George beigebracht, und er liebte es und war richtig gut darin – höre er nicht auf die Lehrer, und sie wollten ihn nicht mehr mitnehmen, was ich gerade noch abwenden konnte, indem ich sie anflehte; wenn ich ihn von der Schule abholte und man mir erzählte, er sei während des Unterrichts wieder eingeschlafen, weil er in der vergangenen Nacht kaum geschlafen hatte, sah ich nur Fragen in ihren Augen. George verbrachte immer mehr Zeit außerhalb des Klassenzimmers. Er saß auf einem der langen Korridore an einem kleinen Tisch mit einem Teaching Assistant – ganz offensichtlich hatte man ihn abgeschrieben.

Ich hatte natürlich keine Gewissheit, aber ich fragte mich, ob George nicht doch etwas mitkriegte, denn obwohl er sich schon immer vor den Menschen versteckt hatte, schien er nun zunehmend das Gefühl zu entwickeln, dass sie tatsächlich gegen ihn eingestellt waren.

»Er beobachtet mich«, sagte George etwa, als wir auf dem Schulweg an einem Mann vorbeikamen.

»Nein, das tut er nicht, mein Schatz«, sagte ich daraufhin. »Er ist nur unterwegs zur Arbeit und kümmert sich um seine Sachen.«

Oder George zog seine Baseballkappe tiefer ins Gesicht und erzählte mir, dass die Sonne ihn beobachte oder dass die Wolken uns verfolgten. Ein Zahnarztbesuch mit ihm war so schlimm, dass ich mit ihm ins Krankenhaus musste, wo er eine Vollnarkose bekam, wenn ihm ein Zahn gezogen werden musste, und dann erzählte er mir beim Aufwachen, dass der Arzt versucht habe, ihn umzubringen.

Das alles war der Grund dafür, dass ich ihm zu Hause so viel Liebe wie möglich zu geben versuchte. Er sollte sich wenigstens bei mir sicher fühlen können, wenn ihn schon die Welt so sehr in Angst versetzte. Aber wie viel ich ihm auch gab, von George kam kein Liebeszeichen zurück, und manchmal hatte ich das Gefühl, eigentlich gar kein Kind zu haben. Da starrte ich dann auf die anderen Kinder, die aus der Schule stürmten und ihren Müttern einen Kuss gaben, und sehnte mich danach, auch von George umarmt zu werden – er ließ weiterhin keinerlei Berührung zu und zeigte auch keine Gefühle. Wenn er morgens wach wurde, war es fast so, als sähe er mich zum ersten Mal, und damit musste ich jeden Tag aufs Neue klarkommen. Manchmal wünschte ich mir, jemanden kennenzulernen und noch ein Baby zu bekommen, nur um zu wissen, wie es sich anfühlte, eine Mutter mit einem Kind zu sein, das die eigene Liebe erwiderte.

Einzig und allein wenn wir miteinander rauften und George vorgab, ein Power Ranger zu sein, ließ er Berührungen zu. Dann saßen wir zusammen in einem der kleinen Zelte, die ich in der ganzen Wohnung aufgestellt hatte, weil er so viel Freude daran hatte. Ich hatte sogar eins auf mein Bett gestellt, in der Hoffnung, er würde darin schlafen wollen, denn George konnte stundenlang in einem Zelt sitzen. Fast jeden Tag kroch ich mit ihm in eins, wo wir bis zu drei Stunden verweilten und spielerische Kämpfe austrugen. Wenn George auf mich draufkletterte, hielt ich ihn ein paar Sekunden lang fest und spürte seine pummeligen Beine oder seine magere kleine Brust. Diese gemeinsamen Momente liebte ich.

George ließ nicht nur keine Berührungen zu, sondern er sprach auch nicht mit mir: Er redete noch immer nur von ganz speziellen Dingen wie Power Rangers oder Buzz Lightyear. Manchmal sprach er nur einzelne Worte oder sang Sätze immer und immer wieder.

»O und das Flugzeug, o und das Flugzeug«, rief er dann etwa einhundert Mal, bis er zu etwas anderem überging.

Ich versuchte ihn mit Puzzles oder Farbtöpfen abzulenken, aber George fing zu schreien an, sobald er irgendwas falsch machte, wodurch jedes Spielen problematisch wurde, denn wer macht mit sechs Jahren keine Fehler? Zu den wenigen Dingen, die ihm gefielen, gehörte Knete, die er in seinen Händen bearbeitete, während ich Dinge daraus formte, die er sich ansehen konnte. Eines Tages kaufte ich ihm einen Mann aus Plastik mit Löchern im Kopf, durch die man die Knete drücken konnte, damit er »Haare« bekam. Das tat ich, und anfangs lächelte George, als er mich dabei beobachtete, aber sobald ich die Schere nahm, um das Haar zu schneiden, fing er zu schreien an. Er warf sich auf den Boden, wurde steif vor Wut und brüllte. Sein Schreien war so laut und kam so unvermittelt, dass ich mich fragte, ob er sich wehgetan hatte, und mich neben ihn kniete.

»George«, flehte ich ihn an. »Sag mir, was los ist.«

Aber ich bekam nie eine Antwort, denn George erzählte mir nicht, was er empfand. Wie sollte er auch? George schien nicht einmal zu wissen, wer er war. Als ich ihn eines Tages vor einen Spiegel stellte, schrie er so heftig, dass ich alle anderen in der Wohnung abnehmen musste. Wie sollte er also jemals Gefühle erklären können, die sich bei ihm in Wutausbrüchen Luft machten, die immer noch aus heiterem Himmel kamen? George war wie ein Rätsel, das ich nicht zu lösen vermochte, ein Puzzle, dessen Teile ein Bild ergaben, das ich nicht begriff, sosehr ich mich auch bemühte.

Kapitel 5

Können Sie sich vorstellen, dass ein Prospekt, der an einem ganz normalen Tag durch den Türschlitz fällt, etwas Großes in Gang zu setzen vermag? Ich jedenfalls konnte es nicht. Seit ich The Knowledge drangegeben hatte und in unsere neue Wohnung gezogen war, wollte ich wieder zu arbeiten anfangen, denn von der Sozialfürsorge zu leben, gab mir das Gefühl, nutzlos zu sein. Nachdem George mit der Schule begonnen hatte, nahm ich eine Stelle in einem Pub an, wo ich erst putzte und anschließend in der Küche dem Koch zur Hand ging. Es war ein tolles Gefühl, wieder unter Leute zu kommen, aber nach und nach wurde mir klar, dass ich keiner Arbeit außerhalb nachgehen konnte, weil ich nach den vielen schlaflosen Nächten erschöpft war und Georges wegen außerdem ständig in die Schule zitiert wurde. Es dauerte über ein Jahr, bis ich akzeptiert hatte, dass ich all meine Energie benötigte, um mich um ihn zu kümmern, und so gab ich am Ende meine Arbeit auf, weil es eine Vollzeitbeschäftigung war. Als eines Tages die Mietervereinigung meiner Siedlung einen Zettel einwarf und nach Müttern suchte, die sich engagieren wollten, überlegte ich, diesen Versuch zu wagen, denn mir ist es das Liebste, beschäftigt zu sein.

Ich kann allerdings nicht behaupten, dass ich dort besonders aufregende Stunden erlebte, denn jemandem vom Gemeinderat zuzuhören, wo die Bodenschwellen zur Geschwindigkeitsbegrenzung eingebaut werden sollten, ist so interessant nun nicht. Aber indem ich den Leuten bei ihren Gesprächen zuhörte, kam doch was Gutes dabei heraus, denn ich erfuhr, dass das Stück Land hinter den Wohnungen früher ein Gemeinschaftsgarten gewesen war. Das machte mich nachdenklich, denn seit ich in die Wohnung mit dem Balkon eingezogen war, hatte ich mit George gepflanzt. Er hatte Spaß daran, sich um die Pflanzen zu kümmern und mit Erde herumzumatschen, sodass unser Balkon nun voller Töpfe mit Kräutern, Tomaten, Sonnenblumen und Hängeampeln voller Blumen stand. Das Gießen war seine Lieblingsbeschäftigung: George füllte die Töpfe bis zum Rand mit Wasser, und die Pflanzen hatten Mühe, das zu überleben, außerdem tropfte der Erdschlamm auf Michelles Balkon unter unserem und ruinierte immer wieder deren saubere Wäsche. Also wollte ich den Versuch wagen, das Stück Land, das früher einmal ein Garten zur Freude aller gewesen war, wieder zum Leben zu erwecken. Einer meiner Nachbarn, der schon seit Jahren in der Siedlung lebte, hatte Fotos davon, wie es einmal ausgesehen hatte, und daran wollte ich mich orientieren.

Die Siedlung bestand aus vier Häuserblöcken mit jeweils fünfzig Familien, genügend Leute also, um eine Gartengestaltung in Angriff zu nehmen. Als ich die Mietervereinigung um finanzielle Unterstützung bat, begründete ich dies damit, dass ein Gärtnerklub eine Menge Gutes bewirken könne. Unsere Siedlung war ein wenig in Verruf geraten, und etwas, bei dem jeder mitmachen konnte, würde vielleicht hilfreich sein. Im Lauf der Jahre hatte sich das Gesicht der Siedlung verändert, und wie in vielen anderen Siedlungen trafen auch in unserer jede Menge unterschiedliche Kulturen aufeinander. Das Problem war nur, dass dies ein paar Weißen der Unterschicht nicht gefiel, und bevor wir hinzogen, war eine asiatische Familie schikaniert worden. Ich wusste nichts Genaues, aber ich ging davon aus, dass dies der Grund dafür war, dass die Leute sich verbarrikadierten, um sich so voreinander zu schützen. Jede Nationalität blieb für sich, und man ermutigte die Kinder nicht, miteinander zu spielen, was für den Gemeinschaftsgeist keine gute Voraussetzung war.

Nun mögen manche mich für einfältig und blauäugig halten, aber unser Leben ist doch von recht kurzer Dauer, sodass es keinen Sinn macht, einander zu bekriegen. In uns allen schlägt trotz aller Unterschiede das gleiche Herz, und obwohl es in der Siedlung ein paar wirklich unangenehme Zeitgenossen gab, war die Mehrzahl doch anders. In jedem Viertel gibt es mehr gute als schlechte Menschen, und ich sollte Recht behalten mit meiner Garteninitiative. Als ich die Unterstützung von der Mietervereinigung bewilligt bekam, waren die Leute bereit, mit anzupacken. Väter kamen, um die schwere Arbeit zu erledigen und das Wiesenstück neben der Weide zu roden, das wir bepflanzen wollten, während Mütter mit ihren Kindern Michelle und mir beim Anpflanzen halfen.

Nachdem wir genügend Geld zusammenbekommen hatten, um vier Bänke, ein paar Gartengeräte und ein paar Rosenbüsche im örtlichen Pound Shop zu erstehen, wurde der Gärtnerklub schon bald zu einer wöchentlichen Einrichtung. Alte Leute kamen zum Plaudern vorbei, die Kinder lernten, wie man eine Pflanze in die Erde setzte und den Boden dann um die Wurzeln herum festtrat, damit sie wachsen konnte, oder wie man die Rosen wässerte und die abgestorbenen Köpfe abknipste, damit mehr Knospen blühen konnten.

Da wir Michelle, Ricky und Ashley nun besser kannten, wurden gemeinsame Unternehmungen mit mir und George häufiger. Die Kinder fuhren auf ihren Fahrrädern, während Michelle und ich miteinander plauderten, oder wir machten Spiele auf einer Wiese. Deshalb hoffte ich insgeheim auch, dass George durch den Gärtnerklub ein wenig kontaktfreudiger wurde. Meistens blieb er nur beobachtend am Rand stehen, und ich freute mich, als er eines Tages kurz einen Spaten aufnahm, denn das schien ein Anfang. Der Gärtnerklub gab uns jede Woche vom Frühjahr bis in den Spätsommer Anlass, etwas gemeinsam zu tun.

Viel wichtiger war jedoch der Funke, der dadurch in Michelle und mir entzündet worden war, denn bald schon überlegten wir, was wir sonst noch anpacken konnten. Erst waren wir im Treppenhausrausch, jetzt hatte uns das Gemeinsinnfieber gepackt. Und so beschlossen wir, zum nächsten Osterfest eine Eiersuche für alle Kinder zu organisieren. Ich hielt das für eine tolle Idee, denn zu meinen schönsten Kindheitserinnerungen gehörte eine Ostereiersuche bei meiner Cousine Sally. Ihre Familie besaß einen Garten, der hinunter zur Themse führte, und Mum hatte mich am besagten Tag in mein bestes Kleid gesteckt. Es war zauberhaft dort. Während wir unsere Eier in den Büschen suchten, fuhren elegante Boote vorbei. Meine Tante Rita war eine sehr gebildete Frau, die es im Leben zu was gebracht hatte, und ich weiß noch, dass es mich damals sehr beschäftigt hatte, wie anders Sallys Leben im Vergleich zu meinem aussah. Obwohl der Tag in Tränen endete, weil ich so viele Eier gefunden hatte, dass mein Dad mich aufforderte, sie mit den anderen zu teilen, werde ich ihn nie vergessen. Es waren diese Kindheitserinnerungen, die ich an George weiterzugeben versuchte, denn diese sind es doch letztendlich, die einem das Gefühl geben, geliebt zu werden, oder? Und sollten einige der Kinder in meiner Siedlung es im Leben nicht ganz so gut getroffen haben, dachte ich, dann könnte ihnen vielleicht die Eiersuche eine schöne Erinnerung bescheren.

Für dieses Vorhaben bekamen Michelle und ich kein Geld von der Mietervereinigung, aber wir sparten ein wenig, um etwas Schokolade zu kaufen und Plakate zu machen, die alle darüber informierten. Die Eiersuche sollte mittags stattfinden, und es kamen so viele Kinder, dass Michelle und ich, als wir sie jeweils zu zweit losschickten, nur hoffen konnten, dass für alle genügend Eier da waren. Die Kinder, die kamen, waren bunt gemischt: die lieben und die etwas ungezogeneren. Doch alle waren begeistert. Ich erinnere mich besonders an Georgia, ein Mädchen mit einer großen Brille und wunderschönen blonden Haaren, das unter einem Baum stand und fluchend immer wieder hochsprang, um sich ein Ei, das in einer Astgabel lag, zu sichern.

Mag sein, dass es um den Gemeinsinn heutzutage nicht gut bestellt ist, aber als Michelle und ich all diese Dinge in unserer Siedlung anregten, machte ich die Erfahrung, dass man zwar die Erwachsenen nicht ändern kann, die trinkend und vor dem Fernseher sitzend in ihren Wohnungen blieben, aber ihre Kinder ermutigen kann, herauszukommen. In den folgenden Jahren machten Michelle und ich unbeirrt weiter, obwohl sie meinte, dass uns die Hälfte der Leute für verrückt erkläre und die andere Hälfte der Überzeugung sei, dass wir etwas von ihnen wollten. Mich kümmerte das nicht, denn man muss die Barrieren abbauen, wenn man etwas erreichen will, und dass ich das kann, habe ich meiner Mum und meinem Dad zu verdanken.

Eines Tages beschlossen wir, für ein paar Stunden die Wäscheleinen im Hof abzunehmen, um stattdessen Badmintonnetze für die Jugendlichen aufzubauen, womit wir für großen Tumult sorgten.

»Was habt ihr denn jetzt wieder vor?«, riefen die Leute, als sie sahen, was Michelle und ich taten. »Unsere Wäsche muss getrocknet werden.«

»Es dauert nicht lang«, riefen wir zurück.

Ihre Wäsche konnte ruhig ein paar Stunden warten. Ich hatte als Kind Badminton gespielt, mein Dad hielt anfangs meine Hand, um mich zu unterstützen. Nun machten Michelle und ich dasselbe – und wir brachten die Kids dazu, mitzumachen. Während wir spielten, sah ich ein kleines, vielleicht sechsjähriges Mädchen auf einem der Balkone stehen. An seinem Verhalten merkte ich, dass man ihm verboten hatte, herunterzukommen – es wandte sich ab, als ich Blickkontakt zu ihm aufzunehmen versuchte. Als wir das nächste Mal Badminton spielten, klopfte ich deshalb an der Wohnungstür seiner Familie an und erklärte der Mutter, ich sei zwar keine ausgebildete Betreuerin und könne ihr Kind auch nicht den ganzen Tag beaufsichtigen, hoffe jedoch, dass sie ihr Kind auf den Hof lasse, während wir spielten. Die Mutter sagte kein Wort, und ich war ein wenig in Sorge, sie könnte mich für eine Wichtigtuerin halten. Aber offenbar war dem nicht so, denn das kleine Mädchen wurde danach immer zum Spielen zu uns heruntergeschickt.

Das Beste, was Michelle und ich uns einfallen ließen, war ein Schlag- und Ballspielabend – obwohl dieser etwas holprig in Gang kam. Wir waren nach unseren Erfahrungen beim Gärtnern und dem Badminton ein wenig übermütig geworden und beschlossen deshalb, zu diesem Abend alle einzuladen – auch die Eltern. Zur Verbreitung bedienten wir uns unserer Geheimwaffe: der Klatschweiber unserer Siedlung. Sie kennen auch welche? Münder so groß wie der Tunnel unter dem Ärmelkanal und alle Zeit der Welt, um herumzustehen und zu tratschen. Ich erzählte ihnen ganz beiläufig, was wir vorhatten, und wusste, dass sie die Buschtrommel in Gang setzen würden.

Als wir uns das erste Mal zum Ballspiel treffen wollten, gingen Michelle und ich mit George, Ricky und Ashley hinunter auf die Wiese, wo allerdings nur unsere Freundin Sharon mit ihren Kindern und ein paar alte Damen auf uns warteten. Die Tratschweiber hatten offenbar ihre Aufgabe nicht so gut erledigt, wie von uns erhofft, aber wir mussten da jetzt durch, denn die Leute beobachteten uns von ihren Balkonen aus und fragten sich ganz offensichtlich, was die Wahnsinnigen wohl jetzt wieder im Schilde führten.

Danach ließen wir uns etwas anderes einfallen. Damit unser nächster Spieleabend nicht wieder ein Reinfall wurde, brauchten wir einen großen Plan. Und so beschlossen Michelle und ich, dass die beste Werbung ein Spaßtag für die ganze Familie auf der Wiese wäre. Nach Rücksprache mit meiner Familie, die einwilligte, uns mit Geld zu unterstützen, kauften wir ein preiswertes Planschbecken und mieteten für diesen Tag eine Hüpfburg. Unsere Begeisterung war so groß, dass wir erst am Morgen des Spaßtags merkten, dass es mehr als ein paar Eimer brauchte, um das Planschbecken zu füllen. In unserem Pool hätte man olympische Bahnen schwimmen können.

»Wir werden es mit unseren Küchenhähnen füllen müssen«, meinte Michelle.

Also schlossen wir Schläuche an, die zum Pool führten,

und so wurde dieser Tag zu einem der schönsten meines Lebens. Die Leute kamen in Scharen, und die Kinder sprangen unter den wachsamen Augen von Michelle in das Planschbecken oder hüpften in der Hüpfburg, während ich ein Schlagballspiel organisierte, damit auch die Erwachsenen eingebunden wurden. Auch George war draußen und kickte seinen Fußball, wobei er die vielen Leute beim Schlagballspiel beobachtete. Selbst ein Mann, der ganz am Ende unseres Blocks wohnte und so betrunken war, dass er kaum gerade stehen konnte, spielte mit.

»Also, ich weiß ja, dass Sie gern was trinken, wie ich übrigens auch«, sagte ich zu ihm, obwohl das Härteste, was ich je getrunken hatte, ein Brandy mit Cola war, »aber ich weiß nicht, ob es so gut ist, wenn Sie die Bierdose in der Hand halten, während wir hier mit Kindern spielen. Sie wollen doch kein schlechtes Vorbild sein, oder?«

Der Mann schielte mich an, warf dann aber mit einem Lächeln seine Dose in die Luft. Später kamen wir miteinander ins Gespräch, und ich erfuhr, dass seine Eltern gestorben waren und er daraufhin obdachlos wurde und zu trinken begonnen hatte. Was nur wieder mal zeigt, dass man jemanden nicht nach dem Äußeren beurteilen darf. Jeder lebt sein Leben anders, und ich denke, der Mann hatte Spaß, obwohl er sich nicht auf den Ball konzentrieren konnte. Es war für uns alle ein schöner Tag – mit dem einzigen Wermutstropfen, dass der Wassertank auf dem Dach seinen Geist aufgab. So mussten wir jemanden vom sozialen Wohnungsbau herauskommen lassen.

»Was ist denn hier los gewesen?«, fragte der Mann mit Blick auf das riesige Planschbecken, die vielen nassen Kinder und das durchweichte Gras.

Ich musste es ihm erklären, aber zum Glück lachte der Handwerker nur und ging hoch aufs Dach, um den Schaden zu reparieren.

Wenn ich an diesen Tag zurückdenke, muss ich immer lächeln. Da kamen so viele Menschen unterschiedlichsten Alters aus den verschiedensten Wohnungen zusammen, die nie richtig miteinander ins Gespräch gekommen waren, und der Spaßtag brach das Eis. Danach kamen immer mehr Leute, wenn es hieß Schlag- und Ballspielabend. Diese Abende wurden am Ende so beliebt, dass die alten Leute ebenfalls herunterkamen und sich zum Plaudern auf eine Bank setzten. Die Kinder warteten schon den ganzen Nachmittag darauf, dass Michelle und ich den Schuppen aufschlossen, worin wir alles verwahrten.

Ich war begeistert und erfuhr ganz nebenbei, dass sich hinter jeder Tür eine andere Geschichte verbarg: die alte Frau, von der ich gedacht hatte, dass sie eine große Familie hat, war in Wirklichkeit einsam; eine asiatische Familie, die sich in unserer Siedlung immer ein wenig unsicher gefühlt hatte, schöpfte genügend Vertrauen, um mit ihren Kindern dazuzustoßen, weil ihnen klar geworden war, dass die meisten von uns wohlgesonnen waren. Vor allem jedoch lernte ich, dass man, wenn man etwas für andere Menschen tut, auch etwas für sich selbst tut, denn indem George und ich die Leute unserer Siedlung kennenlernten, wuchs in uns das Gefühl, ein Zuhause gefunden zu haben. Vielleicht, dachte ich, öffnet die Welt sich ja für uns beide.

Die Kinder auf Georges Schule waren bunt gemischt. Neben all denen, die ein durchschnittliches Lerntempo an den Tag legten, gab es Kinder, denen es schwerer fiel, weil sie besondere Lernvoraussetzungen mitbrachten. Damit meine ich, dass sie unter Aufmerksamkeitsdefizitstörungen litten oder körperliche Gebrechen hatten, die dazu führten, dass sie mehr Hilfe benötigten als durchschnittliche Kinder. Einige von ihnen wurden in speziellen Lerngruppen unterrichtet, andere bekamen die Hilfe eines Teaching Assistant, der sich mit ihnen beschäftigte, wobei die während des Regelunterrichts stattfindende Einzelbeobachtung sich auf ein paar Wochenstunden beschränken, aber auch ständige Ganztagsförderung sein konnte.

Seit ich bei der Erziehungsberatung war und den Elternkurs machte, hatte ich das Gefühl, als hätte man George auf der Schule vergessen, und das, obwohl ich dort ständig vorstellig geworden war – entweder, weil er wieder Schwierigkeiten hatte oder weil ich um etwas bitten wollte –, aber genauso gut hätte ich mit meinem Kopf gegen eine Wand schlagen können, denn ich erreichte nichts. Meine arme Mum konnte es schon nicht mehr hören, so oft klagte ich ihr deswegen mein Leid.

Aber dann, als George nach drei Jahren zu den Junioren kam, wo er weitere vier Schuljahre bleiben würde, bis er mit elf Jahren auf die weiterführende Schule kam, passierte doch etwas. Die Schule beschloss, dass er von jetzt an Hilfe in einer Lerngruppe für Kinder mit besonderen Bedürfnissen bekommen sollte, weil er nicht richtig lernte. Was allerdings ziemlich untertrieben war: George war sieben und konnte weder lesen noch schreiben. Er erkannte den Buchstaben A auch dann nicht, wenn man ihm einen Apfel vorhielt, und konnte nicht mal seinen Namen lesen. Ich war froh, dass endlich etwas unternommen wurde, denn kein Mensch kann sich vorstellen, wie ich mich fühlte. An manchen Abenden schloss ich mich auf der Toilette ein und weinte in ein Handtuch, weil ich nicht wollte, dass George meine Verfassung mitbekam. Den einen Tag fühlte ich mich einsam, den nächsten traurig, um dann am dritten zu versuchen, neue Hoffnung zu schöpfen.

Als George in seiner Lerngruppe anfing, wurde ich zu einem Treffen mit seiner Lehrerin, Miss Proctor, gebeten, die alles über seine besonderen Verhaltensweisen, Vorlieben und Abneigungen wissen wollte. Während unseres Gesprächs gab sie nicht viel preis, aber als wir am Ende angekommen waren, sah Miss Proctor mich entsetzt an.

»Was um Himmels willen hat George denn gemacht, seit er zur Schule geht?«, fragte sie.

»Das weiß ich nicht genau«, erwiderte ich.

»Ich weiß, dass Sie sich Sorgen machen, und die sind auch berechtigt, Miss Romp. George ist für sein Alter weit zurück. Er reagiert auf niemanden und zeigt anderen Kindern der Gruppe gegenüber keinerlei Emotionen. Außerdem bekommt er Anfälle, die seine Klassenkameraden beunruhigen, und kann manchmal recht gewalttätig sein.«

Einen schrecklichen Moment lang fragte ich mich, ob Miss Proctor nicht wieder jemand war, der befand, dass George einfach nur ein ungezogenes Kind war. Dann wurde mir aber klar, dass dem nicht so war. Miss Proctor sah nicht den unerzogenen, unkontrollierbaren Jungen, sondern etwas anderes.

»Ich bin schon ganz krank vor Sorge«, platzte es aus mir heraus.

Ich hätte beinahe vor der armen Miss Proctor losgeheult, weil man erstaunlicherweise sehr emotional reagiert, wenn man sich so lange Zeit mit etwas herumgeschlagen hat und einem dann plötzlich jemand sagt: »Das ist eine ziemlich Belastung, nicht wahr?«

»Es ist so schwer, seit er zur Welt kam, aber keiner will mir zuhören, wenn ich erzähle, wie anders er sich verhält«, teilte ich Miss Proctor mit. »George ist beinahe ein Fremder für mich. Ich weiß, wie schrecklich sich das anhört, aber so empfinde ich es. Ich kann ihn nicht zu anderen Kindern lassen, weil ich nie weiß, was er tun wird. Er scheint sich für niemanden zu interessieren – die meiste Zeit nicht einmal für mich. Ich kann ihn nicht in den Arm nehmen oder mit George lachen, aber alle haben immer nur gemeint, das werde sich schon noch auswachsen. Es ist sehr schwer, denn manchmal scheint er gar nicht zu wissen, wer ich bin. Ich meine, er weiß es schon, aber es bedeutet ihm nichts. Als würde er gar nicht richtig begreifen, dass ich seine Mum bin.«

Miss Proctor sah mich mit ihren freundlichen Augen an. »Wir werden George helfen«, sagte sie. »Es gibt viele Techniken, die uns zur Verfügung stehen, und Wege, Kinder, die nie am Lernen interessiert waren, ans Lernen heranzuführen. George hat offensichtlich Probleme, aber es gibt Möglichkeiten, sie zu bewältigen.«

Ich mochte Miss Proctor vom ersten Moment an und war froh, dass sie sich um George kümmerte, wenn dieser zwischen den Stunden in seiner Lerngruppe und dem normalen Unterricht wechselte. Nicht, dass man mich falsch versteht: Hier wurde nicht mit dem Zauberstab gewedelt, und es kam keine gute Fee, um uns zu retten, schließlich arbeitete Miss Proctor an einer Schule mit vielen Kindern. Aber wenigstens bekam George von nun an etwas Hilfe. Nach ein paar Monaten trat dann auch ein Erziehungspsychologe namens Michael Schlesinger in unser Leben. Man sagte mir, er werde

George beurteilen, um herauszufinden, welches Lernniveau er hatte und welche sozialen Fähigkeiten in ihm steckten, und ich wartete gespannt auf sein Ergebnis.

»Ich sah heute einen Mann«, sagte George wütend, als er an dem Tag nach Hause kam, an dem er, wie ich wusste, Mr Schlesinger getroffen hatte.

»Was war das für ein Mann?«, fragte ich.

»Er roch nach Kaffee.«

»Tatsächlich?«

»Er setzte sich dicht neben mich. Er hatte große vorquellende Augen.«

»Aha.«

»Ja. Ich möchte nicht, dass er jemals wieder neben mir sitzt.«

Mir war klar, dass George beunruhigt war, hoffte aber, dass Mr Schlesinger etwas für ihn tun konnte. Denn das Gefühl, mit George nach einem Schiffbruch an einem Strand zu stehen und die Leute, die auf dem Meer vorbeisegelten, uns nur zuwinken zu sehen, hielt einfach schon viel zu lange an. Vielleicht war er derjenige, der versuchen würde, wenigstens ein klein wenig zu unserer Rettung beizutragen.

Ein paar Tage später lernte ich Mr Schlesinger kennen, einen sehr großen Mann mit angenehmer Stimme und freundlichen Augen. Ich fühlte mich in seiner Gegenwart sofort wohl, weil er große Ruhe ausstrahlte. Mr Schlesinger erzählte mir als Erstes, was er zur Beurteilung von George mit ihm gemacht hatte – eine Reihe von Tests wie etwa das Zeigen von Bildkarten, zu deren Inhalt er ihn befragte.

»Braun« war das einzige Wort gewesen, das George sagte, nachdem er mehrere Minuten lang ein Klavier angestarrt hatte.

Mr Schlesinger erklärte mir, dass die meisten Kinder Musik oder Singen sagten, wenn sie das Bild sähen, und dass George auch Probleme damit habe, Gesichtsausdrücke zu deuten.

»Er hat gravierende Lernschwierigkeiten und auffällige Probleme bei der sozialen Interaktion«, teilte Mr Schlesinger mir mit. »Georges Lernalter entspricht dem eines Dreijährigen. Es ist eine sehr komplexe Situation, und wir stehen erst am Anfang, sie zu begreifen. Aber ich kann sagen, dass George zwar eine Menge Hilfe benötigen wird, wir die Probleme aber herausfiltern und eins nach dem anderen anpacken werden.«

Ich schaute Mr Schlesinger schweigend an.

»Ist alles in Ordnung mit Ihnen, Miss Romp?«

Ich wusste nicht, ob ich ehrlich sein sollte. Nach all den Jahren und all der Sorge sprach ein hochkarätiger Experte endlich aus, wie schlimm die Lage war. Aber ich war nicht traurig, ich war erleichtert. Mr Schlesinger hatte hinter die Fassade des blonden, blauäugigen und so perfekt aussehenden Jungen geschaut, und dabei das einsame, verängstigte Kind gesehen, das in George kämpfte.

Ein Sonnenstrahl stahl sich durch die Wolken, und ich spürte, wie er mich traf.

TEIL 2

Ben findet zu uns

Kapitel 1

Ich hatte keine Ahnung, dass ein streunender Kater, der bei unserer ersten Begegnung aussah, als hätte er zehn Runden mit Mike Tyson hinter sich, der Schlüssel sein könnte, der uns die Welt mit all der Liebe und Vorstellungsgabe öffnete, in der George so lange Zeit eingeschlossen gewesen war. Ben kam im Sommer 2006 zu uns, kurz nachdem George seinen zehnten Geburtstag gefeiert und ein paar Monate, nachdem man mir endlich bestätigt hatte, dass er Autist ist. Während der zwei langen Jahre, die es nach seiner Sitzung bei Mr Schlesinger noch dauerte, bis die Diagnose feststand, hatte ich immer geglaubt, dass einer der vielen Menschen, mit denen wir zu tun hatten – von Ärzten über Psychologen zu Lehrern und Sprachtherapeuten –, den Schlüssel in Händen hielt, der uns in Georges Welt einließ. Aber das Leben folgt nicht der Logik. Diese Menschen verfügten zwar alle über große Erfahrung und steckten viel harte Arbeit in George, um ihm zu helfen, aber es war Ben, der sein Leben vollständig veränderte – und meines dazu.

Die Diagnose hatte deshalb so lange gedauert, weil es so viele Probleme gab. Als Erstes sagte man mir, er habe ADHS (Aufmerksamkeitsdefizithyperaktivitätsstörung), was erklärte, warum er im Unterricht oder zu Hause nicht stillsitzen konnte. Aber als ich in eine Gruppe von Eltern geschickt wurde, deren Kinder ADHS hatten, und Zeuge wurde, wie deren Mütter und Väter schweigend zusahen, wie ihre Kinder das Mobiliar zertrümmerten, fühlte ich mich fehl am Platz. Es sah fast danach aus, als hätten sie diese Kinder aufgegeben, und so wollte ich mit George auf keinen Fall verfahren. Klarer wurde das Bild, als er zu einer Psychiaterin kam, die bei ihm Autismus diagnostizierte. Sie war die erste Person, die mit mir detaillierter über seine Verfassung sprach, und während sie dies tat, wurde mir klar, dass sie zum Verständnis von Georges Welt beitragen konnte. Die Ärztin erklärte mir, dass es ein breites Spektrum an Erscheinungsformen des Autismus gebe, die sich sehr verschieden darstellten, was George allerdings so ungewöhnlich mache, seien die anderen Probleme, an denen er zudem leide, darunter ADHS und ein Hang zur Paranoia. Was die Situation zudem erschwerte, war, dass George im Vergleich zu anderen autistischen Kindern zwar sehr gesprächig war, sich aber weigerte, mit Personen zu sprechen, die ihn beurteilen wollten, was die Arbeit mit ihm natürlich erschwerte.

Während die Psychiaterin George Woche für Woche sah, sprach sie mit mir über das, was sie an ihm beobachtet hatte, und alles, was sie genau benennen konnte – seine Geruchs- und Geräuschempfindlichkeit, seine Unfähigkeit, Blickkontakt aufzunehmen oder mit etwas in Beziehung zu treten, seine Wutausbrüche und seine Besessenheit von Ritualen und Routinen – schien zur Diagnose zu passen. Je mehr die Psychiaterin mir über Autismus erzählte, desto mehr Sinn ergab die Diagnose für mich. Sie erklärte mir, dass Georges Sinne viel empfindlicher seien als die eines Durchschnittsmenschen, sodass der Lärm eines Autos sich für ihn anhörte wie ein Güterzug, Gerüche ihn überwältigten und er jemandes Berührung eher als bedrohlich denn tröstlich empfinde. Während ich zuhörte, verstand ich viele Dinge viel besser – warum George mich nicht in seine Nähe ließ, warum er durch mich hindurchsah und mich manchmal sogar als seinen Feind anzusehen schien, und ich war froh, endlich Einblick in seine Welt zu bekommen, da ich noch immer darunter litt, dass George nicht zu wissen schien, dass ich seine Mum war, der Mensch, der ihn bedingungslos liebte.

An einem Morgen, es war ein Schulmorgen wie jeder andere, mussten wir uns beeilen, um wegzukommen, weil George erst um fünf Uhr eingeschlafen war und nicht aufstehen wollte. Beim Anziehen war etwas schiefgelaufen – sein T-Shirt war nicht weich genug, weshalb wir alles wieder ausziehen und noch mal von vorne anfangen mussten; beim Frühstück wurden wir aufgehalten, weil ich den Toast zu lange getoastet hatte, dann erklärte mir George, dass die Rinde bei der nächsten Packung, die ich aufmachte, zu braun sei (manchmal mussten vier Packungen geöffnet werden, bevor George entschied, dass er essen konnte), und ich hatte die Butter so rasch aufgestrichen, dass mir das Messer beim Ablegen auf den Boden fiel.

»Darum kümmere ich mich, wenn ich nach Hause komme«, sagte ich und gab ihm sein Frühstück.

Einige Stunden, nachdem ich ihn zur Schule gebracht hatte, klingelte das Telefon.

»Miss Romp?«, meldete sich eine Stimme am anderen Ende der Leitung.

»Ja.«

»Ich arbeite für den Sozialdienst von Hounslow. Ich würde Sie gern sprechen, weil Ihr Sohn eine Behauptung aufgestellt hat, der wir nachgehen müssen.«

»Was meinen Sie damit?«

»George sagte, Sie hätten ihn niedergestochen.«

»Soll das ein Scherz sein? George wurde nicht niedergestochen. Ich habe ihn eben erst zur Schule gebracht.«

»Nun, leider hat er einem Lehrer gesagt, er sei mit einem Messer in die Seite gestochen worden.«

»Ist das Ihr Ernst?«

»Ja, Miss Romp.«

Ich konnte kaum glauben, was ich hörte. Natürlich kam es zu einer großen Untersuchung. Ich wurde verhört, George wurde verhört, und das ging so lange, bis allen klar war, dass ich ihn nicht angegriffen hatte. Aber irgendwie war George durch das auf den Boden gefallene Messer auf die Idee gekommen, ich hätte ihm wehtun wollen, und mir wurde kalt, angesichts der Art und Weise, wie er mich noch Tage danach ansah. Es war, als wäre er aus Glas und könnte mich nicht sehen. Er sah durch mich hindurch und sagte kein Wort.

»Meine Mum hat versucht, mich zu töten«, sagte er immer und immer wieder. »Meine Mum hat versucht, mich zu töten.«

Können Sie sich vorstellen, wie das ist, diese Worte vom eigenen Kind zu hören? Aber die Psychiaterin half mir, sie zu verstehen, indem sie mir erklärte, dass für Autisten alltägliche Dinge, selbst ein auf den Boden fallendes Messer, eine Bedrohung darstellen konnten.

Anfangs machte das Wort »Autismus« mir Angst, weil ich nicht richtig verstand, was das bedeutete. Aber nachdem die Ärztin geduldig all meine Fragen beantwortet hatte, holte ich mir zusätzliche Informationen aus dem Internet, bis sich mir langsam ein tieferer Einblick in seine Welt erschloss.

Man glaube jedoch nicht, dass durch die Einbindung der Experten das Leben auf einmal perfekt war. Wir waren nicht immer einer Meinung, und es ist nicht einfach, mit Leuten zu argumentieren, die Titel und Zertifikate vorzuweisen haben. So meinte die Psychiaterin beispielsweise, man könne Georges ADHS medikamentös in den Griff bekommen, wozu ich einwilligte. Aber als ich George nur noch auf dem Sofa liegen sah, mit einem benommenen Augenausdruck und Spucke, die ihm aus dem Mundwinkel tropfte, setzte ich die Tabletten sofort ab. Um zu erkennen, dass dies nicht die Lösung sein konnte, brauchte ich keine Lehrbücher oder einen weißen Kittel.

»Da ist es mir lieber, ihn so anzunehmen, wie ich ihn kenne, als ihn derart apathisch zu erleben«, erklärte ich der Ärztin.

Ich hatte Angst, dass ich nach all den Jahren, die ich Hilfe in Anspruch genommen hatte, nun, da ich einen mir erteilten Rat ausgeschlagen hatte, keine mehr bekäme. Aber ich musste tun, was ich für richtig hielt. Es mochte ja sein, dass die Medikamente geprüft wurden und die Ärzte, die sie verschrieben, über jahrelange Erfahrung verfügten, für George waren sie jedoch keine Lösung.

Mit der Psychiaterin war ich also in diesem Punkt anderer Meinung, ansonsten war sie sehr gut zu mir. Nach einer Diagnose kommen die Dinge nicht von allein ins Lot, aber es wird alles ein wenig leichter, da man weiß, womit man es zu tun hat. Ich konnte lernen, George dabei zu helfen, besser in der Welt zurechtzukommen.

Ein wirklich schwerer Schlag war für mich allerdings die Aussage der Psychiaterin, George werde wohl nie lernen, mir seine Liebe auf die Weise zu zeigen, wie Kinder das sonst bei ihren Müttern tun.

»Damit wird er für den Rest seines Lebens leben müssen«, sagte sie. »Sie können ihm das Leben leichter machen, indem Sie den Autismus verstehen und lernen, wie George funktioniert, aber Autismus ist unheilbar. George wird nie der knuddelige Junge sein, den Sie sich wünschen, Miss Romp. Das gehört alles zu seinem Zustand, es gibt keine Wunderheilung.«

Ich stand kurz davor, aufzugeben. Vergessen wir die Verhaltensprobleme, die Schwierigkeiten beim Essen, die Wutanfälle und die Gemütsschwankungen. Die Tatsache, dass George niemanden und nichts zu brauchen schien, nicht einmal mich, war das, womit ich immer am meisten zu kämpfen hatte und wogegen ich mich sein ganzes Leben lang zur Wehr gesetzt hatte. Ich hatte versucht, ihm zu geben, was ich als Kind bekommen hatte, in der Hoffnung, dass er eines Tages Glück finden würde – umgeben von der Familie und von Freunden. Aber, dachte ich, meine Hoffnung war naiv, die Ärztin geht davon aus, dass es niemals so sein wird.

Was tat ich also? Aufgeben? Realistisch sein und akzeptieren, dass George mir niemals seine Liebe zeigen würde? Nein. Niemals. Ich redete mir ein, dass die Ärztin eine Ärztin und ich seine Mutter war. Ich würde so lange weitermachen, wie ich die Kraft dazu hatte, George zu zeigen, dass er Teil dieser Welt sein konnte, und ihm dabei helfen, seinen Platz in ihr zu finden. Das Schlimmste war für mich, Tag für Tag zusehen zu müssen, wie George mit seiner Frustration und seiner Wut kämpfte, und da ich gelernt hatte, zu akzeptieren, dass er anders war, und ich ihn, so wie er war, liebte, lange bevor bei ihm Autismus diagnostiziert wurde, würde ich jetzt, da sein Zustand einen Namen hatte, nicht aufgeben, ihm zu einem besseren Leben zu verhelfen.

Tief in mir war ich mir ganz sicher, dass ich irgendwie

und irgendwo den Schlüssel finden würde, um einen Teil dessen freizulassen, was in ihm steckte, und ihm somit wenigstens etwas Frieden, wenn nicht schon das Glück zu schenken, das ich mir immer für ihn gewünscht hatte. Und wenn ich tausend Jahre Zeit gehabt hätte, diesen Schlüssel zu finden, hätte ich mir doch nie vorstellen können, dass er in folgender Gestalt aufträte: als flauschiger schwarz-weißer Kater mit hellgrünen Augen.

Die Katze sah abgemagert und krank aus, als ich sie auf dem Dach des Schuppens in dem Garten stehen sah, den George und ich seit unserem Umzug hatten. Ein Jahr zuvor hatten wir vom sozialen Wohnungsbau ein hübsches Haus mit zwei Schlafzimmern in der Nähe von Mum und Lewis zugewiesen bekommen, und dazu gehörten fünfzig Quadratmeter Außenfläche, mehr Matsch als Garten. Aber nachdem ich Torf aufgeschüttet und Trittsteine gelegt hatte, pflanzte ich Rosen, Geißblatt und Clematis und machte im Internet einen gebrauchten Gartenschuppen ausfindig, den ich hellgrün strich und innen mit Blumen ausmalte. Als ich dann noch ein kleines Gartenhäuschen im selben Grün kaufte, konnte ich unser Glück kaum fassen.

Beim ersten Mal sah ich die Katze nur von fern, aber ich erkannte sofort, dass es ihr nicht gut ging. Sie war völlig verdreckt, und sie verschwand, kaum dass ich sie entdeckt hatte. Sie tat mir leid, und so ließ ich an diesem Abend etwas Milch und Brot draußen, und am nächsten Tag war nichts mehr davon da. Im Laufe der nächsten Tage sah ich das Tier wieder, aber immer nur für ein paar Sekunden, weil es in dem Moment davonschoss, da ich die Tür zum Garten öffnete. Nach ein paar Tagen schaffte ich es, mich langsam über den Rasen zu schleichen und so nah an das Fellbündel heranzukommen, dass ich es besser in Augenschein nehmen konnte. Ich hatte auch vorher schon oft verwilderte Katzen gesehen, die sich ihr Überleben in der Wildnis mit allem sicherten, was sie finden konnten, aber diese hier schien anders zu sein. Sie sah wirklich krank aus. Sie brauchte Hilfe.

Als ich mich ihr näherte, hob die Katze ihren Kopf. Um ihren Hals zog sich ein kahler Ring, der blutverkrustet war. Es sah aus, als hätte jemand versucht, die Katze aufzuhängen. Für so ein dürres Ding hatte sie außerdem einen gewaltigen Bauch, und entsetzt machte ich mir klar, dass sie trächtig war. Es sah tatsächlich ganz danach aus, als bliebe nicht mehr viel Zeit, bis die Babys kamen. Wie sollte sie das schaffen, so geschwächt, wie sie war?

Ich ging noch einen Schritt auf die Katze zu, um sie mir besser anschauen zu können, aber da bekam sie Panik. Fauchend und mit ihren Pfoten nach mir schlagend, sprang sie auf den Zaun und dann auf das Dach des Schuppens und flitzte davon. Ich fragte mich, ob ich sie wohl jemals wiedersehen würde, nachdem ich ihr solche Angst eingejagt hatte, aber Katzen sind schließlich gierig. Die Streunerin kam an diesem Abend und auch am nächsten zurück zu ihrem Brot und ihrer Milch, und bald schon besuchte sie den Garten auch tagsüber.

Es schien ihr bei uns zu gefallen, aber ihr Kommen und Gehen verstärkte meine Besorgnis. Ich hatte in der Hoffnung, jemand würde eine Katze vermissen, an ein paar Türen geklopft, denn so abwegig war es nicht, dass Katzen sich verliefen und ihren Weg nicht mehr zurückfanden. Auch bei einer Tierschutzorganisation hatte ich angerufen, um mich zu erkundigen, ob jemand eine schwarz-weiße Katze als vermisst gemeldet hatte. Sie war nämlich unverwechselbar mit ihrem weißen Fleck in der Form eines Schmetterlings unter ihrer Nase und einem weißen Brustlätzchen. Ihre Augen waren von einem auffälligen Grün – blass, aber leuchtend –, wie ich noch nie welche gesehen hatte. Aber keiner suchte nach einer trächtigen schwarz-weißen Katze. Ich wusste, dass ich sie wegen der zu erwartenden Babys so bald wie möglich zum Tierarzt bringen musste.

Ich war schon vor längerer Zeit eher zufällig zur Haustierretterin geworden und hatte deshalb Übung darin. Es begann, als George und ich noch in der Siedlung wohnten und Michelle einen Labrador aufgenommen hatte, der in der Hundeschule nicht die von seinem Besitzer erwarteten Leistungen erbrachte. Michelle hatte allerdings in ihrer Wohnung keinen Platz für einen herumspringenden Welpen, aber der Hund war ein Prachtexemplar mit schokoladebraunem Fell und großen Augen, weshalb ich nachvollziehen konnte, dass sie helfen wollte. Das Problem war zudem, dass keine Haustiere erlaubt waren, und wie sollte Michelle einen halb ausgewachsenen Labrador verstecken, wenn sie mit ihm durch die Siedlung spazierte und die Klatschweiber sich beschwerten.

»Sie hat einen Hund in ihrer Wohnung?«, hörte ich sie sagen. »Wir haben keinen! Wir wohnen jetzt schon seit sechzig Jahren in diesen Wohnungen, meine Liebe, und Haustiere sind nicht erlaubt.«

Ich sagte Michelle, sie müsse den Hund weggeben, ansonsten würde sie angezeigt werden. Aber anstatt was Vernünftiges zu tun, wie ihn zu einer Tierschutzorganisation zu bringen, schmuggelten wir ihn ein Stockwerk höher in meine Wohnung, wo Haustiere genauso verboten waren wie in der von Michelle. Wir wollten uns nicht von dem Hund trennen, bevor wir sicher sein konnten, dass er ein gutes Zuhause gefunden hatte. Ich setzte alles daran, dass er ruhig blieb. Leider drehte der Hund aber jedes Mal durch, wenn die Türglocke schellte.

»Haben Sie einen Hund da drin?«, hörte ich jemanden fragen, als ich die Tür einen Spalt weit öffnete.

»Nein, ich hab nur den Fernseher an«, erwiderte ich, während der Hund von Baskerville nur wenige Zentimeter neben mir heulte.

Am Ende musste ich sagen, dass der Hund Ferien bei mir machte, aber wer wollte schon im Urlaub nach Hounslow? Selbst für einen Labrador ist das nicht Barbados. Glücklicherweise fand ich für ihn nach ein paar Wochen ein Zuhause bei einem Mann aus Kent, den ich kannte, und er zog um in ein schönes Leben am Meer.

Auch George hatte Tiere immer gern gehabt. Als Mums Hund Polly starb, fertigte er für das Hundegrab im Garten ein Kreuz und sagte seiner Nanny, sie dürfe niemals ausziehen, denn dann müsse sie ja Polly zurücklassen. Ich hatte George erklärt, dass wir in einer Wohnung des kommunalen Wohnungsbaus keine Haustiere halten durften, und oft die Bauernhöfe in der Stadt besucht, damit er Tiere zu sehen bekam. Doch er wusste, dass das Haustierverbot nicht mehr galt, als wir in das Haus mit Garten zogen. Sofort wollte er Fische haben, Vögel und Hunde. Ich kaufte ihm einen Wellensittich – einen hellgelben, den wir Polly nannten –, aber wie ich schon erwähnte, blieb er nur wenige Wochen, weil für George der Gesang zu viel wurde. Er musste zu Mum und Lewis umziehen. Dann meinte George, er wolle ein Kaninchen haben, aber da das mit Polly nicht so gut gelaufen war, war ich mir unsicher. Wir besuchten eine Tierhandlung in unserer Nähe, um uns dort die Kaninchen anzusehen, und ich hoffte, ihn damit zufriedenzustellen. Leider sahen wir dort eines Tages dieses große hübsche Häschen mit den Schlappohren, das George natürlich haben wollte, und so gab ich nach. Wir nannten es Fluffy, und es fand seine Bleibe in dem mit Blumen ausgemalten Schuppen. Aber wieder hielt Georges Interesse nicht lange an, und ich sagte mir, dass er offensichtlich auch zu Tieren keine Bindung eingehen konnte, sosehr ich mir das auch für ihn wünschte.

Die Nachbarn wussten jedoch, dass wir ein Kaninchen hatten, weil in einem sozialen Wohngebiet jeder alles weiß, und deshalb kam eine Frau, die um die Ecke wohnte, auch sofort an meine Tür, als sie ein Kaninchen gefunden hatte, das an der Straße entlanghoppelte. Sie wusste nicht, was sie damit machen sollte, also nahm ich es zu mir, und unser inoffizielles Pflegeheim für Tiere hatte seine Pforten damit geöffnet.

Nachdem ich das Kaninchen zu mir genommen und durch Herumfragen einen neuen Besitzer gefunden hatte, riss der Strom der Tierwaisen, die kamen und gingen, nicht mehr ab: das Wildkaninchen, das ein Kind im Park gefunden hatte, ein Albinokaninchen, das ein gutes Zuhause fand und mehrere Meerschweinchen, die Eltern für ihre Kinder gekauft hatten, die sie dann aber doch nicht haben wollten. Ich konnte zu keinem davon Nein sagen. Die Tiere konnten nichts dafür, dass sie kein Zuhause mehr hatten, und ich freute mich, wenn die Kaninchen über den Rasen hoppelten oder das Meerschweinchen herumwuselte und so wenigstens etwas Spaß hatte.

Aber obwohl ich seit meiner Kindheit Tiere liebte, stand mein Entschluss fest, nicht zur offiziellen Besitzerin von etwas anderem als einem Kaninchen werden zu wollen – und Katzen standen ganz oben auf der »Nicht-erwünscht«-Liste. Ich war ihrer überdrüssig geworden, nachdem meine Mum in meiner Kindheit so viele Streuner aufgenommen hatte, dass sie mich am Ende in der Schule die »Haarige« nannten, weil meine Uniform ständig voller Katzenhaare war. Als dann die Kaninchen und Meerschweinchen in meine Obhut kamen, half ich gern, achtete aber auch darauf, mich nicht zu sehr an sie zu gewöhnen. Ich gab ihnen keine Namen, denn bei mir war nur die Durchgangsstation, bevor sie ihr richtiges und dauerhaftes Zuhause fanden. Sie wurden immer nur »Meerschweinchen« oder »Kaninchen« genannt. Es war rein geschäftlich oder auch Barmherzigkeit.

Der Streuner jedoch war etwas Besonderes. Er starrte mich mit seinen großen grünen Augen an wie eine weise alte Frau, so friedlich und beruhigend, dass ich, obwohl er sich von mir nicht anfassen ließ, mich jeden Tag darauf freute, ihn zu sehen. Ich fragte mich, wo er gewesen war und was er vorhatte, welches Leben ihn wohl dazu gebracht hatte, zu uns in den Garten zu kommen. Auf jeden Fall brauchte das Tier Hilfe, weshalb ich es irgendwie schaffen musste, es einzufangen und zum Tierarzt zu bringen. Ich ging dazu über, das Fressen in den Schuppen zu stellen, und zwar neben eine Katzenbox, in der ich einen schönen bequemen Schlafplatz zurechtgemacht hatte. Würde der Streuner erst einmal darin schlafen, brauchte ich nur noch die Tür zu schließen und ihn zum Tierarzt zu bringen.

Aber die Katze war nicht dumm. Schon bald sah ich an den Haaren auf der Decke, dass sie in der Box gewesen war, aber wenn ich nach ihr schaute, befand sie sich nie darin, und ich musste frustriert wieder abziehen.

»Was ist in dem Schuppen?«, fragte George mich eines Tages, als ich hineinging.

»Nur eine streunende Katze«, sagte ich zu ihm.

»Darf ich sie sehen?«

»Ich weiß nicht, George. Sie mag Menschen nicht so gern. Sie ist sehr verängstigt, und deshalb fürchte ich, dass wir sie erschrecken, wenn wir beide dort zusammen hineingehen.«

»Warum ist sie hier?«

»Weil sie bald kleine Kätzchen bekommt und ich ihr zu helfen versuche.«

Das gab den Ausschlag. George hörte das Wort »Kätzchen«, und als ich am nächsten Tag nach dem Tier schaute, ließ er sich durch nichts davon abhalten, mir hinterherzulaufen. Wie viele andere Zehnjährige faszinierte ihn die Vorstellung von Jungtieren.

»Bleib zurück«, ermahnte ich ihn. »Wenn du ihr zu nahe kommst, holt sie womöglich aus, und ich möchte nicht, dass sie dich kratzt.«

George blieb hinter mir stehen, als ich die Tür öffnete und in das Dunkel spähte. Doch sosehr ich mich auch anstrengte, ich konnte nichts erkennen.

»Da ist sie«, sagte George und deutete auf ein Regal.

Ich folgte seinem Finger und sah zwei grüne Augen, die über unseren Köpfen funkelten. Die Katze saß tatsächlich auf dem Regal und blickte zu uns herunter. Aber anstatt auf sie zuzulaufen, tat George genau das, was ich ihm gesagt hatte – er blieb ruhig neben mir stehen.

»Sie wird bald ihre Babys bekommen, nicht?«, sagte er.

»Das kann jeden Tag so weit sein.«

Ab dem Augenblick kam er täglich mit mir in den Schuppen. Und obwohl George in der Nähe der Katze immer ganz leise war, weil er begriffen hatte, dass ich sie einfangen wollte, war sie mehr denn je entschlossen, sich nicht helfen zu lassen. Jeden Tag entdeckten wir sie irgendwo, nur nicht in der Katzenbox, und sie fauchte und kratzte, wann immer wir ihr einen Schritt zu nahe kamen.

»Was ist los mit ihr?«, wollte George wissen.

»Ich glaube, sie hat Angst.«

»Warum?«

»Weil sie Menschen nicht gewöhnt ist.«

»Weiß sie denn nicht, dass wir ihr helfen wollen?«

»Ich denke nicht.«

Es gefiel mir, dass George der Katze helfen wollte, wenn er still im Dunkeln dasaß und sie ansah. Wie er das auch immer schon bei Lewis gezeigt hatte, fühlte George sich zu allem hingezogen, was seiner Ansicht nach seine Hilfe benötigte. Für George teilte sich die Welt auf in jene Menschen, die sich seltsam benahmen und all die Probleme hatten, derer er beschuldigt wurde, und jene, um die man sich kümmern musste.

»Boo!«, sagte George zu der Katze und lächelte.

Die Katze verzog keine Miene.

»Boo!«, sagte George wieder, und ich schaute ihn überrascht an.

George versuchte zu spielen. Er wollte, dass die Katze sich auf sein Lieblingsspiel Verstecken einließ – obwohl sie keine Lust dazu hatte. Die Katze starrte George an und zuckte mit keiner Wimper, während er sprach, aber in dem Moment, als er einen Fuß in den Schuppen setzte, bäumte sie sich auf wie ein Vampir, der eine Knoblauchzehe sieht.

»Boo!«, rief George und sah sie an. »Baboo!«

»Was ist das?«, fragte ich.

»Ihr Name.«

»Baboo?«

»Ja. Baboo.«

Der Kosename blieb an ihr haften, und während aus Tagen Wochen wurden, wachte ich jeden Morgen mit der Überzeugung auf, einen Wurf junger Katzen anzutreffen. Georges Interesse an der Katze hielt an, aber sie wollte sich uns nicht nähern, und ich fragte mich, ob es mir jemals möglich sein würde, mich angemessen um sie zu kümmern. Egal, wie viel ich Baboo zu fressen gab, sie war abgesehen von ihrem dicken Bauch noch immer sehr mager.

Und so beschloss ich eines Morgens, dass es jetzt mit der sanften Annäherung vorbei war. Nachdem ich George in die Schule gebracht hatte, ging ich in den Garten und schlich mich zur Schuppentür. Beim Reingucken kreuzte ich meine Finger, denn ich benötigte eine Menge Glück.

Und ich hatte Glück. Die Katze schlief in der Katzenkiste. Ich griff vorsichtig nach einem langstieligen Besen und stieß dann mit angehaltenem Atem damit die Tür zu. Eine Weile wartete ich auf den Tobsuchtsanfall der Katze, wenn diese entdeckte, dass man sie in ein Katzengefängnis gesteckt hatte. Aber anstatt zu fauchen und zu spucken, blieb sie ganz ruhig im Korb sitzen.

Ich könnte schwören, sie bat mich um das, was ich schon so lange vorhatte.

Kapitel 2

Als ich die Katze beim Tierarzt abgab, versuchte ich mir einzureden, dass sie mir nicht zugelaufen war. Aber wem wollte ich damit was vormachen? Ich hatte schon vielen Tieren geholfen, bei diesem war es anders. Es lag an den Augen der Katze und an ihrer Art, mich weise anzusehen. Dass Tiere genauso wie Menschen eine Seele haben, davon war ich schon immer überzeugt gewesen, und die Seele dieser Katze schien alt zu sein. Es war, als wollte sie etwas an mich weitergeben, was sie in all ihren Jahren erfahren hatte. Aber was?

Der Tierarzt untersuchte den Streuner, um herauszufinden, wann er seine Jungen werfen würde. Aber er hatte andere Neuigkeiten für mich.

»Sie ist ein Er«, sagte er, als er nachgesehen hatte.

Ich sah ihn erstaunt an. Ich hatte mich bis jetzt nicht damit aufgehalten, nachzuschauen, ob der Streuner männlich oder weiblich war, weil er für mich eindeutig tragend war.

»Was meinen Sie damit?«

»Es ist ein Kater.«

»Aber was ist in diesem Bauch, wenn es keine Kätzchen sind?«

»Eine große Zyste, die entfernt werden muss. Das Tier ist übrigens kastriert, also muss es mal jemandem gehört haben.«

Offenbar war das arme Ding verlassen worden. Als ich die

Tierarztpraxis verließ, sagte ich mir, dass der Kater jetzt in guten Händen war und sich jemand anderer um ihn kümmerte. Baboo würde operiert werden und dann wieder gesund sein. Zeit, zu meinen Pflegetieren zurückzukehren und nicht weiter darüber nachzudenken. Ich musste dieses Tier vergessen.

Nur das konnte ich nicht.

Ich hatte meine Telefonnummer hinterlegt, damit ich nach der Operation über die Fortschritte informiert werden konnte, und kein Tag verging, ohne dass ich an den Streuner dachte. Während ich Plakate machte, um nun die Besitzer eines zugelaufenen Katers anstatt einer trächtigen Katze zu suchen, redete ich mir ein, nur das zu tun, was jeder täte, fragte mich dabei aber, wie es dem Streuner wohl gehen mochte. Der Tierarzt hatte mich mittlerweile darüber informiert, dass der Kater womöglich trotz Operation nicht überleben würde, weil die Zyste auch ein bösartiger Tumor sein könnte. So machte ich mir große Sorgen.

Aber obwohl ich in mich ging und meine Keine-Haustiere-Regel auf den Prüfstand stellte, und George sich außerdem nach jedem Anruf beim Tierarzt nach dem Kater erkundigte, brachte ich es nicht über mich, meine Meinung zu ändern. Wie könnte ich das auch? Ich wusste, was passieren würde, wenn ich ihn mit nach Hause brachte. Es wäre nicht anders als mit Polly und Fluffy, und ich hatte mit George wahrlich genug zu tun. Ich war erst dreiunddreißig, fühlte mich aber an manchen Tagen wie hundert, weil George nachts noch immer höchstens drei oder vier Stunden schlief. Zudem verstärkte sich seine Ängstlichkeit, je älter er wurde, was eine Reihe neuer Probleme mit sich brachte.

Begonnen hatte alles im Juli 2005, als London einen

Schreckenstag erlebte. Mehr als fünfzig Menschen kamen ums Leben, als Bomben in einem Bus und drei U-Bahnen explodierten, und das bekam George in den Nachrichten mit. Früher vergaß er Dinge, die ihm Angst gemacht hatten, auch schnell wieder, aber die Bomben hatten sich in seinem Kopf festgesetzt. Unentwegt sprach er davon, und wenn ich ihm zuhörte, wurde mir klar, dass für ihn jeder mit dunkler Haut wie die Londoner Bombenleger versuchen könnte, Menschen Schaden zuzufügen. Egal, wie oft ich ihm erzählte, dass es überall gute und schlechte Menschen gab – ob ihre Haut nun schwarz, weiß oder wie auch immer war –, er konnte es nicht akzeptieren. Der schlimmste Moment jeden Tages war der, wenn ich mit ihm auf dem Weg zur Schule in den Bus stieg, der voller Leute war, die zur Arbeit fuhren.

»Da ist eine Bombe im Bus, da ist eine Bombe im Bus«, sang George, sobald er jemanden asiatischen Aussehens mit einem Rucksack sah. Oder er zählte runter, während er sie beim Einsteigen ansah. »Zehn, neun, acht, sieben, sechs, fünf …«, schrie er, als wartete er auf eine Explosion.

Es war einfach nur schrecklich, und ich wünschte mir, im Erdboden zu versinken, wenn George dies tat. Weil ich wusste, dass ich ihn nicht zum Schweigen bringen würde, legte ich ihm meine Hand über den Mund, wenn die Leute uns anstarrten.

»Hauch mich nicht an, fass mich nicht an«, schrie er dann. »Ich muss aus dem Bus aussteigen, geh beiseite, fass mich nicht an.«

Also drückte ich auf den Klingelknopf, und wir stiegen anderthalb Kilometer von der Schule entfernt aus und mussten den Rest des Wegs zu Fuß zurücklegen. Eines Tages kam der Busfahrer mir zuvor. Er trat auf die Bremse, als George seinen Singsang anstimmte.

»Sie müssen aussteigen«, rief er mir zu. »Er versetzt die Leute in Aufruhr.«

Ich wusste nicht, was ich tun sollte. »Er versteht nicht, was er sagt«, erklärte ich dem Fahrer. »Er meint das nicht so. Er ist kein schlimmer Junge. Er hat einfach nur Angst. Er will den Leuten nicht absichtlich Angst machen.«

»Ich meine aber, was ich sage. Sie müssen beide aussteigen. Ich kann das nicht tolerieren.«

Unter Gemurmel und bösen Blicken der Leute stand George, dem nicht bewusst war, was da vor sich ging, auf, und wir stiegen aus dem Bus. Als die Türen zuschlugen, hätte ich heulen können.

Danach wurde es immer schlimmer mit Georges Angst: Wenn er den gelben Zickzackblitz eines Verteilerkastens sah, weigerte er sich vorbeizugehen, weil er glaubte, in ein Loch zu fallen und nie wieder herauszukommen; er hielt die Luft an, wenn mein Fuß die Ritzen zwischen den Gehwegplatten berührte, also mussten wir im Kriechschritt zur Schule gehen, damit wir nicht auf sie traten; er steckte seinen Kopf in Hecken, sobald Autos vorbeikamen, weil ihn der Lärm so erschreckte. Allein ihn zur Schule zu bringen, war eine Tortur, wie sollte ich mich da noch um eine Katze kümmern, selbst wenn ich es wollte? Ich wusste, dass eine Katze nicht viel Arbeit machte, aber ich fühlte mich die halbe Zeit wie ein Gummiband, das gleich zurückschnellen würde, und sah mich nicht in der Lage, auch noch ein krankes Tier aufzunehmen.

George ging noch immer zu der Psychiaterin. Er war jetzt immerhin so weit, dass er in ihr Sprechzimmer ging und sich hinsetzte, während sie mit ihm sprach, aber er hielt Distanz zu ihr wie zu allen anderen Leuten. Während er mit Spielsachen spielte und die Ärztin versuchte, mit ihm zu sprechen, starrte er aus dem Fenster und erklärte ihr, er brauche zu niemandem zu gehen. Auch die Therapiegruppe, in die er geschickt wurde, mochte er nicht, nach wie vor war er in seiner eigenen Welt gefangen. Und so fragte ich mich eines Tages, ob ich nicht doch noch einen Versuch mit einer Katze wagen sollte, weil sie ihm vielleicht guttäte, jedoch hielt ich ein junges Kätzchen für besser geeignet. George sollte dessen Heranwachsen verfolgen können, zudem glaubte ich, dass er zu einem jungen Tier womöglich leichter eine Bindung einging als zu einem alten Kater.

Dann klingelte das Telefon.

»Der Kater kann jetzt nach Hause«, erklärte mir der Tierarzt. »Haben Sie eine Bleibe für ihn gefunden?«

»Tut mir leid, habe ich nicht«, erwiderte ich.

Ich musste stark bleiben. An meiner Entscheidung festhalten. Ich durfte jetzt nicht nachgeben. Ich wollte dieses Tier nicht mit nach Hause bringen. Ganz bestimmt nicht.

»Nun, was halten Sie davon, ihn zu besuchen?«, fragte der Tierarzt. »Er sieht traurig aus. Er sitzt in seinem Käfig und lässt den Kopf hängen. Vielleicht freut er sich über einen Besuch!«

Aber Sie wissen ja bereits, was dann geschah. Als George den Raum betrat, starrte der Kater ihn an, und George erwiderte den Blick. Er sah dem Kater direkt in die Augen. Das tat er sonst nie. Gerade mal den Bruchteil einer Sekunde ertrug er es, einem anderen in die Augen zu sehen, und auch dazu kam es nur bei Menschen wie mir, Mum oder Lewis. Keinesfalls bei Fremden – und schon gar nicht bei Tieren. Dann begann George mit dieser hohen Singsangstimme, die ich noch nie zuvor gehört hatte, mit dem Kater zu sprechen. Es war eine Stimme wie die, mit denen man Babys und kleine Kinder anspricht, und sie war voller Zuneigung. Der Streuner, der, als er in unserem Schuppen gelebt hatte, keinen an sich heranließ, vollzog einen vollkommenen Sinneswandel, als George sanft und zärtlich auf ihn einredete. Er lauschte und rieb sich im Rhythmus von Georges Worten an den Gitterstäben seines Käfigs, wobei er George nicht aus den Augen ließ.

Mein Sohn und der Kater schienen sich wie die Schneekönige zu freuen, einander wiederzusehen. Und in dem Moment, als ich sah, wie es zwischen ihnen funkte, waren meine Zweifel wie weggefegt. Baboo kam mit zu uns nach Hause.

Baboo war so etwas wie ein Champion einer Hundeschau, denn er hatte bald schon einen offiziellen Namen zu seinem inoffiziellen. Er wurde neben Baboo auch Ben genannt, weil meine Mutter vor Jahren eine Katze gleichen Namens hatte und George ihm diesen Namen geben wollte. Mir war es egal, wie viele Namen der Kater hatte, denn George war begeistert, ihn zu Hause zu haben.

»Wann kommt er? Wann kommt er? Wann kommt er?«, hatte er in all den Tagen gefragt, bevor wir Ben beim Tierarzt abholen konnten.

Man hatte mir empfohlen, Ben ein paar Tage lang in einem kleinen Raum unterzubringen, wo er sich geborgen fühlen konnte. Der Tierarzt hatte mich gewarnt, dass er vermutlich, wenn ich ihn das erste Mal aus dem kleinen Raum ließ, versuchen würde, auszubüchsen. Nachdem ich ihm ein Bett in einem Karton voll weicher Decken hergerichtet hatte, das ich in die Gästetoilette stellte, behielt ich ihn immer gut im Auge. Wenn ich die Tür öffnete, um Ben Essen oder Wasser zu bringen, sah ich meist nur seine Nase, die aus der Schachtel herausguckte, da er noch immer sehr verängstigt war. Und selbst als er dann aus seinem Versteck herauskam, war Ben eine traurige Gestalt. Mit der großen rasierten Stelle am Bauch, der OP-Narbe und der kegelförmigen Halskrause, die ihn davon abhalten sollte, daran zu knabbern, sah er tatsächlich aus, als hätte er mehrere Kriege mitgemacht.

George jedoch nahm nicht den geringsten Anstoß daran. Er überprüfte ständig, ob Ben noch immer auf der Toilette war.

»Er liegt auf seinem Lager«, pflegte er mit seiner hohen, sanften Stimme, die ich das erste Mal beim Tierarzt gehört hatte, zu sagen, wenn er seinen Kopf durch die Tür steckte. »Geht's dir gut, Baboo? Möchte er sein Essen? Er möchte es, er möchte es.«

Wenn George mit Ben sprach, hörte er sich an wie eine Disneyfigur. Seine hohe Stimme klang liebevoll, es war eine Stimme, die allein Ben vorbehalten war. Ich merkte sehr rasch, dass er gesprächiger wurde, denn er erzählte mir, wo Ben war, was er machte, ob er was zu trinken oder essen haben wollte. Und bald darauf begann ich, mit derselben hohen Stimme zu antworten. Dabei hätte ich nicht sagen können, woher unsere Katzenstimmen kamen und was sie zu bedeuten hatten, aber ich wollte ihn ermutigen, denn mir war schon vor langer Zeit bewusst geworden, dass ich mich der von George gewählten Kommunikationsform würde anpassen müssen. Mit fünf Jahren hatte George eine Phase gehabt, in der er ständig bellte, bis ich herausfand, dass zweimal Bellen Ja und einmal Nein bedeutete. Die Katzensprache hielt vermutlich auch nicht ewig an, aber solange George sich wohl dabei fühlte, wollte ich darauf einsteigen – ich versuchte, aus jeder Situation das Beste herauszuholen.

Offensichtlich konnte George den Tag von Bens Entlassung aus der Gästetoilette nicht erwarten, aber ich wollte ihm Zeit geben, sich zu erholen, bevor wir ihn das erste Mal die Freiheit kosten ließen.

»Wir müssen wirklich ganz leise sein, wenn wir ihn herauslassen«, erklärte ich schließlich George, nachdem Ben eine Woche lang in dem kleinen Raum gewohnt hatte. »Er wird große Angst haben, also müssen wir still sein und ihn nicht erschrecken.«

Ich ließ die Tür einen Spaltbreit offen stehen und ging ins Wohnzimmer, wo George auf dem Sofa saß. Ein paar Sekunden lang passierte gar nichts, bis Ben plötzlich wie ein geölter Blitz in den Raum geflitzt kam – ein Streifen schwarzweißen Fells, das direkt aufs Fenster und somit die Freiheit zusteuerte. Seine Halskrause traf aufs Glas und sorgte dafür, dass er rückwärts auf den Boden geschleudert wurde. Ich glaubte in Ohnmacht zu fallen, als ich zusah, wie Ben sich aufrappelte und hinter der Fernsehbank abtauchte. Nach all den Mühen, die es gekostet hatte, ihn einzufangen und ihn genesen zu lassen, hatte er sich womöglich jetzt eine schlimme Verletzung zugefügt.

»O nein!«, rief George. »Was ist mit ihm passiert? Wir haben ihn verloren. Baboo ist verschwunden.«

Und dann kreischte George plötzlich vor Lachen, ein Lachen, wie ich es noch nie gehört hatte und das wie ein Vulkan aus ihm herausbrach. Ich nutzte die Gelegenheit und stieg auf das Spiel ein.

»Ruf einen Krankenwagen!«, sagte ich mit meiner Katzenstimme. »Ben braucht einen Arzt.«

»Aber er versteckt sich. Er hat Angst.«

»Tatsächlich?«

»Ja. Er glaubt, dass die Power Rangers ihn holen kommen.«

»Was werden sie mit ihm anstellen?«

»Sie werden ihn bekämpfen. Ben hat wirklich Angst.«

»Nun, warum sprichst du nicht mit ihm? Vielleicht fühlt er sich dann besser?«

George kniete sich auf den Boden. »Komm raus, Baboo. Komm zu uns.«

George redete weiter in seiner sanften Katzenstimme und versuchte Ben zum Herauskommen zu bewegen. Er schien nicht nur zu begreifen, dass Ben Angst hatte, sondern hatte auch ein Gespräch zu verarbeiten, das wir so normalerweise nicht führten. Wenn George besorgt oder aufgeregt war, kommunizierte er auf sehr spezielle Weise durch Singen oder durch wiederholtes Fragen. Ein Fantasiegespräch, in dem er meine Stichworte aufgriff und weiterentwickelte, kannte er nicht.

»Baboo?«, rief er und starrte unter die Fernsehbank. »Hast du Angst?«

Aber Ben machte keinerlei Anstalten herauszukommen, und so konnten wir nur warten, bis er bereit war, sein Versteck zu verlassen. Als er schließlich herauskam, ging Ben in die Mitte des Raums und wirkte so gelassen wie nie. Es war, als wäre er unter der Fernsehbank mit sich ins Gericht gegangen – rauskommen, um wieder zu kämpfen, oder sich zu Hause fühlen, und offensichtlich hatte er sich zu Letzterem durchgerungen. Seine Augen waren so friedlich wie sie das immer gewesen waren, als ich ihm anfangs im Schuppen begegnet war. Er schlich durchs Zimmer und inspizierte alles, bevor er uns beiden einen langen Blick zuwarf.

Warum macht ihr so ein Theater?, schien er zu sagen. *Mir geht es jetzt gut. Kein Grund zur Sorge.*

Ben schnupperte, bevor er sich vorsichtig auf George zubewegte. Er rieb sich an Georges Beinen, vor und zurück, vor und zurück. Wie würde George auf diese Berührung reagieren? Ich wollte Ben nicht erschrecken, indem ich ihn wegscheuchte.

George zuckte nicht zusammen und stieß Ben auch nicht weg, versuchte auch nicht wie sonst durch Reiben das Gefühl, berührt worden zu sein, loszuwerden, und schrie auch nicht, er möchte in Ruhe gelassen werden. Er saß vollkommen still, bis Ben sich entfernte. Ich fragte mich, ob dies ein einmaliges Ereignis oder der Beginn von etwas Neuem war.

Gewissheit bekam ich am nächsten Tag, als George auf dem Sofa lag, wo er, zugedeckt mit seiner blauen Decke – der Decke, die kein anderer je berühren durfte – einen Film sah. Ich ging kurz aus dem Zimmer, und als ich ein paar Minuten später zurückkam, sah ich Ben ausgestreckt auf George liegen, als wäre er ein Sonnenanbeter an einem spanischen Strand, während mein Sohn ganz danach aussah, als wäre es das Normalste der Welt, mit einer Katze zu schmusen.

»Ben mag das Fernsehen, Mum«, teilte er mir mit.

»Tut er das?«

»Ja. Er möchte einen Pokémon-Film sehen. Er möchte *Peter Pan* sehen. Er war nämlich in *Peter Pan*.«

»Kann er fliegen?«

»Ja. Er ist gut im Fliegen. Er hat auch Tinkerbell und Superman kennengelernt. Er war schon oft im Fernsehen.«

Und in diesem Augenblick wurde mir klar, dass Ben für uns nicht einfach nur ein Kater war. Er war viel, viel mehr.

Kapitel 3

Ist Ihnen schon mal eine Katze begegnet, die gern Trampolin springt oder Eiscreme isst? Die vor dem Schlafengehen bis zur Erschöpfung Verstecken spielt und dann mit in die Luft gestreckten Pfoten auf dem Rücken liegt? Ich hatte vor Ben jedenfalls noch keine kennengelernt, und wenn mir jemand gesagt hätte, dass eine Katze all das tun kann, hätte ich an dessen Verstand gezweifelt. Aber Ben machte das alles. Und noch mehr.

Vom ersten Tag an, als wir ihn aus der Gästetoilette herausließen und er sich an George geschmiegt hatte, haftete Ben regelrecht an ihm. Sein Verhalten war eher das eines Hundes als das einer Katze: Er hatte nichts Kühles und Abweisendes an sich, nichts von der Reserviertheit, die man den Katzen nachsagt. Ben war wie ein anhänglicher Welpe, der George nicht von der Seite wich, kaum dass dieser morgens aufgestanden war, bis zum Abend, wenn er die Treppe hochstieg, um zu Bett zu gehen. Und selbst dann kam Ben hinter mir her, um zuzusehen, wie ich George zudeckte, und wie oft ich nachts auch aufstand, um nach George zu sehen, Ben war immer neben mir. Wenn George dann am nächsten Morgen aufstand, traf er Ben immer am gleichen Ort an – auf dem Sessel in meinem Schlafzimmer. Wenn George auf ihn zuging, um ihn abzuholen, rekelte er sich erst mal genüsslich und folgte George dann ins Bad, wo dieser sich die Zähne putzte. Er patrouillierte vor dem Bett auf und ab, während ich George anzog, dann, kurz bevor George das Haus verließ, um zur Schule zu gehen, forderte er miauend seine letzte Streicheleinheit ein.

So lief das jeden Tag ab. Ben schien zu begreifen, wie wichtig Routine für George war, und ging vom ersten Tag an darauf ein. Er war eine echte Hauskatze, glücklich und zufrieden in unserem kleinen Häuschen mit Garten, und auch das entsprach genau Georges Bedürfnissen. Als wir Ben das erste Mal in den Garten ließen, geriet George in Panik.

»Er könnte weglaufen, er könnte weglaufen«, sang er, als wir die Tür öffneten.

Aber Ben lief nur einmal kurz über die Wiese, bummelte bis an deren Ende und sah sich einmal um, bevor er wieder ins Haus zurückrannte, aufs Sofa sprang und sich zusammenrollte, um zu schlafen. Danach blieb er zwei Tage lang nur im Haus, und wenn er danach rausging, dann nur, um eine kurze Runde durch den Garten zu drehen oder ins Sommerhaus, wie wir unser Gartenhäuschen nannten, zu gehen, wo er sich stundenlang aufhalten konnte. Weiter wollte er gar nicht. Meistens war es George, der ihn schließlich überredete, zum Spielen mit nach draußen zu kommen, indem er ans Fenster rannte und ihn rief, wenn wir draußen im Garten waren.

Trampolinspringen war inzwischen zu Georges Lieblingsbeschäftigung geworden – ich hatte ihm beim Einzug ein Trampolin gekauft. Aber ich war mir wirklich nicht sicher, ob Ben da mitmachen sollte, als ich die beiden gemeinsam auf und ab hüpfen sah. Bens Wunden und die Narbe waren verheilt, und er war auf dem besten Weg, wieder gesund zu werden, ein wenig Ruhe und Stille hätten ihm jedoch sicherlich noch gutgetan. George konnte beim Spielen ziemlich wild werden und fand auch kein Ende, wenn etwas aus dem Ruder lief.

»Ich glaube nicht, dass das gut ist«, rief ich ihm zu, als ich hinaus in den Garten kam. »Das wird Ben bestimmt nicht gefallen.«

Sofort setzte George sich hin und rührte sich nicht mehr. Langsam dämmerte mir die Erkenntnis, dass ich mich jetzt, da Ben bei uns war, daran gewöhnen musste, mit dem Unerwarteten zu rechnen.

»Alles okay mit dir, Baboo?«, sagte er mit seiner Singsangkatzenstimme. »Gefällt es dir, mit mir auf dem Trampolin zu sein?«

George war immer sehr fürsorglich gewesen, wenn es um Lewis ging – erst wegen seiner Sauerstoffschläuche und dann, als Lewis älter wurde und andere Kinder ihn auslachten, weil er so klein war. In diesem Fall hielt er ihm immer die Ohren zu, sodass er die Späße nicht hörte. Aber gesprochen hatte er darüber nie und sich auch nie nach Lewis' Befinden erkundigt, wie er das jetzt bei Ben tat.

»Gefällt dir das Hüpfen, oder gefällt es dir nicht?«, fragte er ihn. »Macht es dich nervös?«

Ben sah nicht danach aus, als wollte er das Trampolin verlassen, aber ich war noch immer nicht ganz überzeugt.

»Ich denke, es ist Zeit für ihn, herunterzukommen«, sagte ich, während George ihn streichelte.

Ben sah George an und dann mich, fixierte mich mit seinen grünen Augen. *Lass uns in Ruhe. Kannst du nicht sehen, dass wir spielen? George und ich wollen doch nur Spaß haben.*

Was sollte ich tun? War ich jetzt schon so verrückt, dass ich auf eine Katze hörte? Aber ich konnte doch nicht zulassen, dass George Ben über einen Meter hoch in die Luft schleuderte, egal wie sehr beide das genossen.

»Ich kann mir nicht vorstellen, dass er wirklich gern Trampolin springt, außerdem geht das Gummi kaputt, wenn er sich daran festkrallt«, sagte ich, als ich Ben vom Trampolin holte.

»Das würde er nie tun.«

»Ich glaube nicht, dass er das verhindern kann, George.«

Ich stellte Ben neben mir auf dem Boden ab, wo er auch eine Sekunde lang verweilte. Dann ging er auf seinen Hinterbeinen in die Hockstellung und sprang mit einem Zucken seines Schwanzes zurück aufs Trampolin.

Siehst du!, schien Ben mir zu sagen. *Ich will spielen. Bitte unterbrich uns nicht. Wir haben Spaß!*

Ich wusste, wann ich besiegt war. »Okay«, sagte ich deshalb, »aber sei sanft.«

George begann daraufhin auch ganz langsam, aber bald schon sprang er in die Luft und Ben neben ihm fast genauso hoch.

»Er lächelt«, schrie George, als er nach oben flog, und ich konnte mit eigenen Augen sehen, dass er recht hatte: Als Ben in die Luft geschleudert wurde, gingen seine Mundwinkel nach oben.

Im Lauf der nächsten Tage ging das bei jedem Spiel, das George mit Ben begann, so: Ben war durch nichts zu erschüttern. Nach all dem Fauchen und Spucken während seiner Zeit im Schuppen fragte ich mich natürlich, ob er George nicht kratzen würde, wenn es ihm zu wild wurde. Aber George konnte mit Ben anstellen, was er wollte – ob er ihn nun am Schwanz zog oder seine Ohren befummelte –, Ben zeigte nie eine negative Reaktion. Er trottete ganz ruhig neben George her, und sobald dieser zur Schule aufbrach, verbrachte Ben den Tag ganz entspannt zu Hause, bis er die Eingangstür aufgehen hörte, dann rannte er los, um ihn zu begrüßen.

»Baboo!«, sagte George dann und ging in die Hocke, um Ben zu streicheln.

Die Leichtigkeit im Umgang der beiden miteinander war wie ein Geschenk von oben, denn Georges entspanntes Verhalten, wenn er mit Ben zusammen war, stand in scharfem Kontrast zu seiner Schulsituation. Als Ben zu uns kam, war diese so schlimm geworden, dass George kurz davor stand, der Schule verwiesen zu werden, und meine Besorgnis wuchs, je öfter man mich hinbestellte. Ich wusste, dass Miss Proctor tat, was sie konnte, außerdem arbeitete George inzwischen mit einer Teaching Assistant namens Ms Bahsin, auf die er gut ansprach. Gemeinsam mit Miss Proctor versuchte sie mit sämtlichen Tricks, George zum Lernen zu bewegen. Nachdem ihr aufgefallen war, wie sehr ihn glänzende Gegenstände begeisterten, belohnte Ms Bahsin, wenn George gut mitarbeitete, ihn mit kleinen Geschenken wie einem mit silbernem Glitzerzeug überzogenen Radiergummi. Um ihm Mut zu machen und sein Selbstvertrauen zu stärken, erstellten Ms Bahsin und Miss Proctor mit Glitzerstickern verzierte Tabellen; um ihm dabei zu helfen, mit anderen Kindern in Kontakt zu treten, organisierten sie besondere Spielstunden in der Spielecke mit nur wenigen Kindern. Doch trotz alledem hatte sich Georges Verhalten in der Schule verschlechtert.

»Ich habe ADHS«, argumentierte George immer wieder, nachdem er Gesprächsfetzen aufgeschnappt hatte, und wenn ich ihn aufforderte, sich mit mir ein Buch anzusehen, erklärte er mir, das nicht zu können, da er nicht wie die anderen Kinder lesen und schreiben könne.

Wie man sieht, wusste George anhand der Reaktionen der Leute auf ihn, dass er anders war, und der schlimmste Ort für Erfahrungen dieser Art war der Spielplatz. Dort waren es weniger die Kinder als die Mütter, die die Luft anhielten, wenn er Schimpfworte schrie oder beim Laufen über den Spielplatz Leute anrempelte, und George kam nicht umhin zu bemerken, dass über ihn geredet wurde. Ich wusste, dass es zwei Georges gab: Den einen, der die anderen Kinder aus der Gruppe für Kinder mit besonderen Bedürfnissen glücklich machte, indem er sie in ihren Rollstühlen flott über den Spielplatz schob, sodass sie kreischten vor Lachen, und den anderen, der durchdrehte, wenn die Wut in ihm ausbrach – und das war der George, den die meisten Leute sahen.

»Dieses Kind ist außer Kontrolle«, hörte ich die Mütter murmeln, wenn sie an mir vorbeikamen und mich mit eisigen Blicken straften.

»Wenn er sich meinem Casey nähert, wende ich mich an die Lehrer.«

»Haben Sie seine Sprache gehört?«

Der Spielplatz kam mir vor wie ein Schlachtfeld, auf dem ich meine täglichen Kämpfe austragen musste, und obwohl ich mich dem Getuschel gegenüber taub stellte, hatte ich nicht das dicke Fell, das nötig gewesen wäre. Jeden Tag näherte ich mich mit einem aufgesetzten Grinsen im Gesicht, begrüßte alle, die in meine Richtung sahen, mit einem fröhlichen Hallo, aber selbst die beiden Mütter, die verstanden, dass mit George etwas nicht stimmte, und bereit waren, mit mir zu plaudern, ließen das sein, nachdem George mit einem ihrer kleinen Jungs einen Kampf ausgetragen hatte.

Offenbar war ich kurz abgelenkt gewesen, als wir auf dem Weg zur Schule waren.

»Nein, George!«, rief ich, während ich ihn von dem Jungen wegzog, den er zu Boden drückte.

Ich konnte nicht verstehen, was so unvermittelt die Wut meines Sohnes entfacht hatte. Die Mutter des Jungen war steif vor Zorn, als sie mich ansah, und wir wurden gleich darauf beide zu einem Lehrer zitiert.

»George ist ein Tyrann«, wiederholte die Mutter. »Sehen Sie nur, was er getan hat!«

Mir blieb nichts anderes übrig, als mich immer und immer wieder zu entschuldigen, aber die Mutter wollte nichts davon hören. Von diesem Tag an wechselte sie kein Wort mehr mit mir.

»Ich verstehe das nicht«, erklärte ich dem Lehrer später. »Ich dachte immer, George und dieser Junge kämen miteinander aus.«

»Das tun sie auch manchmal«, sagte er. »Aber die meisten Kinder sind vorsichtig. Sie gehen auf Abstand zu ihm.«

Wenn man solche Worte hört, muss einem das doch das Herz brechen, oder? Schließlich gingen wir dem Problem auf den Grund und fanden heraus, dass der kleine Junge, mit dem George gerauft hatte, ihm seine Pokémon-Karten weggenommen hatte. Das rechtfertigte Georges Tat nicht, aber wenigstens gab es einen Grund, warum er es getan hatte. Doch den wollte keiner hören: George war ein Unruhestifter, und die Eltern hielten sich und ihre Kinder von uns fern. Wir gingen dazu über, einen anderen Eingang zu benutzen, da man fand, dies sei besser für George – und alle anderen.

Und aus diesem Grund kam Ben genau zum richtigen Zeitpunkt zu uns, um George das zu geben, was er in dieser Zeit am nötigsten brauchte: Akzeptanz. Ben liebte George so, wie er war, und mir war nicht klar gewesen, wie sehr er das brauchte, bis er vor meinen Augen aufzublühen begann – genauso wenig wie ich mir eingestanden hatte, wie groß meine Sehnsucht war, ihn glücklich zu sehen.

Der Schmerz, der sich im Laufe der Jahre so tief bei mir eingegraben hatte, dass ich mich daran gewöhnt hatte, ließ langsam nach.

Ben war eine schillernde Persönlichkeit mit so vielen Vorlieben und Abneigungen wie jeder Mensch. Er liebte Hühnchen, Schinken, Toast mit Butter, Lachs, Püree und Hotdogs und leckte gern an Georges Eiscreme. Dosenfutter war ihm fast genauso verhasst wie das Geräusch des Staubsaugers, das ihn in die Flucht schlug, als wäre eine Hundemeute hinter ihm her. Was er abgesehen von Menschen am liebsten mochte, war Wärme – ein sonniges Fleckchen im Sommerhaus, der Platz oben auf dem Radiator oder ein Stapel Wäsche, der aus dem Trockner kam. Er ging sogar dazu über, zu mir ins Bett zu kommen. Obwohl wir versucht hatten, Ben von Anfang an dazu zu bewegen, sich in sein Körbchen auf dem Treppenabsatz vor unseren Schlafzimmern zu legen, wollte er davon nichts wissen. Ben verfügte über einen eisernen Willen, und wenn er erst mal anfing, vor einer geschlossenen Tür zu miauen, konnte das stundenlang so gehen. Es begann mit einem leisen Wimmern, das immer lauter wurde, und endete mit einem Schreien wie dem eines Babys.

Natürlich hätte George Ben am liebsten bei sich im Bett gehabt, aber er weckte ihn zu oft auf, also war ich diejenige, die nachgab. Bald schon hatte Ben sein eigenes Kissen auf der freien Seite meines Betts, auf dem er sich abends niederließ und sich erst wieder erhob, wenn ich aufstand. Wenn ich morgens wach wurde, lag Ben auf dem Rücken ausgestreckt, die Beine in der Luft. Er schlug, sobald ich mich bewegte, die Augen auf und sah mich an.

So ist das Leben, nicht, Ju? Schön und gemütlich. Ach, hab ich gut geschlafen!

Für Ben war es das Schlimmste, allein schlafen zu müssen, denn dann war es nicht warm. Als ich ihn besser kennenlernte, fragte ich mich, wie er so lange im Freien hatte überleben können. Er hasste die Kälte so sehr. Bei Regen weigerte er sich, nach draußen zu gehen, sodass wir ihn, wenn wir ihn mit in den Garten nehmen wollten, mit einem Regenschirm beschützen mussten. Es war, als ob er in einem früheren Leben die Königin von Saba gewesen wäre, denn Ben liebte es, bewundert zu werden. Wenn er auf dem Sofa saß und George es wagte, sein Streicheln einzustellen, verlangte Ben schreiend nach mehr: Wenn dann sein Bauch wieder gekrault wurde, legte er sich zufrieden zurück und sah weiter fern. Fernsehen liebte er, und Katie Price besonders. Sobald sie auf dem Bildschirm auftauchte, hing er mit den Augen an ihr und saß ganz still. Ben war ohne Frage die verzogenste Katze Londons – mit einer Vorliebe für Glamourpromis.

Wenn ich George zur Schule gebracht hatte, kletterte Ben in meine Arme und schmuste mit mir. Er schaute mich gelassen an, bis ich endlich aufstand und mich an die Hausarbeit machte. Dann legte er sich hin und schlief. Bald darauf zog er aber los und suchte mich, denn Ben hielt es ohne Liebesbeweise nicht lange aus. Wenn er das Gefühl hatte, zu lange ignoriert worden zu sein, sorgte er dafür, dass jemand ihm wieder Beachtung schenkte. War ich draußen im Garten, setzte er sich mitten auf das Beet, das ich umgrub, und fixierte mich, versuchte ich, am Computer etwas nachzusehen, legte Ben sich auf die Tastatur; deckte ich den Tisch fürs Essen, sprang er darauf.

Es ist eine ganze Stunde her, seit du mich gestreichelt hast! Das reicht nicht. Ich möchte schmusen.

Doch nicht nur George und ich mussten ihn bewundern. Wenn jemand zu Besuch kam, wollte er im Mittelpunkt stehen. Wenn Boy mit meinen Neffen und meiner Nichte kam – Harry, William, Chloe und Frank –, kletterte Ben auf einen Baum in der Einfahrt, um ihr Kommen zu beobachten. Nachdem er uns dann gerade Zeit genug zur Begrüßung gelassen hatte, kam er herunter und rannte um uns herum, um sicherzustellen, dass wir aufhörten und ihn bemerkten. Wenn meine Mum kam und wir draußen auf der Terrasse saßen, rollte Ben sich auf dem Boden zusammen, bis sie ihn kraulte, oder saß mit hocherhobenem Kopf dabei, während wir plauderten, damit wir nicht vergaßen, ihn in unser Gespräch miteinzubeziehen. Während unserer Unterhaltung ging sein Kopf hin und her, um zu verfolgen, wer gerade sprach, und es hätte mich nicht erstaunt, wenn er sich eines Tages geräuspert und selbst ein paar Worte gesagt hätte.

So klein Ben auch war, er vermochte sich die Aufmerksamkeit eines ganzen Raums zu sichern. Das mochte bei unseren Freunden und der Familie, die alle Katzenfreunde waren, nicht weiter verwunderlich sein, aber selbst die Fremden, die nicht unbedingt Katzenliebhaber waren, mussten bei ihm klein beigeben. Als eine Sozialarbeiterin zu mir kam, um sich nach George zu erkundigen, kletterte Ben auf ihren Schoß und setzte sich dann mitten in ihren Papierkram.

Die Frau reagierte ein wenig steif, als er sie ansah, aber Ben miaute, um sie wissen zu lassen, dass ihr keine andere Wahl blieb, als ihn zu streicheln. Sobald ich mit jemandem in der Einfahrt sprach, kam er nach draußen und wand sich um unsere Beine, bis er bemerkt wurde. Schon sehr bald war er der Liebling der Rentner, die in den Nachbarhäusern wohnten. Wenn die Sonne schien, setzte er sich in die Einfahrt und wartete darauf, bis sie auf dem Weg zum Postamt oder zum Einkaufen an ihm vorbeikamen. »Hallo Ben«, riefen sie, wenn er auf sie zugelaufen kam und sich wohlig an ihren Beinen rieb, während sie sich steif zu ihm herabbeugten.

Aber sosehr Ben die Menschen liebte – wenn George da war, hatte er nur Augen für ihn. Dann war es, als würde kein anderer existieren, und der weise alte Großvater, den ich kannte und der die meiste Zeit des Tages langsam herumschlich, verwandelte sich in einen temperamentvollen kleinen Jungen, der herumzutollen begann. Obwohl Ben nach Aussage des Tierarztes um die sechs Jahre alt sein musste, was für eine Katze ungefähr das mittlere Lebensalter bedeutet, konnte er, wenn er wollte, noch immer das kleine Kätzchen sein. Sein Lieblingsspiel war Verstecken. Hatten er und George zu lange ruhig dagesessen, sprang Ben unvermittelt auf und rannte los, um zu signalisieren, dass er gejagt werden wollte.

»Ich komme«, rief George dann, während er hinter Ben die Treppe hochjagte, der sich für gewöhnlich unter einem Bett oder einem Schrank versteckte.

Sobald er entdeckt worden war, sauste Ben los, um sich erneut zu verstecken, und das Spiel begann von Neuem. Er und George konnten Stunden damit zubringen.

Ein weiteres Lieblingsspiel war ein Spielzeugstab, an dem eine Plüschmaus mittels eines Gummibands befestigt war. Jeden Abend, etwa eine Stunde, bevor George zu Bett ging, sah Ben ihn herausfordernd an.

Na los, George. Ich langweile mich. Lass uns spielen. Zeig mir doch endlich die Maus.

George stand auf, holte den Stab, und Ben starrte reglos wie eine Statue darauf, bis George ihn zum ersten Mal zucken ließ. Dann schnappte Ben über, er sprang und flitzte, während die Maus flog, tauchte und rollte herum, um sie zu kriegen, und George kriegte sich nicht mehr ein vor Lachen. Im Spiel mit Ben war George so locker und frei, dass es ihm nichts ausmachte, wenn alles durcheinandergeriet. Spielte George hingegen mit einem anderen Kind, und seine Plastikfiguren, Ritter und Piraten kamen dabei zu Fall, dann hob er das ganze Spielbrett über seinen Kopf, ließ es fallen und entfernte sich, ohne sich noch einmal umzusehen.

»Du willst wohl gewinnen, Baboo?«, rief er, bevor er die Figuren wieder in Reih und Glied aufstellte.

Es dauerte nicht lange, bis die beiden noch ein weiteres Lieblingsspielzeug entdeckten, den Sandkasten. Eines Tages kam ich hinaus in den Garten und sah George darin sitzen und eine Sandburg bauen. Als er fertig war, setzte er sich auf seine Hacken und wartete, bis der zusammengerollt daliegende Ben sich langsam erhob und sich ohne jegliche Vorsicht oben auf der Sandburg niederließ. Lachend verfolgte George, wie der Sand unter Ben wegbröselte.

»Baboo!«, sprach er Ben in Katzensprache an. »Was machst du da?«

Das Spiel ging immer weiter, denn George konnte nicht genug davon kriegen, und egal, wie oft er ein Spiel wiederholte, Ben spielte mit. Er verweigerte sich nie und langweilte sich auch nicht, und wehe dem, der sich ihrem Spaß in den Weg zu stellen versuchte – wie etwa ein Ohrenkneifer, den George eines Tages im Sandkasten entdeckte.

»Baboo!«, rief er und kam ins Wohnzimmer gerannt, um Ben zu holen.

George trug ihn hinaus in den Garten und deutete auf den Ohrkneifer, der sich durch den Sand arbeitete.

»Hol ihn!«, rief er.

Unter den Blicken von George nahm Ben den Ohrenkneifer ins Visier und schlug mit seiner Pfote danach, er jagte dem winzigen Ding hinterher, um es zu fangen.

»Mach weiter, Ben«, rief George. »Du kriegst ihn.«

Ben schoss hierhin und dorthin, ohne den Eindringling aus den Augen zu lassen. Aber der war so schnell und tauchte jedes Mal, wenn Ben mit seiner Pfote zuschlug, woanders auf, sodass er es erneut versuchen musste. George und ich brüllten vor Lachen, als wir Ben zusahen, der herumtanzte, auf und ab sprang, vorwärts und rückwärts, bis er seine Pfote ein letztes Mal in den Sand schlug. Er hatte ihn erwischt! Ben grapschte sich den Ohrkneifer und schob ihn sich ins Maul.

Köstlich!

»Du bist so gut«, sagte George mit einem Lächeln.

Ich konnte nicht umhin, mich zu fragen, wo die Katze mein ganzes Leben gewesen war. Sie war erst wenige Wochen bei uns, und schon hatte unser Leben sich in vielerlei Hinsicht verändert. Ben öffnete uns eine Tür zu Georges Welt, und während wir gemeinsam durch diese hindurchgingen, entdeckten wir diese.

»Da ist ein Vogel im Haus«, schrie George, als ich aus dem Auto stieg.

Ich bekam einen Schreck, denn ich wusste, was das zu bedeuten hatte. In weniger als einem Monat hatte ich gelernt, dass Ben gern Geschenke machte – ob tot oder lebendig. Seit er bei uns war, hatte ich regelmäßig Mäuse gefunden, die von seinen scharfen Krallen aufgespießt worden und in unserem Wohnzimmer als Geschenk hingelegt worden waren. Eines Tages hatte er sogar einen Frosch mit nach Hause gebracht, den er scheinbar in dem kleinen Teich in unserem Garten gefunden hatte. Sämtliche Goldfische hatten die Reiher geholt, und wir dachten, dass kein Lebewesen mehr im Wasser war. Aber Ben war es gelungen, das eine Wesen zu finden, das das Massaker überlebt hatte, und ich bekam den Schreck meines Lebens, als ich eines Abends aufstand, um den Fernseher auszuschalten, und ein Frosch über den Fußboden hüpfte. Ben hatte sich bereits auf den Boden geworfen, bereit, zuzuschlagen, als ich wie am Spieß schrie und George vom Sofa sprang. Am Ende rief ich Nob an, der vorbeikam und den Frosch einfing, weil ich vor Schreck wie versteinert war. Ben hatte mich angewidert angesehen, als der Frosch wieder zurück in den Garten gebracht wurde.

Warum gefällt dir mein Geschenk nicht, Julia? Dieser Frosch hat sich nur ganz schwer fangen lassen, und jetzt lässt du ihn einfach wieder frei.

George war genauso zart besaitet wie ich. Es jagte uns beiden den größten Schrecken ein, wenn Ben Mäuse mit ins Haus brachte, die noch lebten, aber vor Schreck erstarrt waren. Wenn George und ich eine im Haus sahen, setzten wir uns aufs Sofa, zogen unsere Füße hoch und riefen Nob an. Einmal musste er sogar um Mitternacht kommen, weil ich wusste, dass ich niemals Schlaf fände, solange in unserem Haus eine Maus frei herumlief. Nob fing sie mit einem Glas ein und brachte sie hinaus in den Garten, während George und ich warteten.

»Alles erledigt«, sagte er, als er zurückkam. »Darf ich jetzt bitte ins Bett gehen?«

Nun aber stand ich mit George in der Einfahrt, wohl wissend, dass Nob uns nicht würde helfen können, weil er bei der Arbeit war. Blieben also nur ich, George und meine Nachbarin Wendy, die auf George aufgepasst hatte, während ich kurz weggefahren war, um Milch zu holen. Ich hatte sie recht gut kennengelernt, denn sie wohnte nur ein paar Türen weiter mit ihrem Ehemann Keith und den Töchtern Nicky und Kayleigh. Nach meinem Umzug zweifelte ich anfangs daran, jemals wieder eine Freundin wie Michelle zu finden. Wir hielten zwar weiterhin Kontakt, sahen einander jedoch nicht mehr so häufig, da wir beide sehr beschäftigt waren. Doch als ich zufällig mit Wendy ins Gespräch kam, wusste ich, dass ich in ihr wieder einen dieser seltenen Menschen getroffen hatte, der mit George gut zurechtkam.

»Kayleigh ist aufgedreht«, sagte George etwa zu ihr, während wir uns an der Tür unterhielten. »Keith hat keine Haare.«

»Das stimmt, George«, antwortete Wendy darauf, ohne mit der Wimper zu zucken.

Im Lauf der Zeit wurden wir so gute Freundinnen, dass George Wendy sogar im Haus akzeptierte, damit sie dort auf ihn aufpasste, wenn ich mal kurz wegmusste. Aber lange konnte ich ihn noch immer nicht mit ihr allein lassen. Ich musste nach einer kleineren Operation aus dem Krankenhaus wieder entlassen werden, obwohl der Arzt mir geraten hatte, über Nacht zu bleiben. Blieb ich zu lange weg, begann George sich Sorgen zu machen und bekam Angst davor, dass seine routinemäßigen Abläufe nicht richtig funktionierten. Die Tatsache jedoch, dass Wendy überhaupt ins Haus kommen durfte, war schon ein Fortschritt.

Ich schaute Wendy an und überlegte, was ich gegen den Sturm unternehmen sollte, der während meiner Abwesenheit im Haus losgebrochen war.

»Es ist eine junge Elster«, erklärte sie mir, und da wusste ich, dass ich das arme Ding aus Bens Krallen retten musste.

Während ich mich auf die Eingangstür zubewegte, kam George mir nachgelaufen.

»Baboo dreht durch«, kreischte er. »Der Vogel ist vor ihm abgehauen, aber Ben wird seine Flügel ausbreiten und ihn gefangen nehmen. Ben kann wie ein Flugzeug fliegen. Er war früher mal Jetpilot.«

George bediente sich jetzt mehr und mehr der Katzensprache. Und hatte begonnen, mir mit seiner Cartoon-Stimme all die Abenteuer zu erzählen, die er Ben in seiner Fantasie zuschrieb. Ich hörte sie mir gern an, denn zu einer derartigen Kommunikation war George vorher nicht in der Lage gewesen. Ben half ihm, Dinge zu sagen, die er sonst nicht aussprechen konnte, und ich wusste, dass George die Katzensprache anwandte, um mir Dinge mitzuteilen, die er gelernt hatte. Ansonsten hätte ich wohl nie erfahren, dass das, was ich und andere Menschen ihm im Laufe der Jahre beizubringen versucht hatten – von historischen Fakten bis zu Lektionen über richtiges und falsches Verhalten –, bei ihm angekommen war. Außerdem hatte er noch alle möglichen anderen Informationen beiläufig aufgeschnappt.

»Ben hat dreimal am Tag eine Slim-Shake-Diät machen

müssen, aber er hat geschwindelt – ich habe ihn nämlich sämtliche Schokoriegel aufessen sehen«, berichtete George mir, woran ich merkte, dass ihm mein Bemühen, meine Essgewohnheiten zu ändern, aufgefallen war.

»Du musst zu den Weight Watchers gehen«, ermahnte er Ben, während er die Blatt- und Grasreste, die sich im weichen Fell von Bens Bauch verfangen hatten, abzupfte, und ich lächelte, als ich ihn wiederholen hörte, worüber Mum und ich uns unterhalten hatten.

Egal, wie oft ich George erzählte, dass Bens Hängebäuchlein eine Folge seiner Kastration viele Jahre zuvor war, blieb er bei seiner Überzeugung, dass Ben ein Gewichtsproblem hatte. Bens Bauch war tatsächlich so dick, dass er durch den Dreck schleifte und George ihn immer bürsten musste. Ben liebte es, von George gebürstet zu werden, denn sauber zu sein war ihm sehr wichtig. Stundenlang ließ er sich von George bürsten, und wenn sich kein anderer seiner Pflege annahm, konnte Ben sich auch einen ganzen Vormittag mit dem Lecken seiner Ohren beschäftigen. Aber seine Pfoten waren ihm das Wichtigste. Die Hinterbeine sahen aus, als trüge er weiße Söckchen, die ihm bis zu den Knien reichten, die Vorderbeine waren ebenfalls weiß, aber nur so hoch wie Babyschühchen, und Ben achtete immer darauf, dass sie gepflegt waren. Wenn er allerdings mit George nach oben ging, um zuzusehen, wie dieser badete, wurde Ben immer aufgezogen.

»Sind deine Zähne etwa gelb?«, sagte George dann aufgeregt, sobald Ben im Waschbecken lag, seinem Lieblingsplatz, von dem aus er George beim Baden zusah. »Putzt du dir auch die Zähne? Hast du dich hinter den Ohren und unter den Armen gewaschen?«

Die einzige Sache, mit der man Ben aus dem Waschbecken locken konnte, waren die Seifenblasen, die George auf den Boden blies, weil Ben die nur zu gerne jagte.

»Ich habe keine gelben Zähne!«, antwortete George für Ben. »Ich bin eine sehr saubere Katze. Du bist derjenige, der müffelt, George.«

»Ich müffle nicht!«, klagte George. »Ich wasche mich mit Seife und bin blitzsauber.«

Ich musste immer wieder lachen, wenn ich Sätze dieser Art hörte, die George aufgeschnappt hatte. In seine Gespräche mit Ben flocht er dank seiner reichen Vorstellungsgabe alles ein, was er je gehört hatte.

»Geh nach draußen!«, forderte George mich aufgeregt auf. »Baboo ist auf dem Dach. Er wird einen Fallschirmsprung machen. Er hat sämtliche Dächer repariert. Und mit seinem Hammer neu gedeckt.«

Wenn George sprach, tauchten in meinem Kopf die Bilder auf, die er für mich mit seinen Worten von Ben gemalt hatte, und kichernd stellte ich mir Ben als Holzfäller mit Hammer und Werkzeug oder angezogen mit einer Pilotenuniform vor. Manchmal verloren wir uns stundenlang in den Abenteuern, die wir uns für Ben ausdachten, und ich konnte mir kaum mehr vorstellen, wie still das Haus gewesen war, bevor Ben zu uns kam. Jetzt redeten und lachten wir den ganzen Tag, und Georges Fröhlichkeit wuchs von Tag zu Tag, von Woche zu Woche, denn er benutzte Ben, um mir Dinge zu erzählen, die er mir direkt nie hätte sagen können – die Gedanken, die er sich machte, die Gefühle, die er hatte, die Geschichten, die er sich ständig ausdachte, auch Belangloses, das er im Fernsehen gesehen hatte und das er mir mitteilen wollte.

Ben war für uns beide zu einer Konstanten geworden, und selbst wenn er nicht in der Nähe war, war er bei uns, denn wir redeten ständig über ihn, wenn wir unterwegs waren.

»Ben hat diese Sicherheitsgurte ausprobiert«, berichtete George mir, als wir einen Ausflug in einen Vergnügungspark machten. »Und wenn die Fahrt beginnt, wird er rauskommen und die Kinder auf den Kopf schlagen.«

Wir fingen zu kichern an, als die Achterbahn langsam losfuhr.

»Ich kann gar nicht glauben, dass er tagsüber arbeitet!«, rief ich aus.

»Doch, das tut er. Er arbeitet bei der Sicherheit. Dieses Fahrzeug hat er für mich gemacht, ja, das hat er. Das ist sein Lieblingsfahrzeug.«

Ben konnte alles sein, was George sich für ihn wünschte, und es freute mich zu hören, was er sich ausdachte. Aber nicht alles war ein Fantasieprodukt. Die Katzensprache half uns jetzt, da ich mit George und Wendy in der Einfahrt stand, nicht weiter – die Elster im Haus war zu real. Ben jagte den Vogel, während wir noch überlegten, was wir tun sollten. Ich musste ihn retten. Ich holte tief Luft, ging ins Haus und öffnete die Wohnzimmertür.

Die Elster schlug wie wild mit den Flügeln, während Ben unter ihr herumhüpfte.

Sieh mal, was ich dir für ein wunderbares Geschenk mitgebracht habe. Sieh dir den Vogel an! Der ist doch toll, nicht wahr?

Mir fiel bei allem Stolz, mit dem Ben die Elster anstarrte, nur der Hitchcock-Film *Die Vögel* ein. Ich schlug die Tür zu und ging nach draußen.

»Hast du Angst?«, erkundigte sich Wendy, als sie mein kreidebleiches Gesicht sah.

Ich brachte kein Wort heraus.

»Ich mach das für dich«, teilte Wendy mir tapfer mit. »Ich brauche nur ein Paar Handschuhe. Kein Grund zur Panik.«

Ich rannte in die Küche, um ein paar Gummihandschuhe zu holen, und Wendy streifte sie sich mit der Miene eines Chirurgen, der gleich den Operationssaal betritt, über.

»Ihr beide wartet hier«, sagte sie und verschwand drinnen.

Fünf Sekunden später kam Wendy aus der Haustür gerannt. »Ich glaube nicht, dass ich das kann«, sagte sie. »Ich werde Keith holen.«

Ich war mir nicht sicher, ob der Vogel noch mehr Aufregungen dieser Art verkraftete. An der Eingangstür klebte Blut, denn offenbar war er in seiner Panik dagegengeflogen, und mir gefiel der Gedanke gar nicht, dass Ben das arme Ding quälte. Der Streuner war so lieb, aber er hatte eindeutig auch einen schlimmen Charakterzug. Doch Keith rettete den Tag: Er kam herüber, fing die Elster und brachte sie in den Garten. Sofort flog sie davon.

»Du bist so ungezogen, Ben«, rief ich, als wir wieder ins Haus zurückgingen.

George hatte den Kater in den Arm genommen. Als ich mich über Ben beugte, um ihn streng anzusehen, zwickte er mich mit seinen Zähnen.

Du brauchst mich gar nicht auszuschimpfen, Julia! Ich habe dir nur ein Geschenk gebracht. Warum bist du sauer? Ich wollte doch nur nett sein!

Ben schmiegte sich in Georges Arme, und mir war klar, dass ich ihn nicht ändern würde. Ich musste einfach akzeptieren, dass Ben seine Marotte hatte – wie jeder sie hat. Sie wurde durch alles andere mehr als aufgewogen. Seitdem er bei uns war, sprachen George und ich miteinander auf eine Art und Weise, wie wir das nie getan hatten, und das verdankten wir Ben. Er hatte uns Stimmen gegeben, auch wenn diese ein wenig verrückt klangen – mich störte es nicht. Jetzt konnte ich mich einmal revanchieren. War Bens Begeisterung für Frösche, Nagetiere und Vögel vielleicht auch ein wenig zu groß, würde ich ihm diese Freude doch lassen müssen, ohne ihn zu schelten.

Kapitel 4

Außer Ben hatte George noch einen anderen neuen Freund gewonnen: einen kleinen Jungen namens Arthur, der im Haus nebenan mit seiner Mum wohnte und zu den Kindern gehörte, die erst überlegten, bevor sie handelten – ein Zehnjähriger, der auch dreißig Jahre älter hätte sein können. Arthur war geduldig und freundlich und ließ sich nicht aus der Ruhe bringen, wenn George ihn anschrie, ihm reiche es jetzt. Er machte einfach auf dem Absatz kehrt und ging nach Hause, kam jedoch am nächsten Tag so fröhlich wie immer wieder.

Ich war mir sicher, dass die spielerische Seite, die Ben aus George herausgekitzelt hatte, ihm bei seiner guten Freundschaft mit Arthur half. Die Saat dafür war bereits gelegt worden, bevor Ben zu uns kam. Howard hatte George nach unserem Umzug einen Computer gekauft. Er war von den Spielen, die er darauf machen konnte, so begeistert, dass er sie sogar im Internet mit Leuten aus anderen Ländern spielte. Ich wusste nicht, was ich davon halten sollte, als George mir mitteilte, er sei in einem speziellen Spiel einer der besten der Welt, denn mir war selbst die Fernbedienung des Fernsehers zu kompliziert. Von Howard erfuhr ich dann, dass George damit gar nicht so falsch lag, und ich sagte mir, dass es mich eigentlich nicht hätte überraschen dürfen, denn dies war eine Welt, in der George nicht mit den Menschen von Angesicht zu Angesicht interagieren musste. Manchmal hörte ich Georges Internetgespräche mit – denn man kann nicht vorsichtig genug sein –, und dabei fiel mir auf, dass er sogar auch dort mit den Leuten mehr und mehr lachte und Scherze machte.

»Wie alt bist du?«, hörte ich eine Stimme aus Amerika oder Australien George fragen.

»Zehn«, erwiderte er.

»Zehn? Tatsächlich Mann? Du bist erst zehn?«

George kicherte beim Zuhören, und immer mal wieder sagte er auch seinem Gesprächspartner, er sei dreiunddreißig, nur um selbst noch etwas mehr lachen zu können. Er war ein ausgezeichneter Akzentimitator.

Durch Ben kam das Spielerische natürlich noch mehr zum Tragen, und als George dies dann an Arthur weitergab, war es, als hätte er nach all den Jahren, in denen er versucht hatte, im Umgang mit anderen Kindern über die Startlinie hinauszukommen, einen Marathon gewonnen.

Während der ersten Monate ihrer Freundschaft spielten Arthur und George Computerspiele und schauten Fernsehen oder verbrachten viele Stunden im Garten gemeinsam auf dem Trampolin. Einmal sprangen sie so hoch, dass Arthur sich in einem Rosenstrauch verfing. Als ich ihn befreit hatte, sah ich, dass er im ganzen Gesicht Kratzer von den Dornen hatte.

George war besorgt. »Möchtest du ein paar Süßigkeiten?«, fragte er Arthur. »Dann geht es dir gleich besser.«

Arthur sagte nichts. Er rieb sich nur den Kopf und schaute die Rose an.

»Soll ich dich zum Lachen bringen?«, fragte George ihn. »Soll ich auch in die Rose springen?«

Da fing Arthur zu kichern an. »Mach das bloß nicht, George«, sagte er zu ihm. »Lass uns doch lieber eine Limonade trinken.«

Anfangs wusste Ben nicht so recht, was er mit Arthur anfangen sollte. Er setzte sich oft in eine Ecke, wenn dieser zu uns kam, um den Jungs beim Spielen zuzusehen. Aber immer mal wieder sprang er zu ihnen aufs Trampolin, und als George anfing, mit Arthur auf Erkundungstour zu gehen, wollte Ben ihn auf keinen Fall aus den Augen lassen. Natürlich hätte ich wissen müssen, dass George eines Tages seinen Radius würde erweiteren wollen und sich nicht mehr mit unserem Garten begnügte. Doch ich wurde jedes Mal nervös, wenn er fragte, ob er und Arthur gemeinsam auf die Spielwiese durften, die unserem Haus gegenüberlag. Jede Menge Kinder gingen dorthin, um Fußball zu spielen oder auf Bäume zu klettern, aber George war noch nie zuvor allein aus dem Haus gegangen. Obwohl mir klar war, dass ich ihm ein wenig Unabhängigkeit gewähren musste, fällt dies schwer bei einem Kind, das man am liebsten fest an sich binden möchte. Er wusste natürlich, dass die anderen Kinder seines Alters ohne ihre Eltern zum Spielen gingen, genauso wie ich wusste, dass ich ihn nicht für immer in der kleinen Welt einschließen konnte, die wir uns mit Ben geschaffen hatten.

Zwei Dinge überzeugten mich schließlich, George gehen zu lassen. Zum einen Arthur. So wie manche Erwachsene nie erwachsen werden, gibt es Kinder, die bereits sehr jung schon vernünftig sind, und wenn man eins über Arthur sagen konnte, dann, dass er das war. Ich hatte mit Arthur nie ein Gespräch über Georges Autismus führen müssen, er begriff einfach, dass er auf George aufpassen musste. Zweitens befand sich die Spielwiese direkt gegenüber von meinem Küchenfenster, also würde ich es mitbekommen, wenn George sich von Arthur entfernte. George wusste, dass er bei Arthur bleiben musste, und auch, dass er ansonsten nicht mehr dorthin durfte. Jedes Mal, wenn sie zur Spielwiese gingen, machte ich praktischerweise den Abwasch, sodass ich George wie ein Undercoveragent im Auge behalten konnte. Außerdem hatte ich noch ein zusätzliches Paar Augen, denn Ben legte sich immer dann, wenn George zum Spielen auf die Wiese ging, auf den Gehweg und passte auf ihn auf.

Wenn Arthur und George gemeinsam loszogen, konnte ich mich davon überzeugen, dass George Spaß daran hatte, Fußball zu spielen oder auf Bäume zu klettern, wobei Ben ihm die meiste Zeit dicht auf den Fersen blieb. Als sie eines Tages zum Spielen mit Arthurs Cousin Charlie loszogen, packte ich ihnen sogar ein Picknick ein, und sie hatten viel Spaß – bis zu dem Moment, als George beschloss, von einem Baum zu springen. Mir schlug das Herz bis zum Hals, als Arthur und Charlie angerannt kamen, um mir zu sagen, dass George an einem Zaun festhing. Ich rannte hinüber zur Wiese und entdeckte ihn am Zaun an seinem Kragen baumelnd. Während ich ihn hochhob, um ihn zu befreien, fragte ich mich, ob ich jemals in der Lage sein würde, ihn wieder rauszulassen.

»Die Kinder auf der Wiese fragten, ob ich mich traue zu springen«, erzählte George mir, als wir nach Hause kamen. »Deshalb habe ich mir gedacht, mal sehen, ob ich das kann. Ich hab's versucht.«

Arthur sah George streng an, als dieser erzählte. »Du kannst nicht von Bäumen springen, George«, sagte er. »Denn du könntest dir deine Beine brechen, und wie sollst du dann noch Fußball spielen? Warum musstest du das tun? Ist doch egal, was die anderen sagen.«

George beugte sich über Ben, der neben ihm auf dem Sofa saß. »Hörst du?«, sagte er. »Du darfst nicht von Bäumen springen, Ben. Das ist ungezogen.«

Natürlich fiel mir in diesem Zusammenhang wieder der Tag vor langer Zeit ein, als Michelle und ich die Eier benutzt hatten, um George klarzumachen, wie zerbrechlich er war. Jetzt schien er es endlich zu verstehen – obwohl es dazu der Erfahrung bedurft hatte, von einem Baum herunterzuspringen –, und ich war ungeheuer erleichtert, als George mit Ben sprach, der dies mit einem Miauen quittierte.

»Lach nicht«, sagte George und bediente sich dabei derselben strengen Stimme bei Ben, mit der Arthur ihn gerade angesprochen hatte. »Das ist nicht lustig.«

Und das gab mir das Gefühl, dass George so bald sicherlich nicht mehr von Bäumen springen würde.

Dieser Tag festigte die Freundschaft der Jungs. George nahm Arthur gegenüber eine ebenso beschützende Haltung ein, wie er das bei Lewis tat, und wenn jemand es wagte, Arthur dumm anzureden, stieg er demjenigen aufs Dach.

»Er ist der beste Fußballer«, sagte er etwa, wenn ein Kind sich über Arthur lustig machte. »Er ist fantastisch. Er kann richtig gut Tore schießen.«

George stilisierte seinen Freund zum Helden und hätte für ihn sein letztes Hemd gegeben, wenn Arthur ihn darum gebeten hätte. Aber Arthur nutzte Georges Vertrauen in ihn niemals aus.

»Möchtest du die Süßigkeiten, die meine Nanny mir zum Geburtstag geschenkt hat?«, fragte George ihn. »Möchtest du meine Pokémon-Karten haben?«

»Diese Sachen kosten alle sehr viel Geld«, erwiderte Arthur darauf, während sie am Computer spielten. »Gib mir einfach ein Stück Schokolade, es muss doch nicht die ganze Tafel sein.«

Und George reichte ihm die Tafel und wandte sich ab, wenn Arthur sich etwas nahm.

»Du bist mein bester Freund«, sagte George zu ihm, seinen Blick ins Leere gerichtet, dann kehrten sie wortlos zu ihrem Spiel zurück.

Jedes Mal, wenn ich George das sagen hörte, ging mir das Herz auf. Für die meisten Mütter ist so etwas völlig normal, wenn ihr Kind zehn Jahre alt ist. Aber ich hatte mit George bisher noch keinen dieser Meilensteine erlebt – den ersten richtigen Freund und die Bindung, die sie zueinander eingingen –, und ich war außer mir vor Freude, als er endlich zeigte, wer er wirklich war, ein liebevoller und freundlicher Junge.

Natürlich gab es immer wieder Zerwürfnisse. George fiel es schwer, andere ihr eigenes Ding machen zu lassen, sodass er Arthur manchmal anschrie, wenn ihr Spiel nicht so lief, wie er sich das vorstellte. Aber ich erlebte Arthur nur ein einziges Mal richtig wütend, als George ihn nämlich beschimpfte, weil er Müll hatte fallen lassen.

»Ist dir die Welt denn egal?«, fuhr George ihn an, als Arthur einen Einwegbecher auf den Boden warf. »Weißt du denn nicht, dass die Erde mit Plastik zugemüllt wird?«

Das sorgte für einigen Aufruhr, denn Arthur ließ sich von George nicht gern was sagen, aber am Ende versöhnten sie sich wieder. Abkanzelungen dieser Art waren jetzt Georges neue Masche. Nach all den Jahren, die ich ihm Manieren eingetrichtert hatte, hatte er gelernt, wie wichtig sie waren, und er gab das Gelernte an Kinder weiter, die etwas taten, was er für ungehörig hielt – egal, wie oft ich ihm auch sagte, dass es den Leuten nicht immer gefiel, ermahnt zu werden.

»Aber jemand muss es ihnen doch sagen, Mum«, pflegte George darauf zu antworten. »Sie müssen es lernen. Sie sind außer Kontrolle.«

Natürlich konnte ich dabei ein Lächeln nicht unterdrücken. George war immer davon überzeugt gewesen, dass es die Welt um ihn herum war, die kopfstand, nicht er. Und in gewisser Weise hatte er sogar recht, denn es gab einige Kinder in unserer Siedlung, die ein wenig verwahrlost waren. Aber so war das Leben mit George: Es war wie beim Flippern – sobald man ein Ziel getroffen hatte, wurde man schon zum nächsten katapultiert.

Die meisten Kinder waren irritiert, wenn George ihnen etwas zu erklären versuchte oder etwa bemerkte, dass ihre Mutter vorstehende Zähne habe. Aber Arthur liebte George so, wie er war, und ich war froh, dass George diese Liebe erwiderte. Mein Sohn machte kleine Schritte, einen nach dem anderen – seine Freundschaft mit Arthur jedoch war ein Sprung vorwärts, und dazu hatte Ben ihm verholfen.

Nach und nach eroberte Ben sich sein Territorium. Anfangs hatte er eine Weile gebraucht, bis ihm klar geworden war, wie weit sich sein Königreich erstreckte, aber als es dann so weit war, duldete er keinen Eindringling.

Fluffy hatte er als Bestandteil unseres Haushalts immer akzeptiert. Ich hatte immer Sorge, er könnte versuchen, sie zu zwicken, Ben achtete jedoch gar nicht auf das Kaninchen.

»Es ist Bens Haustier«, erklärte George mir. »Fluffy gehört

ihm. Er mag keine Katzen, gegen die ist er allergisch. Aber Fluffy mag er.«

Irgendwann traute ich mich dann, Fluffy zum Sonnenbaden in den Garten zu setzen, und Ben machte es sich neben ihr bequem. Genauso wie George schien er davon auszugehen, dass er gar kein Kater war, wieso also sollte ihn dann ein Kaninchen interessieren?

Aber mit anderen Tieren war es nicht ganz so einfach – das sanfte Gemüt, das Ben Fluffy gegenüber an den Tag legte, war wie weggeblasen, wenn es um Hunde oder andere Katzen ging. Sie weckten Bens Kampfgeist und verwandelten den liebenswerten, sanften Kater, den wir kannten, in einen Ninjakrieger.

Nach Bens Rettung hatte ich aus Mitleid noch ein paar weitere streunende Katzen aufgenommen. Die meisten verschwanden so schnell wieder, wie sie gekommen waren, aber ein paar blieben uns als regelmäßige Besucher erhalten, und sie bekamen fast jeden Tag etwas von mir zu fressen. Einer davon war ein getigerter Kater, für den ich im hinteren Teil des Gartens eine Schale hinstellte, wie ich das auch für Ben getan hatte; dann gab es noch ein weibliches Tier mit prächtigem flauschigem Fell, die der Oliver Twist meiner Pflegekatzen war, weil sie immer durchs Küchenfenster lugte, um mehr zu fressen zu bekommen. Ben tolerierte unsere beiden Besucher, vorausgesetzt sie hielten sich von unserem Haus fern, doch sobald sie versuchten, eine Pfote über die Schwelle zu setzen, war es vorbei mit der Gastfreundschaft.

»Du musst nett zu ihnen sein«, ermahnte George ihn, wenn Ben einen der Streuner anfauchte, der sich zu weit vorgewagt hatte. »Du hast auch auf der Straße gelebt und warst genauso hungrig wie sie, oder?«

Aber Ben warf ihm daraufhin nur einen wütenden Blick zu und rannte los, um Zuflucht unter dem Sofa zu suchen.

Das ist mein Haus, George. Meins. Und ich dulde niemand anderen hier. Verstehst du das nicht? Ich mag keine anderen Katzen.

Die meiste Zeit gelang es uns, dem Ärger aus dem Weg zu gehen, aber dann kam der Tag, an dem der Getigerte, dem wir den Spitznamen Buster gegeben hatten, beschloss, seine Erkundungstour etwas auszuweiten. Inzwischen hatte Ben das Sommerhaus für sich in Beschlag genommen und den Platz, an dem ich einst gesessen und meinen Garten betrachtet hatte, zu seinem Domizil erklärt. Wenn er nicht im Wohnzimmer war oder auf einem Bett lag, traf man ihn immer im Sommerhaus an. Von dort hatte er alles im Blick.

Als Buster durch den Garten auf die Wohnzimmertür zuschlich, pflückten George und ich Tomaten. Ben schlief. Jedenfalls schien er zu schlafen. Er schlug seine Augen genau in dem Moment auf, als der Getigerte am Sommerhaus vorbeikam, und sie wurden schmal, als Buster es wagte, noch ein paar Schritte Richtung Haus zu machen. Wie ein Blitz sprang Ben von seinem Stuhl und rannte mit gesträubtem Fell und knurrend wie ein Löwe über den Rasen auf Buster zu.

Hau ab von hier! Hau ab! Wag es ja nicht, in mein Haus zu kommen!

Buster drehte sich verblüfft um, sein Feind stand angriffsbereit vor ihm. Der Getigerte legte die Ohren an und rannte los, um Deckung zu suchen, während Ben fauchte und spuckte. Ein Sprung in hohem Bogen über den Gartenzaun, und Buster war weg. George und ich standen mit offenen Mündern da, die Hände voller Tomaten, als Ben stolz und erhobenen Hauptes durch den Garten stolzierte und dabei den Schwanz durch die Luft sausen ließ. George lachte. Selbstzufrieden wie ein Schneekönig machte der Streuner es sich am Rande der Veranda bequem und achtete darauf, dass Buster keinen weiteren Angriff wagte.

Bens Sieg an diesem Tag machte ihn so sicher, dass er die Grenzen seines Königreichs ausdehnen wollte, und komischerweise suchte er sich dazu mein Auto aus. Jedes Mal, wenn ich es putzte, kam Ben nach draußen, kletterte hinein, hüpfte aufs Armaturenbrett und beobachtete durch die Windschutzscheibe die Passanten. Wenn George und ich zu den Musikklängen aus der Stereoanlage des Autos den Wagen einschäumten, beobachtete Ben uns.

Gut gemacht. Weiter so. Kann es sein, dass ihr da drüben was vergessen habt?

Selbst von drinnen war Ben entschlossen, sein Territorium im Auge zu behalten, was diverse Probleme mit sich brachte. Ich brauchte zweimal neue Schlafzimmerjalousien, weil Ben die Lamellen kaputtmachte, indem er seinen Kopf immer wieder durchsteckte. Einem Vorhangpaar ging es nicht besser, Ben zerriss es mit seinen Krallen, als er daran hochkletterte, die Küchenjalousie ereilte dasselbe Los. Ben war ein Wachposten auf Dauerwache, aber auch wenn er sich einmal ein wenig Freizeit genehmigte, musste mit Verwüstung gerechnet werden. Immer wieder ertappte ich ihn dabei, wie er im Wohnzimmer seine langen Krallen ausfuhr und die Stuhlbeine zerkratzte oder sein Fell aufplusterte und sich mit glasigem Genießerblick, als wäre er sturzbetrunken, ekstatisch irgendwo festkrallte. Das Zerfleddern unserer Polstermöbel schien für Ben das Nirwana zu sein, auch der Teppich hatte keine Chance. Und der Kauf eines Kratzbaums brachte gar nichts, denn was nicht verboten ist, ist nur der halbe Spaß.

»Wirst du wohl aufhören!«, rief ich, als ich ins Wohnzimmer kam, wo Ben seine Krallen wieder mal in das Sofa grub und ein Stück Stoff herausriss.

George pflegte seinen Freund jedes Mal zu verteidigen. »Diese Kratzbäume sind was für Katzen, also sind sie nicht für Ben gedacht«, klärte er mich auf. »Er mag den Teppich, warum können wir keinen neuen kaufen, wenn dieser kaputt ist?«

»Weil das Geld nicht auf den Bäumen wächst«, rief ich. »Ich kann nicht ständig neue Sofas und Teppiche und Vorhänge und Jalousien kaufen, nur weil Ben sie mit seinen Krallen bearbeiten möchte.«

»Ach, Mum«, sagte George darauf. »Ben tut das nun mal so gern, und man lebt doch nur einmal, oder?«

Mir war klar, dass George meinen Standpunkt nie verstehen würde, und ich schwöre, dass Ben sich jedes Mal, wenn wir dieses heikle Thema besprachen, neben George setzte und ihn mit einem selbstzufriedenen Lächeln ansah.

Du kannst mich gar nicht zurechtweisen, weißt du. Ich bin nämlich Georges Katze, und er ist so nett und lässt mich tun, was ich will. Gib es auf, Julia. Ich liebe dieses Sofa viel zu sehr, um es in Ruhe lassen zu können.

Doch obwohl Bens Ungezogenheit Probleme bereitete, musste ich doch die meiste Zeit über ihn lachen, weil er so unglaublich furchtlos war. Die Katzen, die er verjagte, hatten etwa seine Größe und Gewichtsklasse, aber Ben schien nicht in Erwägung zu ziehen, dass die Hunde, die er ärgerte, doppelt so groß waren wie er. In der Rangfolge seiner Feinde kamen sie nach den Katzen. Mums Hunde Oli und Sally tolerierte er anfangs noch, indem er sie einfach ignorierte, aber bald schon bekannte er Farbe. Er legte sich auf die Fensterbank vor dem Wohnzimmer und starrte Sally und Oli, wenn sie zu Besuch kamen, mit einem derart konzentrierten Blick durchs Fenster an, dass wir lachen mussten: Es war, als wollte er versuchen, sie zu hypnotisieren.

Aber als Arthur und seine Mum Urlaub machten und ich einwilligte, mich um ihre englische Bulldogge namens Jedi zu kümmern, war es mit Bens Geduld endgültig vorbei. Er befand, dass das Maß nun voll war, was hündische Eindringlinge betraf. Ich hatte Jedi immer gern gehabt. Er war so gutmütig, dass er sich wie ein Baby in Decken wickeln ließ, wenn ihm kalt war, und er liebte nichts mehr, als bei mir im Auto auf dem Beifahrersitz zu sitzen, wenn ich einkaufen fuhr. Ben hatte jedoch nichts anderes im Sinn, als unserem Hausgast Angst einzujagen. Jedi konnte nicht einmal in Ruhe sein Bein heben, weil Ben ihm nach draußen folgte und ihn penetrant anstarrte. Also blieb mir nichts anderes übrig, als jedes Mal, wenn Jedi seine Notdurft verrichten wollte, mit in den Garten zu kommen. Als Jedi sich dann eines Nachmittags heimlich ins Freie schlich, brach die Hölle los.

»Ben geht reiten«, hörte ich George schreien.

Ich lief sofort ins Wohnzimmer, gerade in dem Moment, als Jedi zur Verandatür hereingerannt kam. Er wand sich und warf sich herum, weil er etwas von seinem Rücken abwerfen wollte – einen langen schwarzen Schatten mit schwarzweißem Fell: eine Katze. Ben klammerte sich an Jedis Rücken, als ritte er ein sich aufbäumendes halb wildes Pferd.

»Loslassen!«, kreischte ich. »Runter von dem armen Hund.«

Aber Ben war nicht in der Stimmung, loszulassen. Er grub

seine Krallen nur noch tiefer in Jedis Fell. Der Hund jaulte auf und rannte wieder hinaus in den Garten, wo er weiterhin verzweifelt versuchte, seinen Angreifer abzuschütteln. Ben klammerte sich nur noch mehr an ihn, bis es Jedi mit einem letzten kräftigen Schütteln gelang, sich seiner zu entledigen. Ben flog durch die Luft und nahm, sobald er mit seinen Beinen wieder auf dem Boden stand, Angriffsstellung ein. Als Jedi merkte, dass er wieder frei war, legte er sich auf den Boden, den Kopf zwischen die Pfoten, und sah mich verdutzt an. Ben hingegen flitzte wie ein Irrer umher. Mochte Jedi ihn auch abgeworfen haben, so konnte er ihn doch noch immer zu Tode erschrecken. Das war ein Sieg für Ben.

Da Jedi am Ende der Woche wieder nach Hause zurückkehrte, suchte Ben sich von da an einen Platz auf einem Baum in unserer Einfahrt und wartete darauf, dass Jedi zum Gassigehen das Haus verließ. Meist begnügte er sich damit, ihn nur drohend anzustarren, aber einmal warf er sich im Sturzflug von seinem Ast aus auf Jedi. An einem anderen Tag beging ein Staffordshire Bullterrier den Fehler, eine Pfote in unsere Einfahrt zu setzen. Sofort stellte Ben sich auf die Hinterbeine und begann das Gesicht des Hundes mit seinen Pfoten zu bearbeiten.

Diese Verteidigung seines Reichs hatte nicht nur eine praktische Seite, sondern sie war zudem auch vergnüglich. Als Ben erst einmal entdeckt hatte, wie viel Spaß es machte, Hunde zu ärgern, fand er bald das perfekte Opfer: Wendys Yorkshire Terrier Scruffy. Im Sommer stellte Wendy oft ein Kindergitter quer vor ihre Wohnzimmertür, damit er drinnen in Sicherheit war, während sie die Eingangstür öffnete, um das Haus zu lüften. Als Ben spitzbekommen hatte, dass Scruffy hinter Gittern war, machte er sich jedes Mal, wenn er Wendys Haustür offen stehen sah, auf den Weg, setzte sich auf die Eingangstreppe und starrte ins Haus. Und jedes Mal drehte Scruffy fast durch. Weil er Ben erwischen wollte, versuchte er, über das Kindergitter zu springen. Natürlich konnte der kleine Scruffy so hoch springen, wie er wollte, und schaffte es doch nicht. Ben kostete also jeden Moment seiner Foltermethode aus. Dabei setzte er keine Pfote in Wendys Haus und kam auch dem armen Scruffy nie zu nahe. Er blieb einfach außer Reichweite sitzen, starrte hinein und trieb Scruffy in den Wahnsinn.

Mochten Katzen und Hunde auch Bens Schwachstelle sein, so machte ich doch sehr schnell die Erfahrung, dass er Menschen gegenüber sehr objektiv war. Anfangs hielt ich ihn für einen durch und durch freundlichen Kater, denn Ben mochte alle Leute, die George und mir wichtig waren: Wenn Mum vorbeischaute, rannte er auf sie zu, um sich von ihr auf den Arm nehmen zu lassen; wenn Nob, Tor oder Boy kamen, drehte er sich auf den Rücken, um sich den Bauch kraulen zu lassen, und wenn Wendy an der Tür klopfte, rannte er so schnell dorthin, dass ich glaubte, er wollte durch die geschlossene Tür springen.

Aber nach einigen Monaten merkte ich, dass er durchaus Unterschiede machte. Man kennt die Leute, die immer ein Problem zu haben scheinen und sich bei vielen Tassen Tee darüber auslassen müssen. Ich hatte eine solche Frau kennengelernt – wir wollen sie Sue nennen. Sie steckte immer in Schwierigkeiten, und ich war gewöhnlich die Person, mit der sie darüber reden wollte. Sue tauchte bei Tag und bei Nacht auf, immer etwas lädiert, und ich saß dann auf dem Sofa und hörte ihr zu, während George unruhig hin und her lief. Es gab nur wenige Menschen, die er nicht leiden konnte, aber

Sue konnte er nicht ausstehen – er fand, dass sie mit ihrer Sonnenstudiobräune und ihrem Augenbrauentattoo wie ein Clown aussah.

Auch Ben hielt immer Distanz zu Sue, und ich fragte mich, ob ich wohl je den Mut aufbringen würde, ihr zu sagen, dass ihre Besuche nicht immer willkommen waren. Doch die Gelegenheit dazu ergab sich nicht mehr, denn eines Abends, als Sue mal wieder unangemeldet auftauchte und auf George zutorkelte, grub Ben seine Krallen in ihr Fleisch, um seinen Freund zu verteidigen, und nach diesem Abend sahen wir Sue nie wieder. Vielleicht war es reiner Zufall, aber vielleicht hatte sie auch gemerkt, dass sie störte. Ich war immer viel zu gutmütig gewesen, um Sue abzuweisen, aber Ben hatte ihr unmissverständlich klargemacht, was wir alle empfanden. Sosehr mir daran lag, dass er nicht loszog, um Leute anzugreifen, so dankbar war ich ihm doch, dass er zu unser aller Wohl Sue Paroli geboten hatte.

Wäre er fremden Katzen und Hunden gegenüber ein wenig freundlicher gewesen, hätte nichts unser Glück getrübt.

Viele Leute sprechen mit ihrem Haustier in einer ganz speziellen Stimmlage. Diese kann hoch und freundlich sein oder auch tief und barsch. Aber ob es sich nun um Hunde, Hamster oder welches Haustier auch sonst handelt, die meisten Menschen tun das auf diese Weise nur, wenn sie allein mit ihm sind, aus Angst, von anderen ausgelacht zu werden. Mir bereitete das keine Probleme, und George und ich benutzten unsere Katzenstimmen, um über alles und jedes wo auch immer zu sprechen. Die Katzensprache sorgte dafür, dass wir glücklich waren und Spaß hatten, durch sie kamen wir einander immer näher.

Wenn meine Mutter und meine Geschwister uns so miteinander sprechen hörten, fragten sie sich nicht, ob ich nun endgültig gaga war, sondern fingen an, ebenfalls die Katzensprache zu benutzen, denn sie sahen, wie gut dies für George war. Man stelle sich Nob und Boy dabei vor: der eine ein Taxifahrer, der andere ein bei der Stadtverwaltung angestellter Kanalisationsmonteur, und doch sprachen beide mit ganz hohen Stimmen, weil sie alles unterstützen wollten, was George dabei half, aus sich herauszukommen. Keiner von uns verstand, warum die Katzensprache funktionierte, aber wir hörten selbst, dass sie George dabei half, Dinge zu sagen, die er niemals sonst gesagt hätte.

»Meine Nanny ist Rentnerin«, sagte er in Katzensprache zu Ben, wenn Mum zu Besuch kam.

»Ja, das stimmt«, warf sie in ihrer besonderen Stimme ein.

»Sie ist alt«, fuhr George fort. »Wenn irgendwas passiert, ruft meine Mum ihre Mum an, weil sie Rentnerin ist und alles weiß.«

Die Katzensprache war unser aller Fenster zu Georges Welt, denn er begann Fragen zu stellen – und sich Antworten anzuhören – wie er das vorher nie getan hatte. Wenn Mum früher versucht hatte, ihm etwas aus meiner eigenen Kindheit zu erzählen, war George nie darauf eingegangen. Jetzt lachte er, wenn sie ihm erzählte, was ich angestellt hatte. Mit Begeisterung hörte er sich an, wie Grandpa mir einmal fest auf den Rücken schlagen musste, weil ich versehentlich einen Ballon verschluckt hatte, oder wie ich einmal eine der Tassen meines Puppenteegeschirrs an einen Heliumballon gehängt und tagelang geweint hatte, weil dieser damit in die grenzenlose Weite entschwebt war.

»Du hättest ihr Gesicht sehen sollen.« Mum lachte Tränen, während George giggelte.

Die Katzensprache erlaubte es George, über und durch Ben zu sprechen, was für ihn leichter war, als über sich oder als er selbst zu sprechen. Und als wir uns dem Ende unseres ersten gemeinsamen Jahres mit Ben näherten, stellte sich mir die Frage, ob ich sie nicht auch benutzen konnte, um mit George über andere Dinge zu sprechen. Disziplin war eins der Themen, bei denen ich ausprobieren wollte, ob ich mit der Katzensprache weiterkam. George auszuschimpfen hatte nie etwas gebracht, denn viele Regeln ergaben für ihn einfach keinen Sinn, und im Laufe der Jahre hatte ich auch gelernt, warum dies so war.

Es gibt Regeln, die sind ganz klar umrissen. So musste George zum Beispiel begreifen lernen, dass er niemandem wehtun durfte, deshalb hatte ich ihn gebissen, wenn er das bei anderen Kindern getan hatte, als er noch klein war, war ihm auf den Fuß gestiegen, als er seine Tretphase durchmachte, und hatte ihn an den Haaren gezogen, als er nicht damit aufhören wollte, auf dem Spielplatz an den Pferdeschwänzen der Mädchen zu ziehen. Normalerweise dauerte es ein paar Jahre, bis George das, was ich ihm beizubringen versuchte, auch verinnerlicht hatte, und ich habe irgendwann aufgehört, mitzuzählen, in wie vielen Versuchen ich ihm vermitteln wollte, dass etwas wehtat. Meistens legte er sich dann auf den Boden und erklärte mir, ich müsse den Krankenwagen rufen, weil ich ihm den Arm gebrochen oder seinen Fuß ausgerenkt habe. Aber während er Regeln dieser Art schließlich lernte, gab es andere Regeln, die schwerer zu vermitteln waren, weil es dabei eher um Gefühle und Freundlichkeiten als um nackte Fakten ging, und sie deshalb für George nicht logisch nachvollziehbar waren. Sie ihm nahezubringen, machte genauso viel Sinn, wie zu behaupten, der Himmel sei rosa mit grünen Punkten. Aber jetzt hatte ich Ben als Vermittler.

Ich begann mit dem Aufstoßen. George hatte die schreckliche Angewohnheit, dies sehr laut zu tun, was sich mit meinem Erziehungsziel, ihm, soweit es ging, gute Manieren beibringen, nicht vertrug. Doch was ich auch zu seinem Rülpsen sagte – und ich sagte in der kommenden Zeit eine Menge dazu –, George wollte einfach nicht damit aufhören.

»Ben mag das nicht«, sagte ich, nachdem George, als wir am Tisch saßen, wieder gerülpst hatte.

Er verzog keine Miene, schwieg aber eine Weile und dachte nach.

»Gefällt ihm nicht?«, fragte George schließlich.

»Nein.«

»Warum?«

»Weil er es für unhöflich hält, und Ben möchte nicht unhöflich sein.«

»Tatsächlich?«

»Ja. Ben ist eine sehr höfliche Katze. Er ist mit Rülpsen nicht einverstanden.«

George sagte nichts weiter dazu, aber schon bald nach diesem Gespräch fing er an, aus dem Zimmer zu laufen und Toilettenpapier zu holen, wann immer er aufstoßen wollte. Er hielt sich das Toilettenpapier vor den Mund und rülpste dann dennoch laut, aber es war schon mal ein Anfang. Und sein Umweg, den er für dieses neu Erlernte gehen musste, hatte ja auch eine komische Seite. Nachdem er verstanden hatte, dass Ben eine sehr höfliche Katze war, wies er jeden, der versehentlich vor ihm aufstieß, zurecht.

»Ben mag das nicht«, sagte er dann ernst. »Er findet das sehr unanständig.«

Unsere Katzensprache ermöglichte es nicht nur mir, besser mit George zu kommunizieren, sondern auch seine Kommunikation mit mir funktionierte besser. Obwohl er nie Interesse an Büchern gezeigt hatte, zeigte er mir mehr und mehr, wie viel Geschichten er in sich trug – sie mussten nur so erzählt werden, dass weder Papier noch Worte vonnöten waren.

»Magst du Sandburgen, oder magst du sie nicht?«, fragte George Ben, als sie gemeinsam im Sandkasten saßen und Ben zu ihm aufblickte.

»Ich schon, aber ich mag vor allem Windsor Castle, und das ist nicht aus Sand«, antwortete George für Ben.

»Nun, dann werde ich dir ein Schloss bauen«, sagte George daraufhin zu ihm. »Und du musst dich auf den Eimer stellen, denn wenn ich die Tore öffne, dann kommt das Wasser angerauscht und fließt ums Schloss, und du könntest dir nasse Füße holen. Okay, Mister?«

Und wieder gab er für Ben die Antwort. »Gut, dann mache ich das, denn ich werde nicht gern nass, also mach mich bitte nicht nass, George. Ich mag nur nass werden, wenn ich meinen Taucheranzug anhabe, und den habe ich schon für meinen Urlaub gepackt.«

»Aber schwimmst du nicht gern mit den Fischen unter Wasser im Meer?«, fragte George ihn. »Ich war dort und habe sie gesehen. All die Fische, die in dem blauen, blauen Meer schwimmen.«

An diesem Tag war Lewis bei uns und hatte sich als Pirat verkleidet, ehe er aufs Trampolin kletterte.

George sah Ben feierlich an. »Du hast auch ein Piratenkostüm wie Lewis, nicht wahr?«, fragte er ihn. »Aber deins ist ganz echt, denn du warst Johnny Depps Stuntkatze, hab ich recht?«

Lewis begann zu hopsen, während George weiterredete.

»Ben war auch das Double von Superman, weißt du«, erklärte George Lewis. »Und er wird seine Flügel holen und dich retten, Lewis, wenn du vom Trampolin fliegst, weil du so leicht bist. Ben ist keine Katze. Ben ist eine Stuntkatze.«

Lewis lachte mit mir über die Geschichte, die George uns erzählte, und obwohl er uns dabei nicht ansah, spürte ich, dass es meinen Sohn freute zu hören, dass wir Spaß an dem hatten, was er sagte.

»Ich werde Lewis zeigen, wie man kämpfen muss, um wie Johnny Depp zu sein«, sagte er für Ben. »George gefällt es, wenn wir so hoch fliegen, dass wir den Mond berühren können. Mum weiß nicht, dass wir Piraten sind. Aber das sind wir doch, oder? Wir wissen, dass wir es sind, George und ich.«

Kapitel 5

Als alleinerziehende Mutter hat man immer das Problem, dass das Kind nur einen Elternteil hat. Man ist der einzige Mensch auf der Welt, der tagtäglich mit ihm zusammen ist, die einzige Bezugsperson, die seine Bedürfnisse wirklich versteht – und wenn das Kind autistisch ist, gibt es davon jede Menge. Howard war George ein guter Vater: Sie gingen zusammen schwimmen und ins Kino, und er passte auch mal ein paar Stunden auf ihn auf, wenn ich ihn brauchte. Er hatte sogar das erste Weihnachtsfest im neuen Haus mit uns verbracht. Aber dennoch kümmerten wir uns nicht gemeinsam um die tägliche Erziehungsarbeit, und dies bedeutete, dass ich niemanden hatte, mit dem ich nach einem schlechten Tag hätte reden können, auch die Verantwortung konnte ich nicht mal für ein paar Minuten abgeben, wenn mir alles zu viel wurde und ich mich gern mal ausgeweint hätte. Jedenfalls nicht, bevor Ben zu uns kam.

Bevor er Teil unserer Familie wurde, verbrachten George und ich jede Minute des Tages gemeinsam, sofern er nicht in der Schule war, und es gab Zeiten, da hatte ich Zweifel, ob ich noch die Kraft hatte, eine weitere seiner Fragen zu beantworten, oder die Geduld, mir noch mehr von seinem Singsang anzuhören. Wenn George sich etwas in den Kopf gesetzt hatte, wurde er es nicht mehr los, folgte mir an solchen Tagen wie ein Schatten und plapperte dabei alles aus, was ihm gerade durch den Kopf ging. Essen war eins der Themen, die er oft und gern zur Sprache brachte, Zeit ein anderes.

»Wann werde ich meine Teepause bekommen?«, fragte er, sobald er aus der Schule kam.

»In gut einer Stunde«, teilte ich ihm mit.

»Um welche Uhrzeit ist das?«

»Fünf Uhr.«

»Was bekomme ich?«

»Eier und Bohnen.«

»Wie viele Eier?«

»Eins.«

»Nicht zu knusprig?«

»Nein, George, genau richtig.«

»Wird das Gelb flüssig oder hart sein?«

»Hart an den Rändern und flüssig in der Mitte«, sagte ich daraufhin, weil ich wusste, dass er es genau so haben wollte.

»Werde ich auch Chips zu dem einen Ei und den Bohnen bekommen?«

»Wenn du möchtest.«

»Wird das Weiße groß sein?«

»Nicht zu groß.«

Dann überlegte George einen Moment. »Aufhören!«, rief er. »Ich möchte Pasta mit Soße.«

»Okay.«

»Wird es die normale Soße sein?«

»Ja, George.«

»Nein. Ich möchte Chips und Ei.«

»Okay.«

Wenn George einmal seinen Redefluss stoppte, dann nur, um nach einer Sekunde wieder neu zu beginnen.

»Mum, Mum, Mum, Mum, Mum«, sang er, während er mir von Zimmer zu Zimmer folgte. »Mum, Mum, Mum, Mum, Mum.«

»Ja, George?«

»Ich möchte Ei und Chips.«

»Okay.«

»Um welche Uhrzeit bekomme ich das?«

»Um fünf Uhr.«

»Wie viele Stunden sind das noch bis dahin?«

»Das sind noch eine Stunde und neunundzwanzig Minuten.«

»Wie viele Minuten?«

»Neunundachtzig.«

»Wie viele Minuten und Sekunden?«

»Achtundachtzig Minuten und fünfundvierzig Sekunden.«

»Mein Mittagessen hat mir heute nicht geschmeckt.«

»Warum nicht?«

»Der Joghurt war komisch.«

»Aha?«

»Es war ein anderer Joghurt als der, den ich mag.«

»Das glaube ich nicht, George.«

»Doch, das stimmt.«

Ich hatte ihm einmal einen Himbeerjoghurt anstatt seines Erdbeerjoghurts mitgegeben, aber nie erfahren, wie das ausgegangen war.

»Mein Apfel war nicht so knackig wie der von gestern.«

»War er das nicht?«

»Der Saft schmeckte anders.«

»Tatsächlich?«

»Warm.«

Manchmal versuchte ich, einfach wegzugehen, aber George hörte nicht zu quasseln auf.

»Die Butter kam bei meinen Crackers seitlich heraus. Ich will keine mehr.«

»Dann brauchst du sie auch nicht zu essen.«

»Ich will keine mehr.«

»Ich weiß, George.«

»Ich möchte keine Cracker mehr.«

»Ist gut, George.«

»Ich will keine Cracker.«

Und so ging das immer weiter, und wenn ich George klarzumachen versuchte, dass ich Kopfschmerzen habe oder für diesen Tag schon genug seiner Fragen beantwortet, änderte das nichts.

»Mum ist ein bisschen müde«, sagte ich.

»Ryan hat mich in der Schule angehaucht. Er roch nach Käse und Zwiebelchips.«

»Tatsächlich?«

»Ja, und James hat mich geschubst.«

»Aha.«

»Auf dem Flur. Auf dem Flur. Auf dem Flur. Er hat Gelbes in seinen Ohren. Da wird mir übel. Ich kann nicht hinsehen.«

Er folgte mir überallhin: Wenn ich in unserer winzigen Küche stand und kochte, stand George nur einen Schritt weit entfernt, sodass ich über ihn stolperte; wenn ich ein Bad nahm, saß er auf dem Toilettensitz, wenn ich mir abends die Zähne putzte, stand er direkt hinter mir. Die einzige Möglichkeit, von ihm in Ruhe gelassen werden, bestand darin, ihn abzulenken. Manchmal schlug ich vor, Verstecken zu spielen, nur damit ich ein paar Minuten unter der Zudecke liegen konnte. Während George durchs Haus rannte und nach mir suchte, lag ich im Dunkeln und wünschte mir, es könnte mich verschlucken.

Aber genauso wie Ben eine Veränderung für George herbeiführte, führte er auch eine für mich herbei. Ich konnte ein paar Minuten Pause machen, während er mit George spielte, was bedeutete, mal rasch ein Bad zu nehmen oder in den Garten zu gehen, um dort die verwelkten Rosenblüten abzuknipsen. Und Ben verstand nicht nur, was George brauchte, sondern er spürte auch, wenn ich meinen Tiefpunkt hatte, was üblicherweise am Ende eines ermüdenden Tages der Fall war. Wenn George dann endlich einschlief, blieb ich noch eine Weile bei ihm sitzen, um sicherzugehen, dass er auch wirklich zur Ruhe gekommen war, und dann sprang Ben auf meinen Schoß.

»War wieder ein langer Tag, nicht wahr, Baboo«, seufzte ich meistens und streichelte ihn, und er sah mich an und begann zu schnurren.

Und es war erstaunlich, was dieses Geräusch bei mir bewirkte. Es war wie das Klatschen der Meereswellen oder das eintönige Rumpeln eines Zuges auf seinen Schienen, regelmäßig und beruhigend. Jede Mutter macht sich Sorgen, ob sie auch das Beste für ihr Kind gibt, aber wenn man allein ist, hat man keinen, mit dem man über seine Zweifel und Ängste sprechen kann. Und wenn ich im schwachen Schein der Lampe in Georges Schlafzimmer saß und ihn im Schlaf betrachtete, setzte sich das Gedankenkarussell in Bewegung. Durch Bens Schnurren jedoch fühlte ich mich gleich besser. Es war eine Konstante wie er selbst: Tagein, tagaus passte er mit seiner beruhigenden Anwesenheit auf uns auf und teilte unser Lachen und unsere Probleme.

Wenn ich mir dann endlich sicher sein konnte, dass George nun wenigstens ein paar Stunden lang schlafen würde, ging ich nach unten und machte Ordnung, wobei Ben mir ständig um die Beine streifte.

Setz dich mal eine Minute lang hin, Julia. Ruh dich ein wenig aus. Es wird auch in einer halben Stunde noch alles da sein.

Also setzte ich mich, schmuste mit Ben und spürte, wie beim Streicheln meine Anspannung immer mehr nachließ.

Wie geht es dir? Geht es dir gut? Kannst du mich noch etwas fester drücken?

Oft reichten schon diese paar ruhigen Minuten mit Ben, um herunterzukommen. Und anstatt mir um meine und um Georges Gesundheit Gedanken zu machen, mir zu überlegen, was in der Schule wieder passieren mochte, ob George jemals lernen würde, sich von mir umarmen zu lassen oder die Worte »ich liebe dich« zu sagen, plauderte ich mit Ben, und die Welt verlor ein wenig von ihren Schrecken. Man mag mich für übergeschnappt halten, aber genauso war es.

Doch Bens größtes Geschenk an mich war seine Liebe für George. Die war anfangs so stark, dass ich kaum in der Lage war, sie zu begreifen. Ich fragte mich sogar, ob ich mir die Bindung, die die beiden zueinander hatten, nicht nur einbildete, damit es mir besser ging. Die Art und Weise, wie Ben Dinge zu wissen schien, überstieg einfach meine Vorstellungskraft: Wenn George still war, sprang er herum, um ihn aufzumuntern, und wenn George überdreht war, blieb Ben reglos liegen, bis er sich neben ihn setzte.

Aber nach und nach lernte ich, ihre Bindung nicht mehr zu hinterfragen. Sie war da und öffnete langsam etwas Tieferes in George, lehrte ihn, ein anderes Lebewesen zu lieben und sich darum zu kümmern. Ben liebte George genau so, wie George ihn liebte. Wenn wir zusammen auf dem Sofa saßen, während George oben schlief, kam Ben auf meinen Schoß gesprungen, legte seine Pfoten um meinen Hals und schenke mir die Umarmung, nach der ich mich immer gesehnt hatte, bevor er zu mir aufblickte und zu schnurren anfing.

George ist ein reizender Junge, weißt du. Ich erkenne, wie freundlich er ist, wie schön er mit mir spielt. Wir haben so viel Spaß zusammen.

Ben spielte für jeden von uns eine andere Rolle, beide von großer Wichtigkeit: Für George war er der Spielkamerad, der ihm half, aus sich herauszukommen; für mich war er der Freund, der mir die Gewissheit gab, dass die Welt selbst an den schwierigsten Tagen im Lot war.

An einem sonnigen Tag fuhren George und ich nach Cranford, einen Vorort gleich neben einer der Autobahnen, die aus London herausführen. Er lag nur wenige Kilometer hinter Heathrow, aber obwohl der Ort so nah am Flughafen lag, bekam man in Cranford nicht viel davon mit, denn es gab dort einen großen Park, den wir schon als Kinder besucht hatten. Wenn man von der Hauptstraße abbog, war Dad immer ein schmales Sträßchen entlanggefahren, bis wir zu einer Brücke über einen Fluss kamen, wo er den Wagen parkte.

»Also gut«, sagte er dann zu mir, Tor, Nob und Boy auf dem Rücksitz. »Dann wollen wir mal sehen, wer die meisten fängt.«

Und wir stiegen aus dem Wagen, marschierten runter zum Fluss und brachten die nächsten Stunden damit zu, Kaulquappen zu fangen und im Wald Cowboy und Indianer zu spielen, während Dad und Mum sich auf die Wiese legten. Wenn wir alle genug hatten, trommelten sie uns zusammen, und dann wurden die Kaulquappen gezählt, bevor Dad uns anwies, sie wieder in den Fluss zurückzubringen.

Und genau das machte ich schon seit Jahren auch mit George: Bei gutem Wetter stiegen wir in den Wagen und fuhren los nach Cranford, um dieses kleine Stück Wildnis versteckt hinter all dem Beton aufzusuchen. An diesem Tag jedoch mussten wir erst noch bei Mum einen Einkauf vorbeibringen, und George schaute aus dem Fenster, als wir an Hounslow Heath vorbeifuhren.

»Ben ist früher mit Dick Turpin über die Heide geritten«, erzählte er mir in Katzensprache.

»Tatsächlich?«, staunte ich.

»Es war der gefährlichste Ort in ganz England, aber Ben hatte keine Angst. Dick Turpin schon. Sie legten in der Dunkelheit viele Kilometer auf dem Pferderücken zurück.«

George hatte nie genug kriegen können von der Geschichte des Wegelagerers Dick Turpin, der über Hounslow Heath ritt, bevor er am Bell Pub haltmachte, damit er – und sein Pferd – was zu trinken bekamen.

»Ben und Dick Turpin haben gemeinsam die Heide unsicher gemacht?«, fragte ich.

»Ja. Sie hatten beide eine Waffe.« Er starrte aus dem Fenster. »Aber jetzt hat man die Heide kaputtgemacht mit dem Parkplatz und all dem Müll. Man hat fast alle Bäume gefällt, und durch den vielen Verkehr bekommen die Bäume keine gute Luft mehr, nur noch Abgase.«

Je älter George wurde, desto umweltbewusster wurde er. Wir sprachen oft darüber – dass die Plastiktüten den Vögeln und den Fischen Leid zufügten, wenn sie sich darin verfingen, dass wir alle mit unserem Müll sehr achtsam umgehen mussten, um die Natur zu schonen – George nahm alles in sich auf. Als ich vor Mums Haus anhielt, fiel sein Blick auf die Armeebaracken gegenüber.

»Ben möchte, dass ich in der Armee als Soldat diene, wenn ich achtzehn bin«, sagte er. »Er denkt, aus mir würde ein guter Soldat. Er war auch einer, bis er in den Krieg zog, aber das ist nicht einfach, weißt du, mit einer Waffe herumzulaufen und Leute zu erschießen. Er hat nicht geschossen. Er mag nicht schießen. Er hat einfach nur peng, peng gemacht, dann sind alle weggerannt.«

»Und wohin sind sie gerannt?«

»Das weiß er nicht. Aber man hat ihm in den Arm und in den Fuß geschossen. Es hat ihm den Stiefel weggefetzt. In seinem Hut hat er ein Loch. Er hat seinen besten Freund verloren, und sie waren so jung, und jetzt weint dessen Familie.«

»Sind sie traurig?«

»Man muss marschieren und seine Stiefel polieren und in einem Zelt schlafen und ganz schnell vor den Bomben davonfahren. Man muss sich in Löchern im Boden verstecken. Wenn man ADHS hat, kann man nicht zur Armee. Man kann nicht zur Armee. Ich könnte aber, denn ich habe kein ADHS mehr, nicht wahr, Mum?«

Ich sah George an, der sein Gesicht abwandte.

»Es geht dir schon sehr viel besser«, sagte ich zu ihm. »Du bist ein guter Junge.«

Er sagte nichts mehr und schaute aus dem Fenster, aber ich wollte unser Gespräch in Gang halten, denn die Zeit war stehen geblieben, wie das jetzt immer der Fall war, wenn wir redeten und uns im Gespräch verloren.

»Warum hat Ben die Armee verlassen?«, hakte ich nach.

»Er war musikalisch und spielte Trompete«, erklärte George mir. »Aber er wurde verwundet und wird nicht zurückkehren, weil man ihn dort nur herumkommandiert, herumkommandiert.«

George wiederholte oft Worte – das hatte er schon immer getan.

»Er mag das Herumrennen nicht und kann bei der Armee an den Wochenenden nicht im Bett liegen bleiben«, sagte er. »Er ist nicht dumm. Er bleibt gern länger liegen.«

»Was hat er nach dem Krieg gemacht?«, fragte ich weiter.

»Er hat am Tor zu den Baracken gearbeitet«, teilte George mir mit Blick auf die Armeegebäude mit. »Aber jemand hat ihn Miez-Miez genannt, und das hat ihm gar nicht gefallen. Seine Waffe wurde ihm zu schwer, und er hat sie fallen lassen. Da ging sie los. Jemand starb, aber es war ein Unfall. Kein Verbrechen, kein Mord. Und das ist der Grund, weshalb Ben im Moment zu Hause ist.« Sein Blick war auf die Armeebaracken gerichtet.

»Salutiert der Wache!«, rief George unvermittelt. »Salutiert der Wache! Marsch zwei, drei, vier, Marsch zwei, drei, vier.«

Und er fing zu singen an, während ich aus dem Auto stieg und in Mums Haus rannte.

»Hier sind deine Einkäufe«, rief ich ihr zu.

»Möchtest du eine Tasse Tee?«, fragte Mum, als sie mir entgegenkam.

»Nein! Ich muss los. George redet.«

»Was meinst du mit ›er redet‹?«

»Ich meine reden. Er redet richtig. Er erzählt mir von Ben.«

Ich wartete Mums Antwort nicht ab, sondern rannte zurück zum Wagen, wo George noch immer sang. Ich musste versuchen, erneut seine Aufmerksamkeit zu wecken.

»Als ich jung war, bin ich oft in die Disco drüben bei den Baracken gegangen«, sagte ich laut.

George hörte auf zu singen. »Ich weiß«, sagte er. »Du warst verwöhnt. Man nannte dich die Besserwisserin.«

Ich lachte und warf den Motor an. »Sieh dir den Kater an, der da oben im Baum sitzt«, sagte ich und deutete auf eine Fantasiegestalt, die sowohl George als auch ich für echt ansahen, wenn wir redeten. »Hoffentlich fällt er nicht herunter.«

»Wird er aber. Ben kennt ihn. Er ist ständig im Krankenhaus. Jede Woche fällt er runter. Er ist ein dummer Kletterer. Er findet es toll, wenn seine Mum einmal in der Woche die Feuerwehr rufen muss. Er hält sich für einen Helden. Er will immer Aufmerksamkeit erregen.«

Bald schon bogen wir in die schmale Straße ab, die in Cranford hinunter zum Fluss führte, und die vertraute Straße lag vor uns.

»Grandpa sagte jedes Mal, dass wir hupen müssen, sobald wir die Brücke erreicht haben, damit die Leute wissen, dass wir kommen«, sagte ich mit meiner Katzenstimme. »Und wenn jemand hupte, während wir beim Fischen waren, wurden wir immer ganz aufgeregt, weil wir dachten, sie wollten uns begrüßen.«

George sagte nichts, während ich langsamer fuhr, um die Brücke zu überqueren, aber als ich drüberfuhr, setzte er sich plötzlich auf.

»Hup, hup!«, rief er. »Wir kommen. Wir können den Fisch unter der Brücke hören. Ben kennt den Fisch. Er kommt mit seinem Fahrrad über die Brücke. Aber den Fisch wirft er immer wieder zurück.«

Ich hätte vor Freude laut loslachen können, dass George wieder ins Gespräch eingestiegen war. Heute war ihm wirklich nach Reden zumute.

»Und das macht er tatsächlich?«, fragte ich.

»Ja. Er und seine Freunde treffen sich zum Angeln. Aber er fängt immer die meisten Fische. Schon sein Großonkel hat geangelt. Die Enten kommen und schauen ihm beim Fischen zu. Sie wollen seine Marmeladensandwiches. Sein Freund hat Schinken, aber die Enten wollen Bens Marmelade, weil es vegetarische Enten sind.«

Da prusteten wir beide los. Ich stellte den Wagen ab.

»Die Feen leben unter der Brücke«, erzählte George mir. »Sie kommen aber nur heraus, wenn es friedlich ist. Das Hupen erschreckt sie. Sie können fliegen und machen helle Lichter. Aber man muss sehr genau hinsehen, um ihre Gesichter und Flügel zu erkennen. Sie lachen und kichern andauernd. Sie lieben die Sonne. Die macht sie glücklich, glücklich.«

Am liebsten hätte ich George gepackt und ihn vor lauter Glück an mich gedrückt. Wir waren in unserer eigenen Welt, und er zeigte mir den Weg dorthin. Er erzählte mir eine Geschichte, in der sämtliche Gedanken und Bilder vorkamen, die er im Kopf hatte – die Feen und die Soldaten, Bens Großonkel und die Vegetarierenten –, alles, was so lebendig und real in ihm steckte.

Ich wollte nicht, dass es aufhörte.

»Hat Ben denn auch ein Ruderboot am Fluss?«, fragte ich.

»Hat er.«

»Und was macht Ben in dem Boot?«

»Er lässt die Fische hochspringen, um ihnen Hallo zu sagen, wenn sie vorbeikommen. Entlang des Ufers gibt es Frösche und Ratten, und die schauen alle hoch zu ihm und sagen Hallo. Es gefällt ihnen hier, wo es keine Autos gibt. Alles ist unberührt und friedlich. Ben hält an, um zu Mittag zu essen, und teilt sein Picknick mit ihnen.«

»Was hat er dabei?«

»Er ist nicht mit leichtem Gepäck unterwegs. Er hat den besten und größten braunen Korb voll köstlicher Dinge. Marmelade, Kekse, Krabbenchips, Erdbeerdrink und Eiscreme. Und eine große Thermoskanne Tee. Er hat auch ein großes rot-weißes Tischtuch. Genauso eins wie Mum hat.«

»Aha?«, sagte ich und konnte dabei nur mit Mühe meine Stimme ruhig halten, weil mich meine Gefühle überwältigten.

»Ja«, sagte George. »Die Sonne scheint auf den Fluss, und er blickt hinauf zu den großen Trauerweiden, die tief ins Wasser hängen. Manchmal schaukelt das Boot, aber er singt sich die Seele aus dem Leib, wenn er den Fluss hinuntertreibt. Er kann so laut in die Bäume hineinsingen, dass es ein Echo gibt. Mit seinem Singsang treibt er gemächlich den Fluss hinunter.«

»Was singt er denn?«

»*Why* von Anthony Newley.«

»Was sagtest du?«

»*Why*. Dein Lied.«

Ich sagte nichts dazu. Ich war immer ein Fan der alten Sänger wie Frank Sinatra gewesen, und *Why* von Anthony Newley war ein Song, den ich George im Laufe der Jahre oft vorgesungen hatte, wobei ich den Text immer und immer wieder für ihn wiederholte und hoffte, dass er irgendwann einmal die Worte hörte und verstand. Aber obwohl ich dieses Lied bestimmt tausendmal gesungen habe, hat er mir nie gezeigt, dass es ihn erreicht hat. Ich liebte diese Verse noch immer, weil sie ihm alles sagten, was er wissen musste.

»*I'll never let you go – why? – because I love you, (Ich werde dich nie fortlassen – warum? – weil ich dich liebe)*«, sang ich. »*I'll always love you so – why? – because you love me (Ich werde dich immer so lieben – warum? – weil du mich liebst).*«

Ich sah George an und hielt den Atem an. »Ben singt *Why?*«, fragte ich leise.

George stieg aus dem Auto und ging hinüber zum Fluss. Ich stieg ebenfalls aus und stellte mich neben ihn.

»*Why*«, sagte George. »Dieses Lied, das du im Wagen hast. Diesen Song. *Because I love you.*«

Es war das erste Mal, dass ich ihn solche Worte sagen hörte, und als wir in diesem Moment nebeneinanderstanden, schien die Welt sehr weit weg zu sein.

»Das stimmt, mein Schatz«, sagte ich zu George. »Weil ich dich liebe.«

Kapitel 6

George hatte beschlossen, seinen elften Geburtstag gemeinsam mit Ben zu feiern, und deshalb musste ich ihm eine Angelrute mit einer Spielmaus daran kaufen. Der Entschluss, dass sein großer Tag auch der von Ben sein sollte, war gefasst worden, nachdem ich ihm erzählt hatte, dass wir nicht wüssten, wann Ben geboren worden war. Und so gab es für die beiden eine Teeparty im Garten. Mum, Boy und seine Kinder, Tor, Del und Nob waren alle gekommen, und George bestand darauf, dass ich sowohl einen Geburtstagskuchen aus Schokolade als auch einen mit Marmelade gefüllten Biskuitkuchen kaufte, weil Ben beide so gern mochte. Jetzt saßen sie gemeinsam auf dem Rasen, und George griff nach einer Dose Sprühluftschlangen. Da es ihm immer großen Spaß machte, durfte er jedes Jahr an seinem Geburtstag damit ums Haus herumsprühen, so viel er wollte. Hinterher bereute ich es dann tagelang, wenn ich überall die Reste fand. Knallbonbons fand er genauso toll, und wir ließen so viele im Garten knallen, dass überall bunte Konfetti herumlagen.

»Bist du bereit?«, fragte George Ben.

Ben wackelte mit dem Kopf, während George sprach, und wartete darauf, dass der Spaß losging.

»Dann los!«, kreischte George und drückte auf die Dose.

Rosa Sprühluftschlangen quollen heraus, und Ben stürzte sich darauf. Aber George sprang auf und verfolgte ihn, und überall im Garten flogen Sprühluftschlangen durch die Luft, da er wie wild um sich sprühte. Ben war mit einem Satz auf dem Trampolin, George war ihm auf den Fersen. Binnen weniger Sekunden verschwand das Trampolin unter einem Haufen Sprühluftschlangen. Ich kriegte mich vor Lachen nicht mehr ein.

Mir ging das Herz auf, als ich die beiden so zusammen erlebte. Ben wollte so sehr der kleine Junge sein, dass er seit Neuestem sogar auf den Billardtisch kletterte, den George zu Weihnachten bekommen hatte, und jedes Mal, wenn George einen Stoß ausführte, ging Ben in die Mitte des Billardtischs und stupste auch eine Kugel mit seiner Pfote an. Er hatte außerdem beschlossen, das Laufband mitzubenutzen, das ich geschenkt bekommen hatte, weil ich Ben nicht allein lassen konnte, um in ein Fitnessstudio zu gehen: Wenn George darauf lief, lief Ben neben ihm her. Und ich kriegte mich vor Lachen nicht mehr ein, wenn ich die beiden sah.

Ben fand immer neue Wege, sich Aufmerksamkeit zu sichern, und was er sich zuletzt ausgedacht hatte, war vermutlich das Beste. Nachdem Ben bei uns eingezogen war, hatte ich ihn mehrmals zur Kontrolle zum Tierarzt gebracht, weil man mich gewarnt hatte, dass die Zyste, die man entfernt hatte, auf die Entwicklung von Krebsgeschwüren hinweisen könnte, und jedes Mal, wenn wir wieder nach Hause kamen, machte George viel Aufhebens um ihn. Nachdem wir Entwarnung bekommen hatten, stießen wir immer alle einen großen Seufzer der Erleichterung aus – bis ich eines Tages einen Knoten hinter Bens Ohr entdeckte. Der Tierarzt diagnostizierte einen Abszess, der aufgeschnitten werden musste, und als Ben danach genäht und sehr still nach

Hause kam, verwandelte George sich für eine ganze Woche in Florence Nightingale. Inzwischen war ich mir ziemlich sicher, dass Ben manchmal Unpässlichkeit vortäuschte, nur um genug Aufmerksamkeit zu bekommen.

»Er muss sich ausruhen«, erklärte George mir dann völlig ernst, wenn Ben still wurde, und setzte ihn aufs Sofa mit einem Kissen, damit er seinen Kopf ablegen konnte.

Kein anderer durfte Ben anfassen, wenn George ihn für krank hielt, und Ben genoss es, in Decken gewickelt und stundenlang verhätschelt zu werden.

»Sollen wir uns einen Film ansehen?«, fragte George ihn. »Lieber *Big* oder *Garfield*? Oder möchtest du was trinken?«

Manchmal ertappte ich Ben beim Gähnen, als wäre er der vielen Aufmerksamkeit überdrüssig, aber für gewöhnlich dauerte es einige Tage, bis George sich zu fragen begann, ob Ben ihn nicht an der Nase herumführte.

»Flunkerst du mir was vor, Baboo?«, fragte er. »Bist du wirklich immer noch krank?«

Jedes Mal, wenn er gefragt wurde, miaute Ben kläglich, und sofort nahm George seine Pflege wieder auf. Oft dauerte es noch ein paar Tage, bis Ben endlich genug Aufmerksamkeit bekommen hatte, war dies jedoch der Fall, dann wurde er wunderbarerweise am nächsten Tag putzmunter.

Jetzt rannte ich ins Haus, um meine Kamera zu holen, und als ich wieder in den Sonnenschein kam, machte ich ein Foto von George und Ben, die unablässig weiter durch den Garten tobten. Ich wollte das Lächeln auf ihren Gesichtern für immer festhalten – obwohl ich wusste, dass noch viele weitere Geburtstage kamen, die wir gemeinsam feiern würden.

Wenn George zur Psychiaterin ging, war die meistgestellte Frage die nach seiner Schule.

»Was hältst du von der Schule für die Großen?«, fragte sie ihn, aber für gewöhnlich weigerte George sich, ihr darauf eine Antwort zu geben.

Jedes Mal, wenn wir ihre Praxis verließen, erzählte George mir, dass er seine Ärztin nicht leiden könne, aber noch weniger die Frage, was er von der weiterführenden Schule halte, denn ihm war klar, dass dies nur eins bedeuten konnte – Veränderung. Als er im September 2007, wenige Monate nach seinem elften Geburtstag, von der Grundschule auf die weiterführende Schule wechselte, war dies die größte Veränderung, die er je in seinem Leben erfahren hatte, und sie machte George genauso viel Angst wie mir.

Fast zwei Jahre, bevor George tatsächlich wechseln musste, hatte ich bereits begonnen, mit den Fachleuten darüber zu sprechen, denn so lange dauert es, bis man alle Beurteilungen zusammenhat, die man für ein Kind mit besonderen Bedürfnissen benötigt. Es gibt so viele Formulare und Berichte, die eingeholt werden müssen, um zu gewährleisten, dass er auch einen Platz an der richtigen Schule bekommt. Obwohl feststand, dass George auf keine weiterführende Regelschule gehen konnte, weil er schon in der Grundschule so große Probleme gehabt hatte, lag ich dennoch nachts wach und überlegte hin und her. Wie sollte er damit zurechtkommen? Es war George schon schwer genug gefallen, sich umzustellen, als Miss Proctor Mutterschaftsurlaub nahm und eine Vertretung kam. Wie würde er also auf eine neue Schule und neue Kinder reagieren?

Mir war nicht ganz wohl dabei, dass es darüber hinaus eine Einrichtung für Kinder mit Lernschwierigkeiten würde sein müssen. Bis jetzt war er mit ganz normalen Kindern zusammen gewesen, und meine Sorge, dass der Besuch einer Sonderschule ihn für immer abstempelte und er dort vielleicht neue ungewöhnliche Verhaltensweisen übernahm, war groß. Nach all den Fortschritten, die er gemacht hatte, wollte ich nicht, dass es bei George zu Rückschritten kam.

George bekam natürlich all die Diskussionen mit und wurde immer ängstlicher – sang und redete endlos mit Ben darüber.

»Ich möchte auf eine normale Schule gehen«, sagte er. »Ich werde auf keine Sonderschule gehen. Ich hole mir selbst ein Buch. Ich bringe mir selbst was bei.«

Doch obwohl ich nachempfinden konnte, wie er sich fühlte, wusste ich, dass für George letztendlich eine Spezialschule das Beste wäre. An seiner Grundschule war so viel passiert – die Kämpfe und Missverständnisse, Probleme auf dem Schulhof und Ärger mit den Eltern, die ihn für einen schlechten Einfluss hielten –, dass es George unmöglich war, sich in dieser Umgebung wohl und sicher zu fühlen. Ich sah darin einen der Gründe, weshalb er noch immer nicht richtig lesen und schreiben gelernt hatte, und obwohl George in Mathe so gut war, dass ich ihn schon mit fünf Jahren in einen Laden hätte schicken und mir sicher sein können, dass er mit dem richtigen Wechselgeld zurückkam, reichte das doch nicht aus, um in einer Regelschule klarzukommen. Das andere Problem war, dass George eine wirklich geschützte Umgebung brauchte, denn er hatte noch keinen Sinn für Gefahren entwickelt und war einmal sogar von der Schule weggelaufen. Ich fand ihn durch reines Glück, als ich mit Mum im Auto unterwegs war und einen blonden Jungen die Hauptstraße hinuntergehen sah.

»Ist das nicht George?«, sagte ich.

»Das kann nicht sein, Ju«, erwiderte Mum. »Er ist doch in der Schule.«

»Nun, wenn er's nicht ist, dann ist es ein Junge, der genauso aussieht wie er.«

Ich fuhr langsamer, um ihn mir besser ansehen zu können. Der Junge ging auf dem Gehweg, während auf der Straße die Autos an ihm vorbeirasten, und als ich anhielt, konnte ich sehen, dass es tatsächlich George war. Mir drehte sich der Magen um. Er befand sich auf der Hauptstraße inmitten von Autos und Menschen, die er nicht kannte und auch nicht verstand, obwohl er eigentlich wohlbehalten in der Schule hätte sein sollen, und ich wurde wütend, weil er einfach so hatte davonlaufen können.

»George?«, rief ich aus dem Fenster.

Er starrte mich an.

»Was machst du da?«

»Ich gehe einkaufen.«

»Solltest du nicht in der Schule sein?« Darauf sagte er nichts. »Ich gehe auch einkaufen, steig doch bei mir ein.«

George stieg in den Wagen, und mit wild klopfendem Herzen fragte ich mich, wie lange er wohl schon unterwegs war.

»Wann hast du die Schule verlassen?«, fragte ich ihn.

»Ich weiß es nicht.«

Aber während die Gespräche darüber, welche Schule für George die beste wäre, andauerten, wusste ich selbst das immer weniger. Die richtige Entscheidung zu treffen, fällt schwer, wenn man so lange Zeit alles allein mit sich hat ausmachen müssen und einem plötzlich jede Menge Leute erzählen, was sie davon halten. Darüber hinaus hatte ich eine weitere Auseinandersetzung mit den Experten, die meiner Zuversicht einen Dämpfer aufsetzte. Anlass waren Georges Schlafprobleme, die so schlimm geworden waren, dass er nun mitten in der Nacht aufstand und Dinge tat, während er weiterschlief. Es war nicht einfach nur Schlafwandeln: Er holte etwa sein Lego heraus und sortierte es nach Farben oder nahm ein Kartenspiel und sortierte es – immer noch schlafend, aber mit offenen Augen. Das machte er Nacht für Nacht, und es jagte mir fast Angst ein, ihn so zu sehen – wie ein Geist, den ich nicht ansprechen konnte.

Die Ärzte wussten das alles, und als George letztes Jahr auf der Grundschule begann, schlugen sie vor, ein spezielles Zentrum in der Innenstadt von London aufzusuchen, das Kindern bei Schlaf- und Verhaltensproblemen half. Begeistert war ich nicht gerade, aber ich erklärte mich bereit, hinzugehen, weil ich wusste, dass ich für alles offen sein musste. Die Einrichtung machte einen guten Eindruck. Das Gebäude war groß und luftig, die Kinder hatten ein Hauskaninchen, und es gab einen großen Kunstraum voller bunter Objekte, die in Regalen gestapelt waren. Dann bekamen George und ich einen Raum gezeigt, dessen Wände blau und rot gepolstert waren – die Weichzelle, wie man mir mitteilte.

»Wenn ein Kind sich wehrt oder um sich schlägt, bringen wir es hierher«, erklärte mir ein Mann. »Es ist die beste Möglichkeit, die Kinder zu beschützen, bis sie sich beruhigt haben.«

Ich musste an das denken, was Georges Psychiaterin mir gesagt hatte – dass die Entscheidungen, die man als Eltern zum Wohl des Kindes treffen müsse, manchmal nicht einfach seien. Aber ich war mir nicht sicher, ob sie das hier damit gemeint hatte. Könnte ich wirklich zulassen, dass man

George festhielt und in einen ausgepolsterten Raum sperrte? Mir wurde schon beim Gedanken daran übel. Ich wusste um die möglichen Schäden. Ein paar Monate zuvor hatte George mir erzählt, dass eine Lehrerin ihn in einen Schrank gesperrt habe, und obwohl sie beteuerte, dass dies nicht der Fall gewesen sei, musste ihm irgendwas Angst gemacht haben. George sprach unentwegt von dem dunklen Schrank und dem Geruch von Farbe. Er beschrieb, wie er dort im Dunkeln gestanden und seine Augen geschlossen hatte. Mir war bewusst, dass er ganz harmlose Vorfälle als bedrohlich interpretierte, weil er das auch bei mir schon oft getan hatte. Aber als ich mir die Weichzelle ansah, wusste ich, dass er sich, wenn man ihn dort festhielt und berührte, egal wie freundlich oder professionell, davon nie mehr erholen würde.

Nachdem man uns das ganze Zentrum gezeigt hatte, kamen George und ich in einen Raum, um die Leute kennenzulernen, die dort arbeiteten. Auch sie machten einen netten Eindruck, wie solche Leute das immer tun, und sie erklärten uns, wie sie arbeiteten und welche Hilfe sie für Kinder wie George sein konnten. Aber als er sich auf einen Stuhl setzte und zu schaukeln anfing, dabei mit den Fingern schnipste und summte, wurde mir klar, dass ihm der Ort Angst machte. Ich würde ihn nicht dorthin schicken. Die Psychiaterin hatte recht: Manchmal muss man als Eltern wirklich schwere Entscheidungen treffen und jeglichem professionellen Rat zuwiderhandeln, weil er einfach nicht richtig zu sein scheint. Am Ende geht es nur um dich und das Kind: darum, was du für richtig hältst, und um das instinktive Gefühl, das du hast. Ich ertrüge es nicht, wenn George Leid zugefügt würde, selbst wenn manche Leute davon ausgingen, dass es ihm auf lange Sicht helfen würde, und als wir gingen, schwor ich mir, andere Wege zu suchen, um ihm zu helfen. Da wir nun Ben hatten, war ich mir sicher, welche zu finden.

Ängstlichkeit gehörte immer noch zu Georges Hauptproblemen, und selbst Ben hatte ihn davon nicht völlig zu befreien vermocht, wenn es um die Außenwelt ging. Zu Hause war George glücklich, aber sobald er die gewohnte Umgebung verließ, änderte sich das, und seine körperlichen Ticks wie Summen und Trommeln wurden schlimmer. Ich konnte mich selbst davon überzeugen, dass er sich von der Welt, die ihn umgab, immer heftiger attackiert fühlte. Wenn George den Schulkorridor hinunterging, hatte er das Gefühl, von den Kindern, die ihn streiften, angerempelt zu werden. Sobald sie ihm zu nahe kamen, dachte er, sie wollten ihm Angst einjagen. Wenn sie sich mit der Zunge über die Lippen fuhren, glaubte er, sie streckten ihm die Zunge heraus. Obwohl ich immer dafür gesorgt hatte, dass er rauskam, war mir klar, dass ich das noch mehr forcieren musste, damit er aufhörte, sich zu verstecken.

Und so machten wir im Sommer, bevor George auf die weiterführende Schule kam, noch viele Ausflüge: zum Strand von Bournemouth, weil er das Meer so liebte, oder in die Stadt zu Madame Tussauds oder in das Londoner Aquarium. Das lief nicht immer glatt, weil George die vielen Menschen störten und er auch nicht auswärts essen wollte, wenn wir unterwegs waren. Der einzige Ort, wo wir immer hinkonnten, war das Gartencenter mit Café bei uns um die Ecke, weil die Dame, die dieses Café führte, so freundlich war, für George den Toast genau so zu machen, wie er ihn haben wollte – nicht zu warm und mit Handschuhen serviert, damit er sicher sein konnte, dass keiner ihn angefasst hatte. Ich lernte, ihn dazu zu bringen, etwas unterwegs zu essen, indem ich ein fertiges Lunchpaket mitnahm und dafür sorgte, dass diesem keiner zu nahe kam und es anhauchte. Wenn er Angst bekam, weil die Menschenmenge zu dicht war, stellte ich mich vor ihn, während er sich in eine Ecke drückte, bis das Menschenknäuel vorbeigezogen war, und wenn er wütend wurde, weil ihm alles zu viel war, ließ ich zu, dass er dies herausließ.

»Ich hasse dich«, schrie er dann auf dem Boden liegend immer wieder, während ich abwartete, bis er sich ausreichend beruhigt hatte, um ihn wieder auf seine Beine zu ziehen. »Warum hast du mich hierher gebracht?«

Mir war klar, dass ich weiter daran arbeiten musste, Georges Schutzmechanismen aufzubrechen und dafür zu sorgen, dass sie sich nicht verfestigten. Aber mein Umgang mit ihm war eine Sache, eine andere die Reaktionen der Leute. Auf den ersten Blick sah George aus wie alle anderen Kinder auch, und dies hatte zur Folge, dass Fremde sich bemüßigt sahen, Kommentare aller Art von sich zu geben, wenn sie der Meinung waren, dass er sich ungezogen verhielt.

»Wie kann sie ihm das durchgehen lassen?«, hörte ich sie sagen, wenn er strampelnd und schreiend auf dem Boden lag. »Das ist ja widerlich.«

»Diese Eltern heutzutage. Haben ihre Kinder einfach nicht mehr im Griff.«

»Sieh dir diesen Jungen an. Was ist das denn für ein Kind?«

Ein andermal waren wir in einem Vergnügungspark und machten eine Bootsfahrt. George saß auf seinem Platz, mit einer Miene, wie er sie immer machte, wenn wir unterwegs waren – absolut ernst mit reglosem Gesicht und angespannter Kinnpartie –, da beugte sich ein Mann über ihn.

»Freu dich doch, Kind!«, sagte er. »Mach nicht so ein verdrießliches Gesicht. So schlimm kann's doch nicht sein.«

George tat, als hörte er das gar nicht, aber ich litt für ihn mit und war wütend, dass Leute immer urteilen mussten. Für sie war es völlig in Ordnung, zu einem zehnjährigen Jungen so grausam zu sein.

Ständig war ich in Sorge, dass George dies alles in sich hineinfraß, hoffte aber gleichzeitig, dass einige der schönen Dinge, die ihm widerfuhren, den Weg zu ihm fanden. Wenn wir nach all dem Anstarren und dem Gekicher nach Hause kamen, beteuerte ich George immer und immer wieder meine Liebe, als könnte ich damit alle schlechten Erinnerungen wegwaschen, die er womöglich behalten hatte. Er erwiderte nichts darauf, aber wenn er dann an mir vorbeiging, rempelte er mich an, was seine Art war, mir zu sagen, dass er es gehört hatte.

Aber wir waren bei dem Schulproblem, und das wartete noch immer auf eine Lösung. Als Michael Schlesinger, Georges Erziehungspsychologe, mir drei Schulen nannte, die er für geeignet hielt, beschloss ich, diese zu besuchen, um mir ein Bild zu machen und mich dann zu entscheiden. Die erste lag im Süden von London, und Mum kam mit mir. Das Gebäude war wie Fort Knox – nur Schlösser und Türen –, und sobald ich meinen Fuß hineingesetzt hatte, wusste ich, dass dies kein Ort war, an dem George sich wohlfühlen würde. Die Lehrer machten einen sehr kompetenten Eindruck und hatten die Klassen offenbar auch gut im Griff. Aber als ein Junge mich umarmen wollte und zu schreien anfing, als man ihn davon abhielt, fand ich das nicht richtig. Einen genauen Grund, weshalb ich George nicht auf diese Schule schicken wollte, kann ich nicht benennen, aber mein

Bauchgefühl sagte es mir. Die zweite Schule war nicht besser, und ich zweifelte, ob ich jemals die richtige Schule für George finden würde, als ich die dritte der von Mr Schlesinger vorgeschlagenen Einrichtungen besuchte – Marjorie Kinnan in Feltham, etwa acht Kilometer von unserem Zuhause entfernt.

Was soll ich sagen? Schon beim Betreten des Gebäudes wusste ich, dass ich das Richtige für George gefunden hatte. Marjorie Kinnan nimmt Kinder mit allen möglichen Lernproblemen auf, von den nicht ganz so schlimmen bis zu extremen Fällen. Aber es war überhaupt kein trauriger Ort, tatsächlich sogar das genaue Gegenteil. Die Räume waren hell, überall sah man Farbe, und die Ausstattung der Klassenzimmer legte nahe, dass jemand sich Gedanken gemacht hatte, was man tun musste, damit Kinder mit besonderen Bedürfnissen sich wohlfühlten. Es gab keinen großen, hallenden Eingangsbereich, der sie verängstigen konnte, oder Räume, so klein, dass sie das Gefühl hatten, in der Falle zu sitzen. Stattdessen war die Schule in Bereiche aufgeteilt, die genau die richtige Größe hatten, damit die Kinder sich darin sicher fühlen konnten. Es gab ein gut ausgestattetes Musikzimmer und ein Spielzimmer. Die Lehrer waren ruhig und unaufgeregt, es gab keine Weichzellen und andere Methoden der Bändigung. Die ganze Atmosphäre war fröhlich, und genau das wünschte ich mir für George. Doch erst musste einer der Lehrer von Marjorie Kinnan George beurteilen, ob er dafür auch geeignet war.

»Da war heute eine Frau, die mich beobachtet hat«, berichtete er mir kurz nach meinem Besuch in der Schule.

Eine Lehrerin der Marjorie Kinnan war in seine Grundschule gekommen, um sich ein Bild von ihm zu machen.

Ich war mir nicht sicher, wie viel sie von ihm mitbekommen hatte, denn wie George mir erzählte, hatte er sich den Pullover über den Kopf gezogen und sich geweigert, sein Gesicht zu zeigen, nachdem er spitzgekriegt hatte, was da vor sich ging. Also versuchte ich, ihm Mut zu machen.

»Sie war nicht da, um dich zu beobachten«, sagte ich. »Sie war da, um sich die Kinder anzuschauen, die keine Kontrolle über sich haben.«

Ein paar Tage später bekam ich die gute Nachricht, dass die Frau noch mal gekommen war, um sich George anzusehen, und er in die Marjorie-Kinnan-Schule aufgenommen war. Meine kleine Notlüge hatte gewirkt.

Kapitel 7

George saß in der Badewanne, und Ben lag im Waschbecken und passte auf ihn auf, wie er das immer tat. Als eine Wespe vorbeiflog, versuchte Ben sie zu erwischen, aber seine Pfote verfehlte sie.

»Du hast dich nicht unter Kontrolle, weißt du«, klärte George ihn auf. »Und du hast Lernprobleme. Du kannst nicht mit Leuten reden. Du magst die Leute nicht. Du bist kein Menschenfreund. Aber du brauchst auch nicht zur Schule zu gehen, oder? Du arbeitest in China.«

Mit Ben zu plaudern war für George wie meine Gespräche mit Mum bei einer Tasse Tee – eine Möglichkeit, sich Klarheit zu verschaffen. Den einen Tag war Ben der Leiter eines Ladens in Hounslow, am nächsten arbeitete er in der Mongolei. Doch in all diese Fantasiegespräche, die George führte, flossen auch kleine Informationen ein, die er in seiner neuen Schule aufgeschnappt hatte. Seit er in die Marjorie-Kinnan-Schule ging, redete er mit Ben oft auf diese Weise, denn die ersten Monate waren schwer gewesen, und George musste dem allen einen Sinn geben. Alles war neu – die Gebäude, die Gesichter, die Gerüche, die Stimmen, die Lichter, die Toiletten, selbst die Höhe der Stühle vor den Pulten –, und bei so vielen neuen Eindrücken, die er verdauen musste, war es nicht verwunderlich, dass ihm der Schulwechsel Probleme bereitete.

Anfangs berichtete mir Georges neue Klassenlehrerin Miss Worgan, dass er sich zurückziehe und die Mitarbeit verweigere. George hatte sich geweigert sie anzusehen, still zu sitzen oder Fragen zu beantworten, und obwohl ich wusste, dass dies alles dazugehörte, beunruhigte es mich doch zu erfahren, dass er begonnen hatte, die Verhaltensweisen nachzuahmen, die er an den anderen Kindern sah. George machte Dinge, die er schon lange nicht mehr gemacht hatte – er gab zum Beispiel plötzlich Tierlaute von sich, um seine Mitschüler zum Lachen zu bringen, und ich wusste, dass ich dagegen rasch vorgehen musste, weil es sonst nur noch schlimmer wurde.

»Du musst damit aufhören, die anderen nachzuahmen, und musst zeigen, wer du wirklich bist«, erklärte ich ihm. »Du musst deinen Lehrern zeigen, dass du vernünftig und freundlich bist, denn ich weiß, dass du das bist, und wenn du dich vernünftig verhältst, werden die anderen Kinder dir das nachmachen. Ich wette, dass Miss Worgan gern dein wahres Ich sähe, nicht dein ungezogenes, und ich könnte mir vorstellen, dass Ben das auch gefallen würde.«

»Würde ihm das gefallen?«

»Natürlich. Ben weiß doch, was für ein guter Junge du bist. Er möchte, dass das auch die anderen Leute sehen.«

Es war schon ein gewaltiger Fortschritt, dass George und ich inzwischen Gespräche wie dieses führen konnten. Als George und ich mit unserer Katzensprache begonnen hatten, hatte ich mich manchmal gefragt, ob es auch richtig war, ihn darin zu ermutigen, denn ich wollte nicht, dass er aufhörte, seine eigene Stimme zu benutzen. Aber je mehr Zeit verging, desto weniger griff er auf die Katzensprache zurück. Immer öfter sprach er in seiner eigenen Stimme zu mir.

Nach einigen Monaten hatte sein Verhalten in der Schule sich gebessert, und George hatte mit seiner Betreuerin namens Mrs Ward, die ihn beim Lernen unterstützte, dicke Freundschaft geschlossen. Anfangs wusste ich von ihr nicht mehr, als dass sie nach Kaffee roch – was nicht viel zu bedeuten hatte, denn für George rochen die meisten Erwachsenen nach Kaffee –, doch bald schon änderte sich das. Mrs Ward erzählte ihm alles, angefangen von ihren Unternehmungen am Wochenende bis zu ihren Urlaubsplänen, und George hatte an sie angedockt, weil sie mit ihm wie ein echter Mensch sprach. Als Mrs Ward ihm erzählte, dass ihr Hund gestorben war, war er völlig aufgelöst.

»Mrs Ward ist so traurig«, sagte George, als er von der Schule nach Hause kam.

»Natürlich ist sie das. Ich bin mir sicher, dass Mrs Ward ihren Hund liebte.«

»Hat sie. Ich wollte ihr sagen, dass ihr Hund im Himmel ist.«

»Nun, das kannst du morgen tun, wenn du möchtest.«

»Nein. Nein. Und du erzählst es auch keinem.«

»Warum nicht?«

»Lass es einfach.«

George brachte es immer noch nicht über sich, Worte, die Gefühle ausdrückten, laut auszusprechen, aber allein die Tatsache, dass er sie sagen wollte, war ermutigend. Und Mrs Ward war nicht die einzige Person, die ihm am Herzen lag. Das Zusammenleben mit Ben führte dazu, dass George an der Marjorie-Kinnan-Schule dadurch auffiel, dass er sich für seine Klassenkameraden einsetzte. Die Kinder dort hatten Probleme aller Art, von körperlichen Behinderungen bis zu Lernschwierigkeiten, und sie nahmen sich gegenseitig auf die Schippe, wie das alle Kinder tun. Aber George hatte begonnen, einzuschreiten, wenn er das Gefühl hatte, dass einer besonders ungerecht behandelt wurde.

»Sieh doch einfach selbst mal in den Spiegel«, sagte er einem Mädchen, das ein anderes aufzog.

Ihre Mum beschwerte sich anschließend über Georges Äußerung, aber ich war insgeheim glücklich, dass er seine Meinung gesagt hatte. Seine Offenheit hatte ihn in der Vergangenheit oft genug in Schwierigkeiten gebracht; jetzt fand diese wenigstens eine sinnvollere Anwendung.

Miss Worgan, Mrs Ward und all die anderen Lehrer an der Marjorie-Kinnan-Schule waren das Beste, was George hatte passieren können. Sie nahmen sich alle Zeit der Welt, um mit ihm zu sprechen, und auch die praktischen Dinge, die sie unternahmen, zeigten gute Wirkung. George bekam Knete in die Hände gedrückt, damit er mit ihnen nicht mehr trommelte, und das half ihm, sich zu konzentrieren; er hatte ein Pult, einen Stuhl und eine Schublade für sich, was gegen seine Angst half, andere Leute könnten seine Sachen anfassen; es wurde ihm erlaubt, sich für den Sportunterricht allein umzuziehen, ohne die Umkleide benutzen zu müssen, was er immer hasste. Die Lehrer lernten sogar die hohe Kunst der Unterscheidung, wann George tatsächlich gestresst war und wann er nur sehen wollte, wie weit er bei ihnen gehen konnte, sodass sie ihn gemäß seiner tatsächlichen Bedürfnisse disziplinieren oder beruhigen konnten.

Auf der Marjorie-Kinnan-Schule wurden alle Kinder als Individuen behandelt, und die Geduld, die die Betreuer an den Tag legten, führte zu greifbaren Ergebnissen: Was das Lernen betraf, hatte es bei George Klick gemacht – er zeigte endlich Interesse am Unterricht. Das geschah ganz allmählich, und ich musste vorsichtig sein und durfte ihm nicht zu viele Fragen stellen, weil er nicht gern darüber sprach. Aber nach einem Schultag ging George, wenn er nach Hause kam, hoch auf sein Zimmer und setzte sich mit Ben hin. Dann holte er ein Buch heraus und redete mit Ben, während er darin blätterte und Ben zusah. Manchmal erzählte George passend zu den Bildern seine eigene Geschichte, aber manchmal versuchte er sogar zu lesen.

»Uuuuunnnd«, pflegte George dann zu sagen und starrte auf die Seite.

Jedes Wort wurde unendlich in die Länge gezogen, aber wenn ich heimlich durch den Türspalt spähte, um ihn und Ben zu beobachten, war ich voller Hoffnung.

Die Kombination von Ben zu Hause und einer Schule, die ihm guttat, hatte auch einen Dominoeffekt auf andere Dinge. George war dazu übergegangen, Entscheidungen für Ben zu treffen, wann dieser sein Fressen bekommen sollte oder wann es Zeit für sie beide zum Spielen war, und ich hoffte darauf, dass ihm das half, auch für sich zu lernen, was ihm guttat. Außerdem führten die Gespräche mit Ben dazu, dass seine Ängste sich nicht aufstauten, wodurch er ruhiger wurde.

»Weißt du, dass es irgendwann einmal kein Öl mehr geben wird und dann alle Lichter ausgehen werden?«, erzählte George Ben. »Weißt du, dass die Schwäne sich in Plastiktüten verfangen können und dann sterben?«

Während George redete, sah Ben ihn mit ernster Miene an, und seine hellen Augen funkelten vor Interesse, was sein Freund ihm zu sagen hatte.

Nein, habe ich nicht gewusst. Das ist ja schrecklich, George. Ich mag zwar keine Schwäne, weil die immer fauchen, wenn ich ihnen zu nahe komme, aber ich möchte nicht, dass einer leiden muss.

Ein weiteres Thema, über das sie sich immer wieder unterhielten, waren die Kriege im Irak und in Afghanistan.

»Da ist ein Krieg«, erklärte George Ben. »Und Soldaten sterben. Peng, peng. Im Sand. Menschen töten einander. Sie müssen aufhören. Man muss ihnen die Waffen wegnehmen, wie man die Autos wegnehmen muss. Waffen töten Menschen, wie Autos Bäume töten.«

Oder wir schauten die Nachrichten, und George sah Bilder von Kindern, die aufgrund von Hunger oder Krankheit zu Waisen geworden waren.

»Sieh dir diese Kinder an«, sagte er zu Ben. »Das ist traurig. Warum passiert so etwas? Mum sagt, die Menschen haben nicht einmal frisches Wasser.« Dann sah George mich an. »Können wir diesen Kindern hier nicht ein Zuhause geben, Mum?«

»Ich bin mir nicht sicher, ob wir sie alle in unserem Haus unterkriegen könnten«, erklärte ich ihm.

»Aber helfen sollten wir ihnen, oder?«

»Ich hoffe, wir können das.«

»Ich auch, Mum. Hilfe für die Kinder, Kinder.«

»Möchtest du das gern, George?«

Er sah mich an, als wäre ich nicht ganz gescheit. »Natürlich Mum. Es ist gut, anderen Menschen zu helfen. Weißt du das nicht? Ich dachte, das weiß jeder.«

Ich war eine Stunde lang weg gewesen, während Mum auf George aufpasste. Weil er über Kopfschmerzen geklagt hatte, wollte sie ihm die klebrige Flüssigmedizin geben, die George immer bei Schmerzen bekam – er konnte keine Tabletten schlucken. Gerade als Mum den Löffel fast an seinem Mund hatte, bewegte George sich abrupt, und die Medizin schwappte über. Wie üblich saß Ben unter ihnen und verfolgte das Geschehen, und jetzt klebte das süße Zeug auf seinem Rücken. Ich jagte ihn durch die Küche und versuchte, ihn mit einem feuchten Tuch zu säubern, und George kriegte sich vor Lachen nicht mehr ein.

»Wenigstens kriegt er keine Kopfschmerzen«, kreischte er vergnügt.

Ich hatte an dem Tag überhaupt keine Zeit für derlei Geschichten. Bei uns stand eine Halloweenparty vor der Tür, eine richtig große, und bald schon würden die ersten Leute eintrudeln. George war als Teufel mit rotem Cape und Hörnern verkleidet, das Gesicht passend geschminkt, ich war eine tote Braut – und Ben? Nun, Ben trug dank seiner weißen Nase und Brust jeden Tag Smoking und brauchte deshalb keine Verkleidung. Während ich ihn zu packen versuchte, entwischte er mir wieder, und ich fragte mich, ob er glaubte, dass ich mit ihm spielte – oder ob er wusste, dass er mit mir spielte?

Es gab noch so viel zu tun, denn diese Party sollte für alle unvergesslich werden. Mit großartigen Ideen hatte ich die Halloweenfeier für 2008 geplant. Im Jahr zuvor hatte ich ein kleines Fest mit der Familie gefeiert, und das war so schön gewesen, dass ich diesmal noch etwas Besseres auf die Beine stellen wollte. Ich hatte an die Gartenaktionen und die Spieleabende in der Siedlung denken müssen und beschlossen, dass viele der Leute, die wir kannten, daran teilnehmen sollten.

Treffen dieser Art hatte ich immer geliebt – ob die Geburtstagspartys meiner Kindheit, zu denen Mum mir ein hübsches Kleid kaufte und all meine Freundinnen einlud, bis zu den Festen, die Michelle und ich mit unseren Nachbarn und den Kindern feierten, wo wir zu Dolly Parton und zu Elvis tanzten und die Kinder dann um Musik baten, die etwas aktueller war. Ich habe Spaß an allem, was zu einer Party dazugehört – vom Einkaufen des Essens und Dekorieren bis zum Sichdafürherrichten und Herauskramen all der alten CDs –, denn wenn sich das Haus mit Leuten füllt und ich sie lachen höre, weiß ich, dass es nichts Besseres gibt, als dass alle sich vergnügen. Bei den vielen Problemen, die das Leben bereithält, brauchen wir alle diese Auszeiten, in denen wir mal aus uns herausgehen können und einfach nur Spaß haben.

Aber George wusste nicht so recht, ob er sich darauf freuen sollte.

»Lade doch auch ein paar Freunde aus der Schule ein«, schlug ich ihm vor. »Das wird sicher lustig.«

»Ich will nicht.«

»Ach, komm schon, George.«

»Nein.«

»Ich sorge dafür, dass Lewis für dich tanzt.«

Wenn ihn überhaupt etwas überzeugen konnte, dann das. Im Laufe der Jahre hatte George sich an die Partys gewöhnt, weil unsere Familie jede Gelegenheit zu einem Treffen nutzte. Aber George betrachtete unsere Feiern mit sehr gemischten Gefühlen. Obwohl er sich gern an den Vorbereitungen beteiligte, dekorierte und plante, was wir tun wollten, zog er sich, wenn die Party dann losging, gern auf sein Zimmer zurück oder verweilte am Rande, weil er nicht wusste, wie er mit all den Leuten und dem vielen Lärm umgehen sollte. Doch Lewis tanzen zu sehen gehörte zu den Dingen, an denen George immer Freude hatte, und es war ihm wichtig, dass alle anderen dies genauso gut fanden wie er.

»Macht die Musik leiser«, schrie George, wenn er der Meinung war, dass nun der richtige Zeitpunkt gekommen war, um Lewis' Tanzeinlage zu präsentieren. »Alle zurücktreten. Lewis ist der beste Tänzer, den es gibt. Er kann wie Michael Jackson tanzen. Er liebt Michael Jackson. Ich auch.«

Wenn er dann dafür gesorgt hatte, dass alle sich in einem ordentlichen Kreis aufgestellt hatten, drückte George auf den Knopf der Stereoanlage, und Lewis fing zu tanzen an. Er konnte den Zombiegang zu *Thriller* genauso gut wie der König des Pop selbst, und George klopfte mit seinem Fuß den Rhythmus und beobachtete die anderen, die Lewis zusahen.

»Hast du gesehen, wie Tor mit den Händen zu Lewis' Tanz geklatscht hat?«, fragte er mich dann anschließend. »Boy hat ›Whoa‹ gesagt, als er fertig war, und das kann doch nur bedeuten, dass es ihm gefiel, denn die Leute sagen so etwas doch nur dann.«

Lewis tanzte auf jeder Party, und selbst wenn George danach zurücktrat und sich in eine Ecke verkroch und die Leute wegwinkte, wenn sie ihm zu dicht auf die Pelle rückten, war ich doch froh, dass er wenigstens ein paar Minuten lang eine Möglichkeit gehabt hatte, im Mittelpunkt zu stehen. Viele Eltern, die Kinder wie George haben, schrecken vor dem Ausrichten von Partys zurück, möglicherweise, weil sie finden, dass es sie überfordert. Aber genauso wichtig, wie es für George war, »bitte« sagen zu lernen, musste er begreifen, dass Spaß zum Leben dazugehörte. Ich hatte immer die Auffassung vertreten, dass George Dinge lernte, indem er sie sah, und sich in Gesellschaft von Leuten so wohl wie möglich zu fühlen, war eine der Lektionen, die ich ihm beibringen wollte.

Inzwischen ist sicherlich deutlich geworden, dass ich keine halben Sachen mache, und bei dieser Halloweenparty war das nicht anders. Ich hatte Nachbarn und Freunde eingeladen, Mum stand als tote Rentnerin verkleidet in der Küche, während ich hinter Ben herjagte. Nob, Tor und ihr Ehemann Del, Boy, Sandra und die Kinder wurden alle erwartet. Arthur, der mit seiner Mum ein paar Monate zuvor weggezogen war, war ebenfalls eingeladen, und als Ehrengäste kamen fünf von Georges Klassenkameraden. Ich wusste, dass sie genauso wie er nie loszogen, um anzuklingeln und Süßes einzufordern oder Saures anzudrohen, und auch nicht wie andere Kinder zu entsprechenden Partys eingeladen wurden, und deshalb wollte ich dafür sorgen, dass sie ein Halloween erlebten, das ihnen unvergesslich sein würde.

Nachdem dieser Entschluss erst einmal feststand, passierte genau das, was immer passierte: Ich wusste nicht, wann ich aufhören musste. Das gesamte Erdgeschoss des Hauses hatte ich auf den Kopf gestellt, aber nicht, damit es besser aussah, sondern damit es an ein gruseliges Haus erinnerte, in dem es spukte. Ich wollte den Leuten das Gefühl geben, in eine andere Welt einzutreten, sobald sie über die Schwelle kamen. Nachdem ich im Internet Ideen gesammelt hatte, war ich auf die Website eines Mannes in Amerika gestoßen, der alles verkaufte, was man sich nur für Halloween vorstellen konnte, und obwohl ich wusste, dass man drüben richtig auf den Putz haut, übertraf dies hier wirklich alles. Bei diesem Mann hingen Leichenattrappen an der Hausfassade, er hatte sogar seine eigenen Särge geschreinert. Es war unglaublich. Obwohl ich mich ein wenig beschränken musste, da mein

Budget nicht allzu viel hergab, hatte er doch eine Sache, die ich unbedingt haben wollte.

Der Mann stellte »Butler« her und verkaufte sie – lebensgroße Figuren, die ein wenig an Hermann aus der *Addams Family* erinnerten. Sie wurden mit Anzügen und starren Händen geliefert, die ein Tablett hielten, dazu gab es ein Tonband, wie es für Sprechpuppen verwendet wird, nur dass die Stimme der Butler nicht süß klang, sondern einem Angst einjagte. Diese Butler waren so großartig, dass ich unbedingt etwas in der Art haben musste, und damit das Ambiente sie nicht enttäuschte, musste ich alles andere genauso perfekt hinbekommen. Es war natürlich zu teuer, die Butler verschiffen zu lassen, also suchte ich weiter im Internet und wurde fündig. Dann machte ich mich an die Gestaltung der Requisiten.

Als Erstes schuf ich aus grau angemalten Styroporblöcken Grabsteine, dann formte ich aus feinem Maschendraht Körperformen, denen ich zerrissene Kleidung anzog, sodass sie wie Leichen aussahen. Ihre Köpfe waren mit nassem Zeitungspapier ausgestopfte Hexenmasken, und ich hatte außerdem ein paar Ballen Heu gekauft, die nun mit Kürbissen darauf in der Einfahrt lagen. Die Leichen hingen von der Hausfassade zusammen mit zwei grauen Skeletten, Besenstielen und Spinnen, und ich hatte sogar eine Nebelmaschine besorgt, sodass die Leute bei der Ankunft über einen nebeligen Friedhof, vorbei an einer Guillotine, gehen mussten, wo ich Fotos von meinen Partygästen machte. Natürlich waren die Kosten immer weiter in die Höhe geschnellt, aber wieder einmal konnte ich auf die Unterstützung meiner Familie bauen.

Mum war an diesem Tag schon früher gekommen, um

das Wohnzimmer zu schmücken, wir hatten die Wände mit Spinnennetzen, Spinnen und Fledermäusen dekoriert. Dann hatten wir große Kürbislampenschirme über die Lampen gestülpt, damit der Raum orange leuchtete, und für den Gruseleffekt ein Stroboskop aufgestellt.

Als George von der Schule nach Hause kam und sah, was wir machten, zog er ein Gesicht wie sieben Tage Regenwetter.

»Sie hat sie doch nicht alle, oder?«, sagte er zu Mum und zeigte dabei auf mich. »Wer macht denn so was? Das ist zu viel.«

»Ich weiß, mein Lieber«, entgegnete sie. »Aber so ist deine Mum eben, und so war sie schon als kleines Kind. Sie ist eine Träumerin.«

In gewisser Weise hatte George ja recht. Ich ließ mich derart mitreißen, dass ich das Fest noch in den Garten ausgedehnt hatte, wo ich einen weiteren künstlichen Friedhof aufgebaut und den Schuppen in ein Spukhaus mit Glückstöpfen voller Sägemehl, gebackener Bohnen und Matsch verwandelt hatte. Aber ich war entschlossen, dafür zu sorgen, dass George und seine Freunde einen unvergesslichen Abend erlebten, und hoffte, dass er, obwohl es ihm jetzt noch nicht gefiel, mehr Interesse zeigte, wenn die Party erst mal losging.

Als sich dann aber das Haus füllte und Georges Klassenkameraden alle kamen, dazu Freunde, Familie und Nachbarn, wurde ich doch ganz schön aufgeregt. Alle hatten sich Mühe gegeben und sahen fantastisch aus: Lewis war ein Pirat der Karibik, Wendy, Kayleigh und Sandra kamen als Hexen, Tor war ein Geist, Boy kam in Ketten, Nob in Jeans, weil er eigentlich als Michael Myers aus dem *Halloween*-Film hatte kommen wollen, wir uns aber alle einig waren, dass er den Kindern damit zu große Angst machte.

Anfangs verhielt George sich ganz still, obwohl von dem Moment an, als die Leute eintrudelten, Ben herumgerast war, als wäre es seine eigene Party. Er wuselte zwischen den Beinen der Leute herum, schlitterte über den Friedhof und steckte seinen Kopf in die Glückstöpfe. Und als George sah, dass Ben sich so gut amüsierte, schloss auch er sich langsam an. Schon bald aß er Süßigkeiten und Hotdogs mit seinen Freunden, wackelte ein bisschen zur Musik und besuchte sogar die Gräber. Einer seiner Klassenkameraden fand die ganze Sache so aufregend, dass er mich mit seinem Plastikschwert verprügelte und gar nicht mehr aufhören konnte, woraufhin George in schallendes Gelächter ausbrach.

Die Party zog immer weitere Kreise: Jugendliche, die draußen herumliefen und ihr »Süßes-sonst-gibt's-Saures«-Sprüchlein sagten, kamen herein, um sich ihre Süßigkeiten abzuholen, und am Ende herrschte so ein Trubel bei uns, dass sogar die Polizei kam. Doch sie kam nicht, um jemanden festzunehmen: Die Polizisten hatten von einem Nachbarn, der mitbekommen hatte, was ich alles herrichtete, erfahren, dass wir feierten, und kamen mit einem Eimer voller Süßigkeiten und einem Fotografen unseres Lokalblättchens, um ein Foto von den Kindern zu machen. Und wir amüsierten uns köstlich, als die Bobbys sich die Hotdogs schmecken ließen und die Rentner aus den Bungalows kamen, um nach ihren Enkeln zu schauen. Alle waren willkommen, und natürlich endete der Abend mit einer Aufführung von Lewis, der zu *Thriller* tanzte.

Ich war überglücklich, dass George mitgemacht hatte, und obwohl er anfangs nicht viel sagte, schilderte er mir in der folgenden Woche, dass seine Schulfreunde von der Party erzählt hatten.

»Miss Worgan meinte, das klinge ja fantastisch«, berichtete George. »Wir werden bei der Morgenbesprechung darüber reden.«

»Tatsächlich?«

»Ja.«

»Du könntest erzählen, wie ich die falschen Grabsteine gemacht habe und dass du ein rotes Cape trugst.«

George sah mich nachdenklich an. »Werden wir das im nächsten Jahr wieder machen?«

»Ja. Sogar noch größer.«

Ben, der auf Georges Schoß saß, miaute und sah ihn an. Ihm hatte die Party gefallen, und obwohl George nichts weiter mehr dazu sagte, war ich mir ziemlich sicher, dass auch er Spaß daran gehabt hatte.

Nach jenem Tag in Cranford kam George auf Umwegen immer wieder auf die Liebe zu sprechen. Manchmal, wenn ich ihn zu ermahnen versuchte, er solle nichts Ungezogenes tun, grinste er mich an.

»Du weißt schon, dass Ben dich liebt, nicht wahr, Mum?«, sagte George dann lachend. »Tut er's oder tut er's nicht? Tut er's oder tut er's nicht? Wer weiß, ob er's tut? Ich werde ihn fragen.«

Oder ich telefonierte gerade mit meiner Mum, und er rief die Treppe herunter: »Ich liebe dich, Nanny!«

»Hast du das gehört?«, fragte ich Mum ganz aufgeregt.

Er sagte die Worte »ich liebe dich« zu keinem von uns von Angesicht zu Angesicht, aber darauf kam es nicht an. Allein George das Wort »Liebe« aussprechen zu hören, war mehr als ich je für möglich gehalten hatte. Und er zeigte mir jedes Mal, wenn er Ben in den Arm nahm und küsste, liebkoste und streichelte, dass so viel mehr in ihm steckte. Trotz aller Zuneigung, die er Ben zeigen konnte, brachte George dies bei mir jedoch noch immer nicht fertig, und so hielt ich mich weiterhin an den Momenten fest, in denen wir miteinander rauften, wie ich das schon getan hatte, als er noch ein kleines Kind war. Wenn er mich zu Boden rang, schob er sein Gesicht dicht an meins und drückte mich nieder, wobei er so tat, als würden wir kämpfen, und ich freute mich, dass ihm dies möglich war. Alle Jungs lieben diese harmlosen Raufereien, ich hatte meine Brüder oft genug dabei erlebt, als sie jung waren. Bei George übernahm ich die Rolle des Partners, weil er keinen Dad hatte, der immer greifbar war, und auch keine Brüder. Er sollte damit einen kleinen Freiraum ohne Gebote und Verbote bekommen, denn davon gab es in der Schule und zu Hause schon genug.

Raufen war Georges Weg, mir nahe zu sein, und so lachte ich, solange er auf mich eindrosch – auch wenn es manchmal ein wenig heftig zuging –, und genoss dies, bis er merkte, dass er mir zu nah gekommen war. Er zog sich dann mit der Erklärung zurück, ich röche oder hätte komische Haare. Dazu kam es jedes Mal – Georges Sinne wurden mit Informationen überfrachtet, und plötzlich zog er sich zurück. Aber er hatte mir im Gerangel seine Zuneigung gezeigt, und das genoss ich.

Ein anderes Lieblingsspiel war, eine Katze wie Ben zu sein, und das spielte er so oft, dass es mir schon gar nicht mehr auffiel. Wenn George zu Boden ging, kroch er herum wie Ben oder reckte sich wie Ben und gab Schnurrlaute von sich.

Eines Abends saßen wir zusammen wie so oft auf dem

Sofa. George streichelte Bens Fell, der Kater lag der Länge nach über seiner Brust. Nachdem sie ausgiebig geschmust hatten, sprang Ben von Georges Schoß und ging zur Tür, um uns mitzuteilen, dass er nach draußen wollte. Ich stand auf, ließ ihn raus und legte mich dann wieder aufs Sofa. Als ich es mir bequem gemacht hatte, kam George übers Sofa angekrochen. Ich achtete gar nicht darauf, bis ich merkte, dass er sich auf mich legen wollte. Wortlos streckte er seinen ganzen Körper auf mir aus, wie Ben das bei ihm kurz zuvor gemacht hatte. Ich konnte kaum glauben, dass es geschah.

Sanft rieb George sein Gesicht an meinem, wobei sich bei mir kein Muskel regte, aus Angst, ihn durch eine falsche Bewegung zu erschrecken. Noch nie war ich ihm so nah gewesen. Ich spürte sein Gewicht auf mir und wollte diesen kostbaren Augenblick nicht zerstören.

Mir wurde klar, dass sich wieder etwas veränderte. George ließ sich von mir nicht einmal an die Hand nehmen, und jetzt versuchte er offenbar, sich mir auch körperlich zu nähern.

Ich zeigte keine Reaktion, obwohl ich mich innerlich danach verzehrte, meinen Sohn in den Arm zu nehmen und mit ihm zu schmusen. Im Laufe der Jahre hatte ich gelernt, dieses Bedürfnis zu verdrängen, dennoch gab es Momente – wenn ich andere Mütter sah, die ihr Kind auf den Schoß nahmen, um ihm einen Kuss zu geben oder es zu hätscheln –, in denen sich bei mir alles zusammenzog, weil ich diese Art von Liebe bei George nie erfahren hatte. An jenem Abend hatte ich Angst, es zu genießen, für den Fall, dass es bei diesem einen Mal bleiben würde.

»Ben war ein japanischer Sumo-Ringer«, sagte George auf einmal.

»Sag bloß.«

»Ja. Er machte Karate und Kickboxen, und trägt den Schwarzgurt. Er gewann den Titel als beste Karatekatze, nahm die Trophäe aber nicht an, weil er keine Katze ist.«

Ich wusste nicht, was ich tun sollte. Ich hob meine Hand und schob vorsichtig meine Finger durch Georges Haar. Wenn ich ihn so liebkose, wie er das bei Ben tut, fühlt er sich vielleicht wohl, dachte ich.

»Du hast ein haariges Gesicht«, sagte George.

Ich hielt einen Moment inne, weil ich glaubte, er wolle sich mir entziehen. Aber das tat er nicht. Er blieb auf mir liegen. Er war mir so nah, dass ich seinen Atem spürte, der über meine Wange strich.

»Berühr mich nicht mit deinen Haaren«, sagte George. »Ich mag deine Haare nicht.«

»Tu ich doch nicht.«

»Starr mich nicht an. Das mag ich nicht.«

»Tu ich doch nicht.«

Ich senkte meinen Blick, schob meine Finger wieder in Georges Haare und zerzauste sie. Ihm so nah zu sein, das hatte ich mir so oft ausgemalt. Durfte ich zulassen, das als real hinzunehmen, nun, da es tatsächlich geschah?

»Ben findet, dass Buster keine Manieren hat«, sagte er, und ich musste lächeln, als ich an den getigerten Blender dachte, den Ben noch immer nicht leiden konnte. »Aber Buster hat keine Manieren, weil er auf der Straße lebt, und Ben vergisst gern, dass er auch einmal obdachlos war und aus der Mülltonne fressen musste.«

Kichernd hob ich meinen Kopf, um George anzusehen. Ich konnte nicht anders. Aber diesmal erwiderte er meinen Blick mit seinen blauen, klaren Augen.

»Ben hat die Welt bereist und kann deshalb anderen Katzen helfen«, sagte er.

»Wo ist er gewesen?«

»Er hat auf Zypern Ferien gemacht.«

Ich massierte sanft Georges Kopfhaut. Sein Haar war so weich, und sein Körper so entspannt, als er sich an mich kuschelte.

»War es heiß auf Zypern, als Ben dort war?«, fragte ich ihn.

»Ja. Die Katzen blieben die ganze Zeit am Pool, weil es so heiß war. Ben trug Sonnenschutzfaktor 50 auf.«

Ich umschloss mit meiner Hand Georges Ohr, bevor ich sanft seine Nase rieb, vorsichtig darum bemüht, nicht allzu gierig in meinen Berührungen zu sein, da setzte er sich unvermittelt auf.

»Ich werde jetzt mal Ben suchen gehen«, sagte er, stieg von mir herunter und ging zur Tür.

»Okay, George«, sagte ich, als er in den Garten verschwand.

Ich blieb ruhig liegen, mir hatte es den Atem verschlagen. Mein Kind zu umarmen und sein Gewicht auf mir zu spüren, nachdem ich es elf Jahre lang nicht in den Armen hatte halten können, war ein unermesslich großes Geschenk. Ich hatte die Hoffnung bereits aufgegeben, es jemals zu bekommen.

Kapitel 8

Halloween war ein so ungeheurer Erfolg gewesen, dass die örtliche Hausverwaltung, die davon gehört hatte, Kontakt zu mir aufnahm mit der Frage, ob ich Interesse an einer freiwilligen Zusammenarbeit habe. Sie schlugen mir eine Ausbildung vor, die mich dafür qualifizieren sollte, Gemeinschaftsveranstaltungen zu organisieren, wofür ich dann auch bezahlt werden sollte. Ich füllte hocherfreut die Formulare aus, die sie mir gaben, und hörte mir alle Gründe an, weshalb sie Julia Romp eine Chance zum Arbeiten geben wollten.

Beim ersten Treffen saßen nur Menschen in Anzügen, und ich bekam Panik. Wem wollte ich was vormachen? Etwas zu organisieren, um den Leuten zu helfen, herauszukommen und in ihrer Gemeinschaft etwas zu erleben, war der beste Job, den ich mir vorstellen konnte, aber er war nicht mit meinem Leben zu vereinbaren. Seit George auf der Welt war, hatte ich drei Jobs gehabt – eine Tagesschicht, eine Abendschicht und die Nachtschicht, alle drei mit ihm –, und ich konnte dazu unmöglich noch etwas außerhalb meines Zuhauses annehmen. Doch das nächste Halloween war noch ein ganzes Jahr weit weg, und es juckte mich in den Fingern, wieder etwas zu organisieren.

Dann spielte mir das Schicksal in die Hände. Ich bekam einen Brief von der Marjorie-Kinnan-Schule. Die Schule suchte Eltern, die bereit waren, sich zu Weihnachten in irgendeiner Weise zu engagieren. Sie brauchten Geld für einen neuen Minibus – das reichte mir als Ausrede. Schon drehten sich sämtliche Rädchen in meinem Kopf, und ich überlegte, was ich tun konnte. Ein Weihnachtskonzert? Nein. Wie Mum zu Recht sagte, war ich völlig unmusikalisch. Eine Eislaufbahn? Nein. Das schoss übers Ziel hinaus, selbst für meine Verhältnisse.

Plötzlich hatte ich eine ausgezeichnete Idee: Ein Winterwunderland – ich wollte eine Weihnachtsszenerie vor unserem Haus in Westlondon heraufbeschwören, sodass die Leute sich in dem Glauben wiegen konnten, zu einer Audienz beim Weihnachtsmann persönlich nach Lappland geflogen zu sein. Es würde Lichter und Musik geben, Rentiere und Schnee. Eine Menge Menschen aus der Siedlung hatten nicht das Geld, um den Weihnachtsmann in einem der Einkaufszentren zu sehen, das war richtig teuer. Also würde ich etwas Festliches, Weihnachtliches schaffen, das gleich vor ihrer Tür lag. Das Winterwunderland würde den ganzen Dezember über geöffnet sein, damit die Leute Gelegenheit hatten, öfter zu kommen. Zugleich könnte ich sie im Rahmen ihrer Möglichkeiten um Spenden bitten und dann mit dem Beitrag, und sei er noch so klein, der Marjorie-Kinnan-Schule für alles danken, was man dort für George getan hatte.

Ich hatte immer gern Weihnachten gefeiert. Wenn Dad unten an der Treppe stand, spürte ich vor Erwartung mein Herz rasen, denn ich wusste, gleich würde er uns rufen. Sobald er das tat, stürzten Nob, Tor, Boy und ich nach unten und stolperten übereinander, um ja als Erste bei den Geschenken zu sein. Als ich dann erwachsen wurde, lernte ich Weihnachten noch mehr lieben. Ich kostete die Wochen der Vorfreude, in denen ich alles schmückte und einkaufte, Geschenke einpackte und Karten verschickte, bis auf die letzte Minute aus.

Für George war Weihnachten sowohl eine fröhliche als auch eine schwierige Zeit. Fröhlich, weil er mit derselben Begeisterung wie ich das Haus schmückte. George hatte eine große Sammlung Weihnachtsspielzeug, die immer einen Ehrenplatz bekam. Er besaß wirklich alles, vom singenden Rentier und Schneemann bis zu den drei weihnachtlich gekleideten Kuschelmäusen und einem Pinguin im Weihnachtsmannkostüm. George liebte dieses Spielzeug, und ich freute mich, das Entzücken auf seinem Gesicht zu sehen. Schwierig wurde es immer erst am Weihnachtstag selbst, denn George stieg nie auf die in der Luft liegende freudige Erwartung ein. Er fühlte sich unwohl dabei – so viel Druck an diesem einen Tag, wo es ihm doch viel wichtiger war, dass einer mehr oder weniger wie der andere war. Deshalb hatte ich im Laufe der Jahre gelernt, den Weihnachtstag nicht zu überfrachten, sondern ihn als einen Tag wie jeden anderen zu behandeln. George bekam seine Geschenke und manchmal öffnete er sie auch, sehr viel häufiger tat er es jedoch nicht. Er besitzt einen ganzen Schrank voller verpackter Schachteln.

Als ich mir mein Winterwunderland ausmalte, überlegte ich natürlich auch, wie George wohl darauf reagieren würde. Ich wusste, dass er Halloween genossen hatte, aber auf der Party waren sehr viele Leute gewesen, die er kannte, wohingegen zu Weihnachten viele Fremde zum Haus kommen würden. Es würde eine schwere Zeit für George werden, das war mir bewusst, aber nach längerer Überlegung beschloss ich, den Versuch zu wagen. Mir war mein Weihnachtswunderland ein echtes Bedürfnis, und George konnte daran teilnehmen oder auch nicht, ganz wie er wollte. Wenn es ihm zu viel wurde, konnte ich dafür sorgen, dass keiner ins Haus ging, sodass er dieses mit Ben ganz für sich hatte.

Mein Vorhaben nahm in meinem Kopf langsam Gestalt an. Wie schon an Halloween plante ich, wieder eine kleine Welt erstehen zu lassen, in der die Menschen sich verlieren konnten. Nacht für Nacht brütete ich über meinen Plänen, und wenn ich schlief, tauchten Bilder in meinen Träumen auf. Als ich im Kopf endlich alles klar hatte, begann ich mit der Umsetzung.

Als Erstes musste ich die Beleuchtung organisieren, denn sie ist das Wichtigste an Weihnachten. Viele Leute schmücken ihre Häuser von außen mit Weihnachtslichtern, blinkenden Santas, Rentieren und leuchtenden Sternen, die im Dunkeln funkeln – und ich fand es wunderschön, wenn Häuser derart herausgeputzt waren.

Seit wir hierhergezogen waren, schmückte ich unser Haus zu Weihnachten mit Lichtern, aber für das Winterwunderland reichte das bei Weitem nicht aus. Unsere kleine Einfahrt musste in einen festlichen Schauplatz verwandelt werden, der die Leute anzog, und da reichten ein paar bunte Lämpchen nicht aus. Meine erste Aufgabe bestand also darin, Dekorationen aufzustöbern – Sterne und Glocken, einen Weihnachtszug, Lampions, die man in Bäume und vor das Haus hängen konnte –, und obwohl mein Budget sehr schmal bemessen war, war es erstaunlich, wie viel ich bei eBay dafür bekam. Ich hatte außerdem beschlossen, die Einfahrt mit Weihnachtsbäumen zu säumen, die dann mit Lichterketten behängt wurden, um für ein angemessenes Entree zu sorgen, also organisierte ich auch das. Über die Stromrechnung machte ich mir keine Sorgen, ich war zu sehr im Weihnachtsrausch.

Die Hauptattraktion sollte ein Schlitten sein. Und ich ergriff die Gelegenheit, als meine Freundin Sarah mir erzählte, dass ihr reizender Dad Simon, ein Holzarbeiter, mir da helfen könne. Ich skizzierte ihm mein Traumgefährt, das groß genug für zwölf Leute sein sollte, setzte mich dann aber noch mal an meinen Zeichenblock, nachdem ich erfahren hatte, dass allein das Holz mich fünfhundert Pfund kosten würde. Wir waren in Hounslow und nicht bei Harrods, so fertigte Simon mir am Ende einen Schlitten an, der groß genug für ein paar Kinder war, sodass man ein Foto machen konnte, und er berechnete mir für seine Arbeitszeit keinen Penny, weil er so ein netter Mensch ist. Als ich den Schlitten abholte, war ich begeistert. Zu Hause malten Mum und ich das Holz dann kirschrot und golden an.

Der Schlitten musste natürlich von einem Rentier gezogen werden, und wieder wurde ich erfinderisch. Nachdem ich Rentierformen aus Maschendraht gekauft und mit Lichterketten überzogen hatte, nähte ich für jedes von ihnen noch eine Jacke, einen Hut und einen Schal. Um ihre Füße streute ich Heu und stellte zwei Eimer neben die Rentiere – einen davon füllte ich mit Heu, damit die Kinder sie damit füttern konnten, den anderen mit Sand, dem Zauberstaub von Santa, womit er die Rentiere aufwecken konnte, wenn er losmusste, um Geschenke auszuliefern.

Als Letztes wollte ich noch einen Briefkasten aufstellen, weil Kinder nur zu gern einen Brief an den Weihnachtsmann schreiben, in dem sie ihm alle ihre Weihnachtswünsche auflisten können. Und das konnte natürlich keiner dieser Spielbriefkästen aus Plastik sein, denn dann wüssten die Kinder sofort, dass Santa Claus Besseres zu tun hatte, als einen solchen zu leeren. Bei meiner Suche stieß ich auf einen Mann in Dorset, die aus leeren Benzinkanistern Weihnachtsbriefkästen fertigte, die er dann anmalte, damit sie echt aussahen. Und ich schwöre, dass unser Briefkasten tatsächlich aussah wie einer Ihrer Majestät.

Danach musste ich nur noch die Kostüme besorgen. Da ich vorhatte, von allen Kindern, die kamen, Fotos zu machen, die sie dann als Erinnerung an ihren Besuch mit nach Hause nehmen konnten, wollte ich sie als Schneemänner, Elfen und Schneeprinzessinnen verkleiden. Außerdem wollte ich für die Väter ein Weihnachtsmannkostüm zur Verfügung stellen und ein Weihnachtscape für die Haustiere, falls auch diese mitmachen wollten.

Bis zur großen Eröffnung waren mal wieder alle im Einsatz. Mum, Nob, Tor und Boy halfen mit, die Lichter anzubringen, und auch Wendy und Keith kamen vorbei. Ben flitzte zwischen unseren Beinen herum, kletterte auf die Weihnachtsbäume und verfing sich in den Lichterketten. Sobald ich den Schlitten enthüllte, sprang er hinauf, und wir mussten ihn herunterholen, damit er keine Kratzspuren auf dem Lack hinterließ. Weil man ihn um seinen Spaß gebracht hatte, protestierte er mit wütendem Miauen, als er wieder auf den kalten Boden gesetzt wurde.

Darf ich nicht noch mal auf den Schlitten? Es ist Weihnachten! Ich will auch Spaß haben!

George reagierte ein wenig ungehalten.

»Die vielen Kinder werden den Schlitten kaputtmachen«, wurde er nicht müde, mir vorzuhalten. »Ich möchte nicht, dass sie kommen.«

»Es ist für deine Schule«, sagte ich im Versuch, ihn zu beruhigen. »Überleg doch mal, was ihr für einen Spaß haben werdet, wenn ihr im Minibus, den die Schule kaufen möchte, Ausflüge macht, und wir wollen Geld sammeln, um das zu ermöglichen. Wenn du all die Leute nicht sehen willst, musst du das nicht. Du kannst hier im Warmen bei Ben bleiben, er passt auf dich auf.«

Ich gab jedoch die Hoffnung nicht auf, dass George sich schon noch an unser Winterwunderland gewöhnen würde, wenn erst einmal alles fertig war. Die eingeschaltete Weihnachtsbeleuchtung, so dachte ich, könnte hilfreich sein, wenn nicht, plante ich, die großen Geschütze aufzufahren und Lewis dazu zu überreden, jeden Abend seine *Thriller*-Aufführung in der Einfahrt zu machen.

Ein paar Tage später, als endlich alles fertig war, ging ich mit Mum hinaus zur Einfahrt. George folgte mit ein paar Schritten Abstand, und Ben saß auf einem Baum und beobachtete mich dabei, wie meine Hand über einem Stecker verweilte. Mit einem letzten Klick würde die Weihnachtsbeleuchtung angehen und das Winterwunderland eröffnet sein.

»Drei, zwei, eins«, sagte Mum lächelnd, und ich steckte den Stecker in die Dose.

Das Haus erstrahlte in einem Meer aus bunten Lichtern. Rote, grüne, weiße und blaue – so viele, dass ich einen Moment lang Sorge hatte, die über uns den Flughafen von Heathrow ansteuernden Flugzeuge könnten unsere Einfahrt für eine Landebahn halten.

»Es ist so hell«, staunte George, als er nach oben schaute.

Auch Ben schaute hinter den Zweigen hervor.

Das ist ja umwerfend! Wunderschön! Wann kommt denn Santa Claus? Ich kann es gar nicht erwarten, ihn zu sehen.

Ben kam in Windeseile von seinem Baum herunter und zu uns gerannt und wand sich wie ein Aal zwischen unseren

Beinen hindurch. Er machte miauend auf sich aufmerksam, während wir staunend dastanden, und ich konnte seine Aufregung gut verstehen. Das war also der Beginn von unserem Weihnachtszauber, und alles war perfekt. Für das Tüpfelchen auf dem i sorgte eine Schneemaschine, die ich gekauft hatte, denn ohne ein wenig Schneegestöber gibt es kein richtiges Winterwunderland.

Während ich unser Werk betrachtete, sagte ich mir, dass ich, sollte auf diese Weise nicht anständig Geld für die Marjorie-Kinnan-Schule reinkommen, nicht nur Santas Mütze, sondern die von Rudolf dazu fressen würde.

»Ich gehe jetzt hinein«, sagte George.

Ben lief ihm hinterher, obwohl ich mir gewünscht hätte, die beiden wären noch ein wenig länger mit Mum und mir hier draußen geblieben. Ich wünschte mir so sehr, dass George Freude daran hatte.

»Er wird damit klarkommen, Ju«, sagte Mum, als ich das Heu im Eimer des Rentiers aufplusterte.

Ich sah mich um. Es war half fünf, und der Himmel war schwarz. Über uns funkelten die Sterne, und mein Atem hing wie eine weiße Wolke vor mir. In der ganzen Gegend hatte ich Plakate aufgehängt, auf denen unsere Eröffnung angekündigt war, aber ich hatte natürlich keine Ahnung, wie viele kommen würden.

»Soll ich uns einen Tee kochen?«, fragte Mum, als wir ins Haus zurückkehrten.

Die folgenden zwei Stunden schleppten sich dahin, während ich immer wieder neuen Tee aufgoss und auf ein Klopfen an der Tür wartete. War ich diesmal zu weit gegangen? Würden die Leute mich jetzt für völlig durchgeknallt halten? Apfelschnappen und eine Runde Schlagball zu organisieren war mit dieser Aktion nicht zu vergleichen, und es stellte sich die Frage, ob die Leute sich darauf einlassen wollten.

Wendys Tochter Kayleigh wartete aufgeregt gemeinsam mit uns. Wir hatten sie mit unserer Begeisterung angesteckt, und sie hatte gefragt, ob sie mithelfen dürfe. Also hatte ich Kayleigh in ein Elfenkostüm gesteckt, sie sollte die Kinder zum Schlitten bringen und wieder abholen, damit ich mich darauf konzentrieren konnte, die Fotos zu machen. George hatte ich gebeten, die Kostüme an die Kinder auszugeben.

Während Mum über alles Mögliche plauderte, konnte ich George lachen hören. Ich ging ins Wohnzimmer, wo Ben auf dem Teppich ausflippte. Wir hatten ihm ein Elfenjäckchen in Katzengröße gekauft, das er sich nun angewidert vom Leib zu reißen versuchte und sich dabei wand wie ein Wurm.

»Er will sich nicht verkleiden«, sagte George.

Und er hob Ben hoch und half ihm, das Kostüm auszuziehen, als ich es klingeln hörte.

»Ich mag das nicht«, murmelte George. »Ich mag diese Leute nicht.«

Und so öffnete ich nicht ganz so frohgemut, wie ich das hätte sein sollen, die Tür, vor der eine Mutter mit ihren beiden Töchtern stand.

»Ich habe das Plakat gesehen«, sagte sie. »Dürfen wir zur Besichtigung kommen?«

»Natürlich! Ich hole nur rasch noch den Eimer mit den Süßigkeiten.«

Mit dem Eimer in der Hand ging ich mit Mum und Kayleigh nach draußen. Die beiden kleinen Mädchen bekamen Stielaugen, als sie sich umsahen.

»Möchtet ihr ein Foto von euch auf Santas Schlitten haben?«, fragte ich sie.

»Ja, bitte.«

»Nun, dann müsst ihr euch verkleiden«, sagte ich, und los ging's. Das Winterwunderland war offiziell eröffnet.

An einigen Abenden klopfte es nur wenige Male, aber an anderen wartete eine Schlange, als wäre es der erste Tag des Schlussverkaufs. Normalerweise kamen die Leute ab halb fünf Uhr nachmittags, wenn die Schule zu Ende war, bis etwa halb zehn Uhr abends. Kayleigh war jeden Abend bei mir und hatte ihr Elfenkostüm an, bereit, sich stundenlang in die Kälte zu stellen, denn sie war wie ich – eine Träumerin, die im Wunderland ein echtes Rentier mit den Hufen scharren sah, während der Weihnachtsmann in Person neben dem Schlitten stand. Unser Winterwunderland war für Kayleigh lebendig, und ich hoffte, dass auch andere Kinder wie wir den Zauber verspürten.

»Was ist das?«, wollten die Kleinen aufgeregt wissen, wenn sie die Einfahrt herunterkamen und die Eimer neben den Rentieren entdeckten.

»In einem ist Heu, weil die Rentiere immer hungrig sind, der andere ist voller Zauberstaub, damit Santa Claus sie aufwecken kann, wenn er möchte«, erklärte Kayleigh ihnen stolz.

An vielen Abenden kam auch Mum, um mitzuhelfen, aber George hielt sich zurück und blieb im Haus, und da nützte es auch nichts, dass Ben immer wieder nach draußen rannte. Ich machte ihm keinen Druck, wenn ich die Leute willkommen hieß und ein Foto nach dem anderen schoss, damit auch wirklich ein nettes dabei war. Ich ließ George einfach in Ruhe, denn der einzige Weg, der ihn vielleicht zum Mitmachen bewog, war der, selbst entscheiden zu können – wie am Abend der Halloweenparty. Also kümmerte ich mich jeden Abend mit Kayleigh um das Winterwunderland, und nachdem alle nach Hause gegangen waren und die Lichter ausgeschaltet waren, ging ich hinein und druckte die Fotos aus, die ich von unseren Besuchern gemacht hatte. Diese steckte ich dann in eine Weihnachtskarte, die am nächsten Tag nur abgeholt werden musste. Wenn ich damit fertig war, öffnete ich den Briefkasten. Ich beantwortete sämtliche Briefe, die die Kinder an Santa Claus geschrieben hatten, und versicherte ihnen, dass der Weihnachtsmann sein Möglichstes tun werde, einen ihrer Wünsche vom Wunschzettel zu erfüllen, ohne ihnen dabei das Blaue vom Himmel zu versprechen.

Tagelang weigerte George sich, mit nach draußen zu kommen, und langsam fragte ich mich, ob es überhaupt dazu käme. Er beobachtete allerdings alles vom Küchenfenster aus, weil er von der Weihnachtsbeleuchtung nicht genug bekommen konnte. Er kam mit an die Tür, wenn es klingelte, und brachte mir den Eimer mit den Süßigkeiten, damit ich ihn mit hinausnehmen konnte, setzte selbst jedoch keinen Schritt hinaus. Vielleicht war das alles zu viel für ihn. Womöglich zielten meine Hoffnungen auf etwas ab, das George nie erfüllen konnte, egal, wie gut er sich entwickelt hatte.

Ich hätte mein Vertrauen auf Ben setzen sollen, der einen Weg fand, George zu überreden, und ich konnte ihm nicht böse sein, dass er sich dazu seines liebsten Feindes, eines Hundes bediente. Als ein Mann mit ein paar hellen Labradorhunden zu uns kam, drehte Ben durch. Anfangs lief er dem Mann ständig zwischen die Beine, wobei ihn die angeleinten Hunde mit ihren Blicken verfolgten; dann sprang er auf den Schlitten, um ihnen zu demonstrieren, wer hier der Boss war, bevor sie Gelegenheit fanden, selbst draufzusteigen. Während Ben um sie herumflitzte, um sie zum Bellen zu provozieren, schauten die Hunde so verdutzt wie damals Jedi. Irgendwann war allerdings auch ihre Geduld erschöpft, und sie fingen an, Ben anzuknurren, der mit einem Funkeln im Blick davontänzelte. Ich sah, dass George am Küchenfenster Tränen lachte.

»Dann musst du eben ins Haus, bevor du noch mehr Ärger machst«, schalt ich Ben und trug ihn ins Haus.

Das machte die Sache nicht besser, denn Ben setzte sich aufs Fensterbrett und schrie so laut, dass ich dachte, er würde die Weihnachtsmusik übertönen. Sobald die Labradorhunde gegangen waren, holte ich ihn wieder nach draußen, und George konnte dann doch der Versuchung nicht widerstehen. Er kam an die Tür, weil er nichts verpassen wollte, falls Ben sich neuen Unfug einfallen ließ.

»Ich fände es wunderbar, wenn du den Kleinen zeigen könntest, welches Kostüm sie anziehen sollen«, sagte ich zu George. »Sie können sich oft nicht entscheiden. Ben kann dir dabei helfen.«

Ben setzte sich vor die Tür und sah George an.

Bitte komm und spiel mit mir, George. Willst du nicht mit nach draußen? Wir werden so viel Spaß haben.

Nach einigem Zögern kam George dann hinaus in die Nacht. Ben lief auf ihn zu und schnurrte aufgeregt. Er war völlig aus dem Häuschen, denn jetzt wusste er, dass ihm nichts mehr etwas anhaben konnte, was er mit einem triumphierenden Blick in meine Richtung unterstrich.

Ich bin Georges Katze. Und er wird mich nicht ausschimp-

fen. Er wird lachen, wenn er mitkriegt, dass ich die Hunde aufmische.

»Liegen die Kostüme bereit?«, fragte ich George, der sich hilflos umsah.

Er ging zu der Kiste und zog Sachen heraus, während Ben auf den Schlitten sprang.

»Er möchte mit aufs Foto«, sagte ich kichernd.

»Will er und will er nicht«, erklärte George mir, während er die Kiste durchwühlte. »Er war mal Schauspieler in Hollywood und sieht deshalb sehr gut aus auf Fotos, und vielleicht fährt der Schlitten ja mit ihm davon. Er möchte den Weihnachtsmann besuchen.«

Ab jenem Tag kam George jeden Abend mit nach draußen, und wir genossen die Vorbereitungszeit, wenn wir das Winterwunderland ganz für uns hatten. Wenn wir auf dem Schlitten saßen und uns Geschichten erzählten oder nebeneinanderstanden und die Lichter bestaunten, tauchten George, Ben und ich in unsere eigene Zauberwelt ein. Ich wusste, dass George sich wohlfühlte in diesem Wunderland der Farben, weil wir es zu unserem gemacht hatten, und das half ihm, damit klarzukommen, dass auch Fremde es besuchten. Natürlich fand George seinen eigenen Weg, mit ihnen umzugehen: Seufzend stellte er den Eimer mit Heu wieder auf, wenn eins der Kinder ihn umwarf, blieb ansonsten aber neben der Kiste mit den Kostümen stehen und wartete mit abgewandtem Blick darauf, dass etwas verlangt oder zurückgegeben wurde.

»Du kannst das hier haben«, sagte er und reichte einem Kind einen Rentieranzug.

»Und du das«, sagte er zu einem anderen.

Sollten ihre Mütter George schief ansehen, kümmerte

mich das nicht. Die Leute, die unser Winterwunderland besuchten, mussten George so akzeptieren, wie er war, genauso wie wir all diejenigen akzeptierten, die zu uns kamen.

»Komm morgen wieder und bring deine Nanny mit«, rief er den Kindern nach, wenn sie gingen, ehe er sich dann an mich wandte. »Sie werden wiederkommen, denke ich, denn sie können ja nicht in die großen Läden gehen, Mum.«

»Genau, George«, erwiderte ich, und mir wurde selbst in der Eiseskälte der Dezembernacht warm ums Herz.

George kam gut klar mit allem, und ich war sehr stolz auf ihn. Ohne mit der Wimper zu zucken, akzeptierte er jeden, der uns besuchte, und das war gut so, denn die Bandbreite unserer Gäste war groß. Da kam eine Frau mit fünf Kindern, die sich derart unflätig vor ihnen ausließ, wie ich das noch nie gehört hatte, aber als sie ging, gab sie mir ein großzügiges Dankeschön. Dann kam ein betrunkener Vater mit seinen Kindern, der mir Angst machte, denn wie alle in der Siedlung kannte ich ihn, aber er erwies sich als sehr nett und gab einen Fünfer für die Sammlung. In unserer neuen Behausung waren die Leute genauso für Überraschungen gut wie in unserer alten Siedlung.

»Nur ein Päckchen«, ermahnte George die Kinder, wenn sie versuchten, sich gleich eine ganze Handvoll zu grapschen, und sah Ben dann entnervt an.

Was soll man machen, George? Manche Kinder sind halt so. Aber es ist Weihnachten, und sie haben Spaß, also wollen wir mal ein Auge zudrücken.

Je näher Weihnachten heranrückte, desto mehr übernahm Ben die Vorreiterrolle. Er schnupperte an den Leuten, wenn sie auf den Schlitten stiegen, rannte an den Weihnachtsbäumen entlang die Einfahrt rauf und runter und sprang in die

Kiste mit den Kostümen. Er schien tatsächlich zu glauben, dass die Verantwortung für Weihnachten jetzt bei ihm lag. George war etwas verhaltener, aber er war nicht der Einzige, dem es schwerfiel, mit den vielen Leuten und dem Lärm klarzukommen. An einem geschäftigen Abend tauchte ein Nachbar mit seinen Enkelkindern auf, die aus Irland zu Besuch waren, und sie kletterten alle für das Foto auf den Schlitten – alle, bis auf ein etwa sieben Jahre altes Mädchen. Ich sah sofort, dass die anderen ihretwegen viel zu viel Theater machten, als sie sie zu einem Kostüm zu überreden versuchten.

»Wenn Sie unbedingt wollen, dass sie eines anzieht, warum ziehen Sie dann nicht zuerst mal eins an?«, fragte ich den Großvater.

»Dann bringen Sie mir den Weihnachtsmannanzug, meine Liebe«, sagte er lachend und mit dröhnender Stimme.

Als er der perfekte Weihnachtsmann war, stieg der Großvater in den Schlitten und machte es sich mit seiner Frau darin bequem, während die Kinder sich um sie herum scharten. Aber das kleine Mädchen hielt sich noch immer ganz still abseits.

Ich beugte mich zu ihm hinab. »Du musst nicht auf den Schlitten«, sagte ich. »Fütter du inzwischen die Rentiere.«

Während die Kleine ging, um ihre Schüsseln mit Heu zu füllen, machte ich unzählige Fotos von der Familie, bis ich das richtige hatte. Dann gingen sie alle nach Hause.

Am nächsten Tag kam der Großvater wieder, hatte diesmal aber nur das kleine Mädchen dabei.

»Sie möchte sich auch gern fotografieren lassen«, erklärte er mir und kletterte auf den Schlitten.

Verkleidet als Schneeprinzessin, saß die hübsche Kleine

mit den Löckchen da, und ich bannte diesen Augenblick aufs Foto. Jetzt lächelte sie sogar.

Traurigerweise waren jedoch nicht alle so zufrieden mit dem, was wir taten. Ein paar Tage, nachdem wir unser Winterwunderland eröffnet hatten, stand eine Frau vor der Tür.

»Ich komme von der Wohnungsbaugesellschaft«, sagte sie. »Man hat sich bei uns beschwert, dass Ihre Beleuchtung zu hell ist.«

Erst hielt ich es für einen Scherz. Was für ein Scrooge versuchte hier, allen anderen die Weihnachtsfreude zu verderben? Aber die Frau erklärte mir, sie müsse der Beschwerde nachgehen, weil sie angerufen worden sei. Ich konnte das nicht begreifen. Obwohl ich nicht wusste, was diesen Grinch antrieb, war ich mir ziemlich sicher, dass er nur darauf aus war, Ärger zu machen.

Also erzählte ich, was George, Ben und ich hier taten. Am Ende musste nur noch eine Sache geklärt werden: Die Frau sagte, sie müsse sich bei ihrem Chef erkundigen, ob es auf dem Grundstück, das der Wohnungsbaugesellschaft gehöre, auch erlaubt sei, Fotos zu machen. Doch ich bekam die Antwort, ich dürfe fotografieren, so viel ich wollte, solange bei den Kindern eine erwachsene Begleitperson sei. Es freute mich, doch ein wenig Vernunft zu erkennen.

»Für die Gemeinschaft ist das eine gute Sache«, meinte die Frau.

Die Wohnungsbaugesellschaft schickte mir mit der Post sogar einen Scheck über hundert Pfund für die Sammlung. Das Geld kam wie gerufen, aber mein schönstes Weihnachtsgeschenk war zu sehen, wie George sich draußen mit Bens Hilfe einbrachte. Nach all den Jahren, in denen ich immer wieder versucht hatte, mit George unter die Leute zu gehen, tat er es schließlich – so schwer ihm das auch fiel. Er und Ben waren ein perfektes Paar.

Der Tag des Schulweihnachtskonzerts rückte immer näher – und dieses Jahr nahm ich mir vor, mich nicht aus der Fassung bringen zu lassen. Schließlich war ich nun schon jahrelang zu Weihnachtskonzerten gegangen, weshalb es eigentlich keinen Grund gab, mir immer wieder etwas zu wünschen, von dem ich genau wusste, dass es nicht eintreffen würde. Während Georges Grundschuljahren war ich zu jedem seiner Konzerte gegangen, hatte verfolgt, wie seine Klassenkameraden auf die Bühne kamen und einen suchenden Blick ins Publikum warfen, um sich eines aufmunternden Lächelns ihrer Eltern zu versichern. Ich gab die Hoffnung nicht auf, er würde es auch tun, aber ich wartete vergebens, und das versetzte mir jedes Jahr aufs Neue einen Stich. Jetzt ärgerte ich mich über mich selbst: Warum konnte ich nicht einfach akzeptieren, dass dies nun mal nicht Georges Art war? George wusste immer, dass ich im Publikum saß, wenn er auf die Bühne kam, und nur darauf kam es an.

Mein Sohn hatte wochenlang geübt. Anfangs meinte er, er habe keine Lust auf das Konzert, weil er nicht wolle, dass die Leute ihn anstarrten. Dann erklärte er mir, er sei es leid, seine Pausen für die Proben drangeben zu müssen – die Schule legte sich jedes Jahr an Weihnachten mächtig ins Zeug, und alle Kinder machten mit.

Als der entscheidende Tag gekommen war, hatte ich Magenflattern und vor Aufregung Kopfschmerzen. Ob George sang? Oder ob er sich weigerte und still inmitten seiner Klassenkameraden verharrte? Einige stimmten die Instrumente, während die Eltern darauf warteten, dass das Konzert begann, und als die Kinder auf die Bühne kamen, machte ich mich besonders groß, um George zu sehen. Meine Augen schossen hin und her, bis ich ihn sah.

George hielt den Kopf gesenkt. In einer Hand hielt er ein Licht, er trug ein rotes T-Shirt. Ich wünschte mir so sehr, dass er mitsang. Als die Musik einsetzte und seine Klassenkameraden zu singen begannen, sah ich meinen Sohn an und richtete meine ganze Willenskraft auf ihn. Da plötzlich öffnete er seinen Mund, und da mich die Aufregung übermannte, beging ich den ultimativen Fehler und riss den Arm hoch, um ihm zuzuwinken. Ich konnte mich nicht bremsen, denn mir fielen all die Schulveranstaltungen, die Konzerte und Stücke ein, bei denen er stocksteif dagestanden und geschwiegen hatte. Jetzt endlich machte George mit.

Sobald er meine Hand sah, schossen seine Augenbrauen nach oben, und ich hörte zu winken auf: Ich wollte ihn nicht aus der Fassung bringen. Doch die Zurückhaltung fiel mir schwer, und als das Stück zu Ende war, sprang ich auf und klatschte so begeistert, dass ich glaubte, meine Hände würden mir abfallen. George sah sich in dem Saal voller Menschen um. Ich wusste, dass ihm der Lärm des Applauses zu viel war, doch ich glaubte vor Freude zu platzen. Und da sah er mich an. Und als er Blickkontakt zu mir aufgenommen hatte, verzog sich sein Mund zu einem Lächeln.

Es war das beste Weihnachtsfest aller Zeiten.

Als das Konzert zu Ende war, gab ich mir alle Mühe, meinen Überschwang einzudämmen, um es George nicht für alle Zukunft zu verleiden, noch einmal bei einem Konzert mitzumachen. Als wir zu Hause die Eingangstür öffneten, war es merkwürdig still. Für gewöhnlich kam Ben zur Tür gerannt, um uns zu begrüßen, aber an diesem Abend ließ er sich nicht blicken.

»Baboo?«, rief George, und wir machten uns auf die Suche.

Ben war weder im Wohnzimmer noch in der Küche, und der Stuhl oben in meinem Schlafzimmer war leer. Er lag auch nicht auf seinem Kissen, und auch in Georges Zimmer fanden wir ihn nicht. Während ich oben weitersuchte, suchte George unten noch mal alles ab.

»Er schmückt den Baum«, hörte ich ihn rufen, bevor er lauthals loslachte.

Ich rannte nach unten und ins Wohnzimmer. Ich konnte Ben nirgendwo entdecken.

»Er ist dort!«, sagte George und deutete auf den fast zwei Meter hohen Baum, der den Ehrenplatz in einer Ecke unseres Wohnzimmers einnahm.

Meine Augen wanderten nach oben – immer weiter – bis ich Bens grüne Augen aus der Baumspitze herabschauen sah. Umgeben von Lichtern und Kugeln, von Lametta und Baumschmuck saß er da wie eine Weihnachtskatze und betrachtete uns miauend von oben. George und ich fingen zu lachen an.

»Ich glaube, er mag den Baum, Mum«, sagte George.

»Vielleicht sogar ein bisschen zu sehr«, erwiderte ich. »Was meinst du, sollen wir ihn runterholen?«

TEIL III

Ben verschwindet

Kapitel 1

Vielleicht waren die Monate nach dem Winterwunderland wirklich die besten, die George und Ben miteinander verbrachten, vielleicht habe ich sie aber auch nur so in Erinnerung. Als wir uns im September 2009 auf unseren Urlaub vorbereiteten, war ich in Sorge, George könnte sich weigern, Ben für eine Weile zu verlassen, weil sie unzertrennlich waren. Aber eine Freundin, um die ich mich während jahrelanger Krankheit gekümmert hatte, hatte uns nach Ägypten eingeladen, und ich wusste, dass für George ein Traum wahr werden würde, wenn er das blaue Meer und die Fische sehen könnte, für die er sich schon immer begeistert hatte. Irgendwie musste ich ihn überreden, mitzukommen. Anfangs hatte ich kein Glück: George kam mir keinen Schritt entgegen. Er wollte Ben einfach nicht allein lassen. Erst als Howard anbot, bei uns einzuziehen, während wir weg waren, willigte George endlich ein. Er meinte, in seiner eigenen Umgebung sei Ben glücklich.

Jetzt standen unsere Taschen vor der Tür, und wir gingen die Treppe hoch, um uns zu verabschieden. Ben schlief in meinem Schlafzimmer auf seiner rosafarbenen Decke. Er sah so friedlich aus, dass ich ihn nicht wecken wollte, und mir wurde es schwer ums Herz, als ich ihn so daliegen sah. Auf einmal schienen auch mir zwei Wochen eine lange Zeit zu sein.

»Ich werde nie wieder weggehen«, sagte George. »Er weiß, dass ich weggehe. Ben ist traurig. Deshalb schläft er auch weiter. Er weiß, dass wir verreisen, nicht wahr?«

»Um ihn wird sich gut gekümmert«, erklärte ich George. »Dein Dad wird hier bei ihm sein, und er wird kaum merken, dass wir weg sind. Wir können ihn jeden Tag anrufen, Dad wird den Lautsprecher am Telefon einschalten, damit Ben unsere Stimmen hören kann. Es wird ihm gut gehen.«

Als George sich behutsam auf die Bettkante setzte, schlug Ben die Augen auf und sah uns mit einem lang gezogenen Miau an. Es war das Miauen, mit dem er uns immer begrüßte, wenn wir von irgendwoher wieder zurückkamen. Wenn Ben unglücklich war, stieß er ein lang gezogenes und viel tieferes Miauen aus, und ein kürzeres, um Hallo oder Ja zu sagen.

»Ich werde dir ganz viele Geschenke mitbringen«, sagte George, als er Ben in den Arm nahm. »Ich werde dir auch etwas Sand vom Meer mitbringen.«

Seine Augen füllten sich mit Tränen, und da fragte ich mich dann doch, ob wir überhaupt fahren sollten. Lag ich so falsch mit meiner Überlegung, dass wir diese Reise zusammen machen sollten? Oder hätte ich lieber bleiben sollen, weil George und Ben so glücklich waren? Ich verdrängte diese Gedanken. Natürlich wusste ich, dass wir einander vermissen würden, aber wir konnten diese Reise, die George bestimmt unvergesslich bleiben würde, nicht ausschlagen. Wenn wir erst einmal in Ägypten waren, würde er sicherlich Gefallen daran finden und viel Spaß haben.

Und ich freute mich auch, einmal wegzukommen, denn aus Gründen, die sich mir nicht erschlossen, gab es in der Siedlung einen Mann, der mich und George offenbar partout nicht leiden konnte. Es sah ganz danach aus, als sei er entschlossen, uns das Leben schwer zu machen. Die Situation hatte sich inzwischen so verschärft, dass ich mich ängstigte, das Haus zu verlassen. Jedes Mal, wenn ich rausging, spürte ich seine Augen auf mir, und ich fühlte mich äußerst unbehaglich.

Anfangs hatte ich versucht, es nicht ernst zu nehmen, und gehofft, dass der Mann aufgeben würde, wenn meinerseits keine Reaktion erfolgte. Aber dann kam der Tag, als etwas geschah, das mir klarmachte, dass ich meine Augen nicht länger verschließen konnte.

Ich legte oben gerade die Wäsche zusammen, als ich das Rumpeln des Schulbusses hörte, der vor unserem Haus hielt. Ben strich um meine Knöchel, während ich zum Fenster ging, um zu winken. Ich wollte George gerade eine Begrüßung zurufen, da sah ich, wie besagter Mann auf unser Haus zulief und stehen blieb. Und er fing zu lachen an, als George an ihm vorbei und zu unserer Einfahrt ging.

»Hey, Spasti«, rief er plötzlich. »Hast heut was in der Schule gelernt? Hast dich in dem lustigen Bus mit all den Sabberern gut amüsiert?«

Ich verhielt mich ganz still.

»Es ist ein besonderer Bus«, hörte ich George zu dem Mann sagen, während er seinen Weg zu unserer Eingangstür fortsetzte. »Der besondere Bus für unsere Schule für besondere Bedürfnisse.«

»O ja. Ganz was Besonderes. Vor allem für Spastis.«

Wut kochte in mir hoch, als ich den Mann lachen sah. Wie konnte ein Erwachsener so mit George reden? Wie konnte er solche Dinge zu einem Kind sagen? Wortlos öffnete George die Eingangstür und ging ins Haus.

»Was hältst du davon, ein wenig fernzusehen, und ich bringe dir was zu trinken?«, sagte ich und schloss die Wohnzimmertür hinter mir, bevor ich aus dem Haus marschierte, dorthin, wo noch immer der Mann stand. Eines Tages würde George lernen müssen, sich selbst zu verteidigen, aber an diesem Nachmittag übernahm ich das für ihn. Genug war genug.

»Ich habe mitbekommen, was Sie da gerade gesagt haben, und es widert mich an«, rief ich dem Mann zu, der begann, seinen Weg fortzusetzen. Er drehte sich um und lachte. Ich spürte Zorn in mir hochkochen. Leute dieser Art kannte ich: Es waren die, die ständig mit anderen Leuten im Clinch lagen, sich diejenigen vorknöpften, die schwächer waren als sie selbst, und Sozialsiedlungen in einen schlechten Ruf brachten. »Sie sollten sich schämen«, rief ich wütend. »Sie sind eine Schande. Wie können Sie es wagen, so mit meinem Sohn zu sprechen?« Der Mann sah mich an. Als er merkte, wie aufgebracht ich war, schien ihn der Mut zu verlassen. »Lassen Sie meinen Sohn in Ruhe«, fügte ich hinzu. »Es ist widerlich, wie Sie mit ihm reden, und sollte ich das noch mal mitbekommen, kriegen Sie es mit mir zu tun. Ich weiß nicht, was wir Ihnen getan haben, um Sie gegen uns aufzubringen, aber ich bin es leid. Lassen Sie uns einfach in Ruhe.«

Ich machte auf dem Absatz kehrt und ging wieder ins Haus. Vermutlich hatte ich mir gerade einen ganzen Haufen neuer Probleme eingehandelt, aber ich würde meinen Mund nicht halten. Diesem Mann musste gesagt werden, was richtig und was falsch war.

George wartete schon auf mich, als ich wieder ins Haus ging. Er hatte am Küchenfenster gestanden und alles mitgehört.

»Mach dir nichts draus, Mum«, sagte er. »Mir macht das nichts. Aber ich finde es traurig, die Leute in meinem Bus Spastis zu nennen.«

Ich holte tief Luft und versuchte, mich zu beruhigen.

»Manche der Kinder in meinem Bus sind wirklich krank«, sagte George. »Aber ich bin das nicht.« Er kehrte ins Wohnzimmer zurück und redete dabei mit Ben. »Ein Feigling ist das. Sich jemanden rauspicken, der sich nicht wehren kann. Feigling, Feigling.«

Wir redeten nicht mehr darüber, und ich hoffte, George würde es vergessen, denn wenn er Angst bekäme, würde es Tage dauern, ihn zu beruhigen, und dann aß und schlief er kaum. Aber obwohl George diesen Vorfall mir gegenüber nicht mehr erwähnte, hatte er ihn zweifellos aufgewühlt.

»Begreift er das? Begreift er das?«, sagte George immer wieder zu Ben während der folgenden Tage. »Begreift er überhaupt, wie das für diese Kinder ist? Weiß er das?«

George fühlte sich von diesem Mann scheinbar nicht persönlich beleidigt. Er konnte nur nicht begreifen, wie man so hässlich über Kinder wie seine Schulkameraden reden konnte. Der Mann selbst musste jedoch sehr genau wissen, dass er grausam war. Und deshalb versuchte ich, ein paar Tage später noch einmal mit meinem Sohn über den Vorfall zu sprechen.

»Du wirst manchmal Leuten wie diesem Mann begegnen, George, und das Beste ist, du ignorierst sie einfach«, sagte ich.

George sah Ben an, der ins Wohnzimmer geschlichen kam.

»Mich stört das nicht«, sagte er. »Es sind gute Seelen, nicht wahr?«

»Wer?«

»Die Kinder in meinem Bus. Die können doch nichts dafür, dass sie so zur Welt gekommen sind, oder? Nein. Es sind gute Seelen.«

»Weißt du denn, was eine Seele ist, George?«

»Ja, das ist ein Wesen, das trägt man in sich.«

Ben sprang neben ihm aufs Sofa, rollte sich zusammen und fing zu schnurren an. Weil ich wusste, dass ich George nicht fragen konnte, wie er sich fühlte, beschloss ich, ihm zu sagen, wie ich mich fühlte.

»Bei dem, was der Mann über deine Freunde gesagt hat, hätte ich am liebsten geweint. Das war überhaupt nicht nett.«

George sah mich an. »Mach dir keine Sorgen, Mum. Die Leute halten uns für Sabberer, weil Joshua an die Scheibe sabbert. Aber er ist nett. Ich mag ihn, und Ben mag ihn auch.«

Ben stemmte seine Pfoten gegen Georges Bein, während dieser sprach, als wollte er ihm versichern, dass alles gut werden würde.

»Nun, ich finde, letztendlich kommt es auch nur darauf an, dass ihr beide, du und Ben, deine Freunde im Bus mögt«, sagte ich.

»Es sind gute Seelen, das sind sie.«

»Ich weiß, George.«

»Gute Seelen.«

Obwohl George vergessen zu haben schien, was an dem Tag vorgefallen war, schien der Mann das nicht vergessen zu haben. Denn von da an wurde es immer schlimmer. Eines Tages sprach er sogar Ben an.

»Was macht ein Junge mit so einer Katze, wie du eine

bist?«, trumpfte er auf, als er an ihm vorbeiging. »Verloren wäre er ohne sie, stimmt's? Er macht alles mit dieser Katze.«

Manchmal hörte ich ihn lachen, wenn er an unserem Haus vorbeikam.

»Komm, Mieze!«, rief er. »Willst du nicht zu mir kommen?«

Ben ging niemals in die Nähe dieses Mannes, weil er wusste, wie er war, und ich stellte ihn auch nicht mehr zur Rede. Solange er George nicht ansprach, hoffte ich, dass Ignoranz ihm den Spaß an seinem seltsamen Spiel verdarb.

Aber dennoch stieß ich einen Seufzer der Erleichterung aus, dass George und ich nun nach Ägypten fuhren. Ich hatte erfahren, dass der Mann aus unserer Siedlung wegziehen würde, während wir weg waren, und dies konnte nur bedeuten, dass dann alles vorbei war. Ich betrachtete George, der mit Ben schmuste, und konnte es kaum erwarten, wegzukommen.

»Ich liebe dich, du liebst mich«, sagte George und drückte ihn fest an sich. »Möchtest du einen Kuss? Ich mache Urlaub, um wie Nemo die Fische zu sehen. Du bleibst hier und beschäftigst dich mit Dad und spielst Xbox.«

Ich trat ans Bett, bückte mich und küsste Ben so heftig, dass er mich mit seiner Pfote schlug. Ich würde ihn sehr vermissen.

»Wir müssen los, George«, drängte ich. »Wir wollen doch das Flugzeug nicht verpassen.«

»Ich vermisse dich schon jetzt«, sagte er auf dem Weg zur Schlafzimmertür zu Ben.

Dort blieben wir stehen und lächelten ihn ein letztes Mal an.

»Wir sind bald wieder zurück, Baboo«, versprach ich ihm.

Ben blieb liegen und warf uns aus seinen friedlichen Augen einen letzten langen Blick zu.

Vergnügt euch. Ich hab's gut hier. Ich werde euch vermissen, aber ich wünsche euch ganz wunderbare Ferien.

»Ich vermisse dich bereits«, sagte George noch mal zu Ben, während ich sanft die Tür zuzog.

Es war am Abend unseres zweiten Tages in Ägypten, und bis jetzt hatte George jede Minute am Strand genossen. Ein paar Stunden zuvor waren wir in unser Apartment zurückgekehrt, und er hatte mir gerade beim Füttern der streunenden Katzen geholfen, mit denen er sich bereits angefreundet hatte.

»Ben würde sich wünschen, dass wir uns um sie kümmern«, hatte George mir erklärt, während ich Schinken für die Streuner auf einen Teller gab.

Ich verstand gut, wie er sich fühlte, denn ich vermisste Ben beinahe genauso wie er. Als wir spät abends angekommen waren, hatte ich meine Mutter angerufen, um mich zu erkundigen, ob es ihm gut ging. Sie kümmerte sich zusammen mit Howard um Ben.

»Hat er sein Mittagessen am frühen Abend bekommen und dann sein Abendessen direkt vor dem Zubettgehen?«, fragte ich sie. »Macht er einen traurigen Eindruck, oder wirkt er ganz normal?«

»Ben geht es gut, Ju«, erklärte Mum mir. »Jetzt entspann dich einfach.«

Am folgenden Vormittag hatte ich eine SMS von Wendy mit der Nachricht bekommen, dass es Ben gut ging, und so nahm ich mir vor, mich zu entspannen. Es war nur so ungewohnt, ohne ihn zu sein. Fast rechnete ich damit, ihn oben auf einer Sanddüne auftauchen zu sehen. Jetzt läutete mein Handy, und ich nahm ganz in Gedanken an Ben ab.

»Ju?«, sagte eine Stimme. »Hier ist Howard.«

»Hallo!«, meldete ich mich. George kam sofort angerannt. »Wie geht's Baboo?«

»Nun, das ist der Grund, weshalb ich anrufe«, sagte Howard.

Mir drehte sich der Magen um. »Was ist passiert?«

»Ich bin mir nicht sicher, Ju. Aber ich habe ihn seit gestern Abend nicht mehr gesehen und dachte, das wirst du sicher wissen wollen.«

»Was meinst du damit?«

»Ich habe ihn zuletzt gesehen, als ich ihn wie üblich in den Vorgarten hinausgelassen habe, aber als ich wenige Minuten später zurückkam, war er weg.«

»Und hast du eine Idee?«, fragte ich. »Wo könnte er hin sein?«

Ich konnte mit Howards Informationen nichts anfangen. Ben ging nirgendwohin. Jeden Abend lief er unsere Einfahrt runter, querte die von Wendy, lief dann unter meinem Wagen hindurch und setzte sich auf die Eingangsstufen.

»Ich weiß es nicht«, sagte Howard. »Ich habe ihn gestern Abend stundenlang gesucht und heute wieder. Deine Familie war hier und hat ebenfalls nach ihm Ausschau gehalten, genauso Wendy und Keith. Wir können ihn einfach nicht finden. Gerade eben war er noch da und dann wie vom Erdboden verschluckt.«

Da stimmte was nicht. Ben riss nicht aus. Er war zu alt, um noch auf Abenteuer aus zu sein, und er gehörte auch nicht zu den Katzen, die tagelang auf Jagd gingen oder sich ein paar Mahlzeiten bei einem anderen Haus erbettelten, nur weil er Lust auf Veränderung hatte. Er liebte sein Zuhause und ging für gewöhnlich nur mal kurz in den Garten oder raus auf die Einfahrt. Mir war plötzlich eiskalt. Ich begann zu zittern.

»Ich verstehe das nicht«, sagte ich flüsternd zu Howard. »Ben kann nicht weg sein.«

»Ich weiß, Ju. Aber er ist weg.«

Den Rest dessen, was Howard mir zu sagen hatte, bekam ich gar nicht mehr mit. Ich war ganz benommen, als ich den Hörer auflegte, nachdem er mir versprochen hatte, mich wieder anzurufen, wenn sich etwas Neues ergab. Ben konnte nicht einfach weg sein. Er konnte unmöglich weggelaufen sein. Er kam immer freiwillig nach Hause. Ich fing zu schluchzen an. Mir war übel. Ich konnte nicht klar denken. Das durfte nicht sein.

»Kann ich einen Saft haben, Mum?«, fragte George.

Ich brachte kein Wort heraus, als er mein bleiches Gesicht anstarrte. Ich musste nach Hause. Ich musste Ben suchen. Irgendwo musste er sein. Er konnte sich nicht einfach in Luft aufgelöst haben. Aber ich schaffte es nicht, George zu sagen, dass Ben weg war.

»Mum?«, fragte er wieder.

Ich sah in sein glückliches, friedliches Gesicht. Wie sollte ich ihm diese Nachricht beibringen? Mit welchen Worten sollte ich erklären, dass Ben verschwunden war, und George zugleich versichern, dass wir ihn wiederfinden würden? Doch schon, als ich George ansah und noch überlegte, was ich sagen sollte, wusste ich, dass man den Zusammenbruch einer Welt nicht mit Worten aufhalten kann, wenn man sich dessen sicher ist.

»Baboo! Baboo!«

Es wurde bereits hell, als George und ich von der Uferböschung herunterkletterten. Ein paar Stunden zuvor waren wir aus den Ferien heimgekehrt. Mir war klar, dass andere Leute nicht aus dem Urlaub zurückgekehrt wären, um nach ihrer Katze zu suchen, aber wir hatten keine andere Wahl. Der stechende Schmerz in meinem Herzen sagte mir alles, was ich wissen musste. Ben war für George und für mich viel mehr als eine Katze. Er wurde geliebt wie ein Mensch, und ich hätte keine Minute länger in Ägypten bleiben können, nachdem ich wusste, dass er vermisst wurde.

Gleich nach dem Gespräch mit Howard war die schlimme Nachricht aus mir herausgesprudelt. Weinend und zitternd erzählte ich es ihm und schluchzte dann hemmungslos. George sah mich nur an. Er hatte mich noch nie zuvor weinen sehen.

»Ben wird vermisst«, platzte es aus mir heraus, weil ich nicht mehr klar denken konnte.

George reagierte erst gar nicht darauf, dann sagte er: »Er ist wahrscheinlich tot«, und ging weg.

Seine Worte gruben sich tief in mir ein, und ich blieb reglos stehen, während George ins Badezimmer ging und die Tür schloss. Es war unmöglich. Es durfte nicht sein. Ben konnte nicht tot sein. Ich musste mich beruhigen. Mit tiefen Atemzügen versuchte ich, meinen Tränenfluss zu stoppen, bevor ich wieder mit George sprach. Nachdem ich ihn überredet hatte, aus dem Badezimmer zu kommen, sorgte ich dafür, dass er sich hinsetzte und mir in mein tränenfleckiges Gesicht sah. Mir war klar, dass ihm dies Angst machte, aber ich atmete nur noch schneller im Versuch, normal mit ihm zu sprechen.

»Ich werde nach Hause fahren, damit ich Ben suchen kann«, brachte ich schließlich heraus. »Ich weiß, dass es mir gelingen wird, ihn zu finden.«

George erhob sich und ging in sein Zimmer, und eine Minute später hörte ich ein Rumpeln. Er kam zurück und zog seinen Koffer hinter sich her. Mir war klar, dass ich so schnell wie möglich einen Rückflug für uns finden musste.

Zwei Tage dauerte es, bis alles organisiert war, und während dieser Wartezeit hatte George kaum ein Wort gesprochen. Schweigend schleppten sich die Stunden dahin, beide hingen wir unseren Gedanken nach. Das Einzige, was mir verriet, welchen Schmerz und welche Panik George empfand, war der Anblick seiner Hände, die er steif neben sich abspreizte. Das hatte er früher gemacht, wenn er Angst hatte. Immer wieder versuchte ich, ihn damit zu beruhigen, dass wir Ben sicherlich finden würden, sobald wir nach Hause kamen, aber er wollte das nicht hören.

Auf dem Heimflug sprach keiner von uns und auch nicht auf der Fahrt zurück zu unserem Haus. Sobald ich die Haustür geöffnet hatte, rannte George nach oben, um Bens sämtliche Verstecke abzusuchen, während ich hinaus in den Garten ging, um ihn zu rufen. Was Besseres fiel mir nicht ein, aber tun musste ich was, denn je mehr ich darüber nachdachte, desto überzeugter wurde ich, dass Ben von jemandem mitgenommen worden war, der uns einen bösen Streich spielen wollte. Er war nur kurz vor dem Haus gewesen und dann plötzlich weg. Jemand musste seine Hände im Spiel gehabt haben.

»So etwas macht doch keiner, Ju«, meinte Mum, nachdem ich sie angerufen hatte. »Das wäre nun wirklich zu grausam.«

»Aber warum sollte er sonst verschwunden sein, Mum?«, jammerte ich.

»Vielleicht war er einfach wütend, weil du und George verschwunden wart. Du weißt doch, wie Katzen sein können.«

»Aber Ben ist nicht so wie andere Katzen!«

»Ich weiß, Ju. Er wird zurückkommen. Ich weiß es.«

Während der Heimreise hatte ich mich an die Hoffnung geklammert, dass Ben angerannt käme, wenn er unsere vertrauten Stimmen hörte. Aber es nützte nichts, dass ich seinen Namen in den Garten rief, und George konnte ihn auch im Haus nirgendwo finden. Es war drei Uhr morgens, ich konnte jedoch nicht mit der Suche warten, bis es hell wurde. Also zog ich meinen Mantel an und sagte George, dass ich losgehen würde.

»Er wird am Fluss sein«, sagte er, als er runterkam. »Dort gefällt es ihm.«

Dort den Anfang zu machen, war genauso sinnvoll wie anderswo, so griff ich nach einer Schachtel Katzenleckerchen und machte mich mit George auf den Weg. Alles war still, als wir zum Fluss hinuntergingen. Kein Mensch und kein Auto weit und breit. Ich kam mir vor, als wären George und ich die einzigen zwei Menschen auf der Welt – auf der Suche nach dem Wesen, das wir am meisten liebten.

»Ich glaube, dass Ben sich versteckt«, sagte ich zu George. »Er erlaubt sich nur einen Scherz mit uns, wir müssen ihn nur finden.«

Aber George sagte drei Worte immer und immer wieder im Gehen.

»Er ist tot. Er ist tot. Er ist tot. Er ist tot.«

Die Worte brannten sich mir ein. George schien sich so

sicher zu sein, aber ich brachte es nicht über mich, auch nur die Möglichkeit in Betracht zu ziehen, dass Ben tot sein könnte. Ich hätte George gern verboten, es weiterhin zu sagen, und darauf bestanden, dass es nicht sein konnte, während wir auf der Uferböschung stundenlang herumliefen und Bens Namen riefen und im Gebüsch nach ihm suchten. Aber kein Lebenszeichen von ihm.

Nach ein paar Stunden sagte ich George, dass es Zeit sei, nach Hause zu gehen. Wortlos trottete er mit zurück, und als wir nach Hause kamen, ging er sofort in den Garten und starrte das Sommerhaus an, als wollte er seinen Freund beschwören, wie üblich dort drinnen zu sitzen. Alles sah aus wie immer – auf Bens Stuhl lagen seine Haare und sein Mausstab lag in seiner Spielzeugkiste im Wohnzimmer –, und doch war alles ganz anders. Es war so still und leer im Haus, ohne Bens Schnurren oder das weiche Tapsen seiner Pfoten, wenn er angerannt kam, um zu schmusen.

Ich ging zu George hinaus. Die Sonne ging auf, und rosa geränderte Wolken standen am Himmel. Ein neuer Tag begann, und ich wollte richtig mit der Suche nach Ben beginnen. Er musste irgendwo ganz in der Nähe sein. Was immer ihm zugestoßen war, weit konnte er nicht sein. Ben konnte sich nicht in Luft aufgelöst haben. Jemand musste ihn gesehen haben. Ich musste mich an die Detektivarbeit machen und allen Hinweisen nachgehen, um die Person ausfindig zu machen, die ihn zuletzt gesehen hatte, das konnte uns zu ihm führen.

Als ich in den Garten kam, drehte George sich zu mir um. Seine Augen waren kalt.

»Du bist schuld daran«, sagte er. »Du warst es. Du wolltest weggehen, und jetzt ist Ben fort. Es ist dein Fehler.«

Ich erstarrte innerlich, denn ich wusste genau, warum George mir das vorwarf. Immerhin war ich diejenige gewesen, die ihn zu diesem Urlaub überredet hatte. Ich hatte ihm immer wieder eingeredet, dass es Ben auch ohne uns gut haben würde. Schuldbewusst fragte ich mich, ob George nicht recht hatte. Warum hatte ich ihn überredet wegzufahren? Warum hatte ich mich nicht mit dem Glück zufriedengeben können, das wir hatten?

George schubste mich an, als er sich umdrehte, um wieder ins Haus zu gehen, und ich hätte ihn gern festgehalten und ihm versprochen, Ben sobald wie möglich zu finden. Aber so verzweifelt ich auch war, ich konnte George nicht berühren. Bens Verschwinden hatte auch zwischen uns was verändert.

Es war so still, als hätte sich alles Leben aus unserem Haus zurückgezogen. Ein unwirkliches Gefühl, unfassbar. Unbegreiflich, warum Ben nicht auf mich zugelaufen kam und miaute oder sich auf einem Terrassenstuhl ausstreckte, um die ersten Sonnenstrahlen einzufangen. Langsam ging ich hinein und hinauf zu George. Die Tür seines Zimmers war geschlossen, dahinter Schweigen. Ich holte tief Luft.

»Ich werde Ben finden«, sagte ich. »Das verspreche ich dir.«

»Nein, wirst du nicht«, hörte ich George sagen.

»Doch, ich finde ihn. Das verspreche ich dir. Ich werde Ben finden und nach Hause bringen.«

Ich machte kehrt und blieb vor meiner Schlafzimmertür stehen. Bens Decke lag auf meinem Bett, genauso wie an dem Tag, als wir ihn verlassen hatten, und ich musste an das letzte Mal denken, als ich ihn dort hatte liegen sehen. Dann dachte ich an George und mein Versprechen, das ich ihm gegeben hatte – ein Versprechen, von dem ich mir nicht sicher war, ob ich es halten konnte. Ich wusste nur, dass ich nichts unversucht lassen durfte, denn Ben war nicht einfach nur eine Katze, er war Georges Fenster zur Welt, der Schlüssel zu der Tür, die ihn öffnete. Man mag mich für verrückt halten, aber er war wie ein zweiter Sohn für mich, also musste ich ihn unbedingt finden. Und ich wusste, sollte mir dies nicht gelingen – und diese Angst war größer, als ich mir eingestehen wollte –, würde ich in Georges Augen nie wieder ein Leuchten sehen.

Es gab nur einen Weg: Ich musste Ben nach Hause bringen.

Kapitel 2

George blieb den ganzen nächsten Tag in seinem Schlafzimmer und weigerte sich herauszukommen, während sich das Haus mit Leuten füllte, die mir bei der Suche nach Ben helfen wollten. Wendy und Keith waren gekommen, Mum erschien mit Sandra und Boy, der sich diesen Tag freigenommen hatte, und Nob kam, sobald er Feierabend hatte. Ich lief völlig aufgelöst umher, und alle redeten mir gut zu, nicht in Panik zu geraten.

»Weit kann er nicht sein«, sagte Boy immer wieder, während der Drucker ein Plakat nach dem anderen ausspuckte, mit einem Foto von Ben und meiner Telefonnummer darauf.

»Er wird zurück sein, bevor wir die alle aufgehängt haben«, meinte Mum.

Sie fanden natürlich alle, dass ich überreagierte, denn Katzen verschwanden nun mal ab und zu, und Ben würde nach Hause kommen, aber ich war mir ganz sicher, dass er das niemals tun würde. Seit nunmehr vier Tagen hatte keiner mehr Ben gesehen, er brauchte Hilfe, ansonsten wäre er nach Hause gekommen. Er hätte uns nie verlassen – dazu liebte er George zu sehr.

Als ich hochgegangen war, um nach George zu sehen, saß dieser auf dem Bett mit seiner Schachtel, in der alle seine glänzenden Lieblingssachen ausgebreitet lagen – Kristalle,

Ohrringe und Kronkorken, die er im Laufe der Jahre gesammelt hatte. Er weigerte sich zu sprechen. Mir war klar, dass er hier oben saß und all seinen kostbaren Glitzerkram auf einem Regal aufreihte, um Ordnung zu schaffen, während in ihm Chaos herrschte.

Es ist nur eine Frage des Augenblicks, dass man etwas Kostbares verliert, und eines weiteren Augenblicks, um zu realisieren, dass es weg ist. Es bedurfte nur dieses einen Blicks in Georges Augen am Abend zuvor, um zu wissen, was mir genommen worden und auch, wie weit George dank Ben gekommen war. Ich hatte mich an unsere Katzensprache und unser Lachen so gewöhnt, an Georges ganz besondere Art, mich in den Arm zu nehmen und über Liebe zu sprechen, an die Abende, wenn wir gemeinsam vor dem Fernseher saßen oder alte Lieder sangen, dass ich langsam vergessen hatte, dies alles wertzuschätzen. Jetzt aber, da George mir die Schuld daran gab, dass wir Ben verloren hatten, wurde mir erst bewusst, wie glücklich ich mich schätzen konnte, all dies erlebt zu haben. Und ich bekam Angst, bekam Panik. Denn ich war mir sicher, dass George sich ohne Ben wieder in sein Schneckenhaus zurückziehen würde, dass er werden würde, wie er war, bevor Ben in unser Leben trat, dass er zu einem Kind wurde, das fast ein Fremder für mich war – eine unerträgliche Vorstellung.

Die offizielle Suche nach Ben begann ich an jenem Morgen, als ich ihn auf den Websites für vermisste Haustiere registrieren ließ. Wendy und Keith halfen mir dabei, sie richteten auch eine eigene Facebook-Seite für Ben ein – alles mit dem Ziel, dem Gedächtnis der Leute auf die Sprünge zu helfen, falls sie eine schwarze Katze mit einem weißen Lätzchen gesehen hatten. Im Internet fand ich außerdem jede Menge sinnvoller Ratschläge, wie man ein verschwundenes Haustier wiederfindet. Bens Decken flatterten auf der Wäscheleine im Wind, um seinen Geruch zu verbreiten und ihn nach Hause zu rufen. Ich hatte das ganze Haus gesaugt und war dann zum Fluss gegangen, um den Inhalt der Staubsaugertüte dort zu verstreuen, in der Hoffnung, Ben über den Geruch den Weg nach Hause zu zeigen; außerdem baumelten frische Makrelen an Schnüren im Garten, weil ich gelesen hatte, dass das hilfreich war.

Ich versuchte, mich ganz auf meine Arbeit zu konzentrieren und laminierte die Plakate und die Zettel, die der Person, die Ben fand, eine Belohnung von zweihundertfünfzig Pfund versprach. Ich hoffte, die Belohnung würde alle Jugendlichen im Viertel anspornen, nach ihm zu suchen. Am Abend zuvor war ich mir noch ganz sicher gewesen, dass er absichtlich mitgenommen worden war, jetzt zog ich auch andere Möglichkeiten in Betracht. Lag er womöglich irgendwo verletzt in einem Straßengraben? Hatte jemand ihn mit dem Auto angefahren? Beim Gedanken, er könnte allein und verletzt irgendwo liegen und darauf warten, dass wir ihn retten, schnürte es mir die Kehle zu.

Als die Plakate fertig waren, brachen wir in unterschiedliche Richtungen auf, um sie aufzuhängen, während Mum bei George blieb. Es war wichtig, so viele Menschen wie möglich von unserer Suche in Kenntnis zu setzen, dann war es sicherlich nur noch eine Frage der Zeit, bis jemand anrief und einen Hinweis hatte, der uns zu Ben führte.

Als ich nach einigen Stunden, in denen ich Cafés und Läden, Pubs und Postämter, Schulen und Bibliotheken abgeklappert hatte, nach Hause kam, sah ich eine bekannte Gestalt unsere Straße hinuntergehen. Es war der Mann, der uns das Leben schwer gemacht hatte, und obwohl wir seit dem Tag, als ich ihn wegen seiner beleidigenden Worte über George zur Rede gestellt hatte, nicht mehr miteinander gesprochen hatten, war ich jetzt bereit, mit jedem zu reden, sofern auch nur die geringste Chance bestand, dass er uns helfen könnte, Ben zu finden.

»Ich vermisse meine Katze«, sprudelte es aus mir heraus, als der Mann an unserer Einfahrt vorbeikam.

Er blieb stehen, sagte aber nichts.

»Ich habe überall Plakate aufgehängt, und es wäre sehr nett, wenn Sie sich bei mir melden würden, falls Sie ihn sehen sollten.«

Der Mund des Mannes verzog sich zu einem Grinsen, während mir die Tränen in die Augen schossen.

»Ben ist nicht einfach nur eine Katze«, sagte ich. »Er ist sehr viel mehr als das. Mein Junge kann ohne sie nicht leben. Wir müssen sie finden. George ist verloren ohne sie. Ben bedeutet uns alles.«

Der Mann stierte mich bloß an.

»Dann viel Glück bei der Suche nach Ihrem Miezekätzchen«, sagte er grinsend.

Ich könnte schwören, dass er sich an meinem Leid weidete. Mir war übel, als ich ihn weggehen sah. Wusste er vielleicht etwas über Bens Verbleib? Ich würde es nie erfahren. Aber jemand musste etwas wissen, und wenn ich nur lange genug suchte, würde ich denjenigen auch finden, davon war ich fest überzeugt.

Bei der Suche nach Ben konnte ich auf die Hilfe meiner Freunde und meiner Familie bauen. Sie hatten ihre Berufe und ihr eigenes Leben, dennoch taten sie alles im Rahmen ihrer Möglichkeiten. Kayleigh kam jeden Tag nach der Schule vorbei, um mir zu helfen, Handzettel unter Türen durchzuschieben, während Wendy auf George aufpasste und Keith sich um weitere Ausdrucke kümmerte. Mum, Nob, Tor und Boy brachten die Plakate an. Selbst Lewis half mit, und Tracy, eine Freundin aus der Siedlung, sowie deren Mum Anne und ihre Tochter Eliza opferten ihre Zeit, um zu einem Supermarktparkplatz zu gehen und die Zettel dort an sämtliche Windschutzscheiben zu stecken. Wenn die anderen arbeiteten oder in der Schule waren, zog ich oft allein los, um Ben zu suchen. Jeder Tag folgte demselben Muster: Ich stand auf, versuchte George zu überreden, etwas zum Frühstück zu essen, was er jedoch immer verweigerte, dann kam Mum, um auf ihn aufzupassen, weil er noch immer viel zu aufgewühlt war, um wieder zur Schule gehen zu können. Danach zog ich los, um durch die Gegend zu fahren, um geeignete Orte zu finden, wo ich meine Handzettel und Plakate verteilen konnte.

Wir waren seit einer Woche wieder zu Hause, und ich war in der Siedlung unterwegs, da sah ich einen der Polizisten, die in unserem Viertel auf Streife gingen. Ich kannte ihn recht gut, weil er immer mal bei uns vorbeikam, wenn er im Dienst war – auf eine Tasse Tee oder um auf die Toilette zu gehen. Ich empfand Erleichterung. Dieser Polizist hatte für unsere Siedlung und alles, was sich darin abspielte, immer Interesse gezeigt, vielleicht konnte er mir helfen.

»Ich dachte, Sie machen Ferien, Julia«, sagte er, als ich auf ihn zuging.

Er war nicht allein, sondern hatte eine Kollegin dabei, die ich nicht kannte.

»Hab ich auch, aber dann verschwand Ben, und ich werde das Gefühl nicht los, dass ihn jemand mitgenommen hat. Er kann sich nicht einfach in Luft aufgelöst haben. Das ergibt keinen Sinn. Er ist noch nie weiter als bis ans Ende der Einfahrt gegangen. Vielleicht ist es Ihnen ja möglich, sich in der Siedlung mal umzuhören und irgendwas in Erfahrung zu bringen?«

Der Polizist sagte nichts und sah betreten zu Boden.

»Ich glaube, in diesem Fall müssen Sie sich anderswo Hilfe holen«, teilte er mir schließlich mit.

Ich sah ihn entsetzt an. Ich kannte diesen Polizisten gut. Er hatte an Halloween in unserem Haus gesessen und fröhlich mit mir über Gott und die Welt geplaudert, und jetzt zeigte er keinerlei Bereitschaft, wenigstens einen Versuch zu unternehmen, mir zu helfen. Ich verlangte von ihm ja nicht, dass er jemanden verhaftete. Doch als ich meinen Mund wie ein Goldfisch öffnete und schloss und mir eine Antwort überlegte, fiel mir auf, dass die Frau neben ihm grinste, und da sah ich rot.

»Was gibt es da zu lachen?«, fuhr ich sie an.

»Tut mir leid«, sagte die Polizistin. »Es ist nur … Sie suchen nach einer Katze, aber die verschwinden oft wochenlang, bevor sie wieder nach Hause kommen, oder?«

Ich war es leid, mir das anhören zu müssen, und obwohl die meisten es gut meinten, war ich mir sicher, dass dies bei dieser Frau nicht der Fall war.

»Nicht mein Kater«, erklärte ich ihr aufgebracht. »Er würde nicht einfach verschwinden.«

Die Frau lächelte mich weiter an, als wäre ich ein wenig unterbelichtet, dann fiel ihr Blick auf den Handzettel, den ich ihr gegeben hatte.

»Tut mir leid, aber ich kann das nicht mit mir herumtragen, wenn ich im Dienst bin«, sagte sie und gab ihn mir zurück.

Das war es dann.

»Dir ist es also schon zu viel, einen Zettel mit dir herumzutragen, du fettes Miststück?«, brummelte ich in mich hinein.

Ich weiß, dass das unverschämt war, aber auch ich war nur ein Mensch und verlor manchmal die Kontrolle. Der Polizist sah mich entsetzt an, als ich wortlos auf dem Absatz kehrtmachte und wütend nach Hause stapfte. Es war in meinen Augen unfassbar, wie rasch und kategorisch diese Polizeibeamten jegliche Unterstützung abgelehnt hatten. Selbst ich ging nicht davon aus, dass Bens Verschwinden auf der Liste der zu lösenden Fälle oberste Priorität einnahm, aber mir war völlig unverständlich, warum sie nicht wenigstens ihre Hilfe anboten. Die Politiker reden heutzutage ständig davon, dass Streifenpolizisten Freund und Helfer der Bürger und Ansprechpartner der Allgemeinheit sein sollten, zu der ich schließlich auch gehörte. Das schien diesen Beamten aber gleichgültig zu sein. Offenbar hatten sie mehr Spaß daran, im Großaufgebot mit ihren Bussen in der Siedlung anzurücken, sobald ein paar Jugendliche aus der Reihe tanzten. Aber jetzt wusste ich wenigstens, woran ich war: Ich und die Leute, die George liebten, waren bei unserer Suche nach Ben auf uns allein gestellt.

Es war einige Tage später. Aufgeregt rannte ich zum Telefon. Seit überall die Plakate hingen, klingelte es jetzt immer öfter, und jedes Mal ging ich in der Hoffnung ran, es möge die Person sein, die Ben gefunden hatte.

»Hallo«, rief eine Stimme, als ich den Hörer abnahm.

Sie klang nach einem älteren Mann, und im Hintergrund konnte ich eine Frauenstimme hören.

»Hör auf zu quatschen, Doris!«, rief der alte Mann. »Ich versuche es doch gerade. Jetzt lass mich doch mal in Ruhe meinen Satz sagen.«

»Hallo?«, fragte ich. »Kann ich helfen?«

»Nein, meine Liebe. Aber ich kann Ihnen helfen. Wir haben Ihren Kater hier. Er ist in unserer Küche. Wir haben Ihr Plakat gesehen und wissen, dass er es ist. Er sieht mich genau jetzt an.«

»Ist er schwarz?«, fragte ich, weil ich schon ein paar Anrufe von Leuten bekommen hatte, die offenbar Probleme mit dem Lesen hatten und anriefen, um mir zu sagen, dass sie eine graue oder getigerte Katze gesehen hatten.

»Schwarz wie Teer, meine Liebe«, sagte der Mann. »Wollen Sie herkommen und ihn abholen?«

Ich notierte mir die Adresse und klopfte dann an Wendys Tür, um sie zu bitten, zu uns kommen und auf George aufzupassen.

Fünf Minuten später parkte ich vor einem Reihenmittelhaus mit Bäumen im Garten und einer gefliesten Treppe, die zur Eingangstür führte. Ich zitterte vor Aufregung, als ich klingelte. War Ben da drin? Konnte ich ihn bald schon zu George mit nach Hause nehmen? Ich hatte gehofft, dass wir ihn finden würden, und jetzt wusste ich, dass ich damit richtiggelegen hatte. Irgendwie musste Ben hier, ein paar Kilometer von zu Hause entfernt, gelandet sein, und ich würde ihn nach seinem Abenteuer gesund und wohlauf dorthin zurückbringen, wo er hingehörte. Das Foto auf dem Plakat war so eindeutig, dass er es sein musste.

Ein älterer, dickbäuchiger Mann öffnete mir die Tür, neben ihm stand eine Frau mit weißen Haaren im Flur, dessen grellfarbene Tapete mir in den Augen brannte.

»Kommen Sie wegen der Katze?«, sagte der Mann. »Nur herein, meine Liebe. Kommen Sie. Wir wussten sofort, dass er es ist, als wir ihn im Garten sahen. Er ist nicht von hier, denn wir kennen alle Katzen und haben ihn nie gesehen. Er ist sehr zutraulich. Kein Streuner. Ich wusste sofort, dass er irgendwo vermisst wird. So wie er auf die Leute zugeht, kann es keine wilde Katze sein.«

Der Mann führte mich den Flur hinunter, und meine Aufregung wuchs. Ging es Ben gut? Er war jetzt seit mehr als einer Woche weg, und wenn er nichts gefressen hatte, musste er am Verhungern sein. Abend für Abend rief ich mir wieder in Erinnerung, wie er damals zu uns in den Garten gekommen war, so schwach und krank, verängstigt und wütend. Weil ich ständig an ihn und seinen damaligen Zustand denken musste, fand ich kaum Schlaf.

»Er ist hier hinten«, sagte der Mann. »Er ist es, das weiß ich.«

Er öffnete eine Tür, die zur Küche führte. Sie war blitzblank, auf dem Tisch stand eine Teekanne.

»Da ist er«, sagte die alte Dame mit einem Lächeln.

Ich schaute angestrengt in eine Ecke, von wo mich ein Paar große grüne Augen anschaute, und ich schöpfte Mut. Doch binnen des Bruchteils einer Sekunde wusste ich, dass es nicht Ben war, wie sehr ich es mir auch wünschte.

»Ist das Ihrer?«, fragte der Mann.

»Nein, leider nicht«, sagte ich, nur mühsam meine Tränen in Schach haltend.

»Tatsächlich? Ich war mir so sicher. Wir haben ihn noch nie zuvor gesehen, nicht wahr, Doris?«

Die Katze starrte uns an.

»Was machen wir jetzt?«, fragte die Frau. »Wir waren uns so sicher, dass es Ihr Tier ist.«

Als ich das Paar vor mir sah, war mir klar, dass ich nicht einfach auf dem Absatz kehrtmachen und sie mit dieser Katze allein lassen konnte. Ich musste helfen, denn vielleicht gab es irgendwo eine Familie, die genauso verrückt wie ich nach ihrem Haustier suchte. Ich hoffte darauf, dass sie wie Ben einen Mikrochip hatte. Ein solcher Chip hat die Größe eines Reiskorns und ist eingebettet im Fell der Katze; darauf sind der Name und die Kontaktadresse des Besitzers gespeichert. Jeder Tierarzt, jede Polizeistation und jede Tierschutzorganisation hat ein Chip-Lesegerät, und somit kann jeder, der eine verlorengegangene Katze findet, ihr Zuhause ausfindig machen. Aber vielen Leuten ist gar nicht klar, dass Katzen so etwas haben, und das bedeutet, dass sie sie gar nicht darauf untersuchen. Daraus resultierte auch meine Gewissheit, dass durchaus jemand Ben gefunden haben konnte, obwohl ich noch keinen Anruf erhalten hatte. Wenn ich nun also half, das Zuhause dieser Katze zu finden, tat dies vielleicht auch jemand schon bald für Ben.

Ich nahm die Katze auf den Arm und setzte sie in meinen Wagen, um zum Tierarzt zu fahren. Aber auf halbem Weg fragte ich mich, was ich machen würde, wenn sie keinen Chip hatte. Ich konnte das Tier unmöglich mit zu mir nach Hause nehmen. George würde denken, dass ich mir einen bösen Scherz mit ihm erlaubte und ihn zu überreden versuchte, einen Ersatz für Ben zu akzeptieren. Wir hatten sogar einen Anruf von einer netten Frau bekommen, die uns ein junges Kätzchen anbot, nachdem sie Bens Vermisstenplakat gesehen hatte, aber ich erklärte ihr, dass wir keine andere Katze haben konnten. Wir wollten nur unseren Ben wiederhaben.

Ich hätte mir meine Sorgen sparen können. Als der Tierarzt mit dem Scanner über die Katze ging, tauchte auf dem Bildschirm eine Nummer auf, die uns sagte, dass die Katze einen Chip hatte. Der Tierarzt rief beim Mikrochipzentrum an, gab die Nummer an und bekam die entsprechenden Informationen.

»Hier ist die Adresse«, sagte er.

Ungläubig starrte ich auf den Zettel, den er mir gab. Ich kannte diese Straße. Es war die, in der das alte Pärchen lebte. Die Katze lebte tatsächlich nur ein Haus weiter.

»Wem gehört sie denn, meine Liebe?«, fragte mich der alte Mann, als ich wieder zum Haus zurückkam. »Woher kommt sie?«

Ich wusste nicht recht, wie ich ihm das sagen sollte.

»Sie kommt von hier«, sagte ich, ohne genauer auf die Einzelheiten einzugehen, um ihnen die Peinlichkeit zu ersparen. »Ich denke, wir sollten sie einfach in den Garten hinauslassen, dann wird sie schon ihren Weg nach Hause finden.«

»Aber woher kommt sie genau? Hat der Chip Ihnen irgendwas verraten?«

Jetzt war es Zeit für die Wahrheit. »Sie kommt von nebenan.«

Einen Moment lang sah der alte Mann mich verwirrt an, dann lachte er los.

»Nun, das hätte ich nie gedacht. Hast du das gehört, Doris? Es ist die Nachbarskatze.«

Das ältere Ehepaar lachte ausgelassen.

»Das tut mir wirklich leid«, sagte die Frau. »Jetzt haben wir ganz umsonst Ihre Zeit vergeudet.«

Aber das hatten sie nicht. Solange es Menschen gab wie sie, die bereit waren, sich die Zeit zu nehmen, um ein Plakat zu lesen und dann den Hörer abzunehmen, weil sie helfen wollten, war ich mir sicher, dass Ben eines Tages nach Hause kommen würde.

Die Freundlichkeit von Fremden ist manchmal überwältigend. In den ersten paar Wochen seit Beginn meiner Suche traf ich einige wunderbare Menschen – Katzenfreunde wie ich, die alle helfen wollten, Ben zu finden. Da war Freda, eine ältere Dame, die mich regelmäßig anrief, um zu hören, ob es etwas Neues gab, und die mir sagte, sie bete für uns; Marina, die bei uns in der Gegend wohnte und ebenfalls ihre Katze suchte, weshalb wir uns über unsere jeweilige Suche auf dem Laufenden hielten; und Pat, die in Isleworth wohnte und in ihrem Garten eine große Tafel aufgestellt hatte, auf der man vermisste Katzen plakatieren konnte, und die auf diese Weise Familien half, die ohne ihr Haustier verloren waren.

Dann gab es die Leute, die das Plakat gesehen hatten und mir alle möglichen Hinweise geben wollten, die helfen könnten, Ben zu finden, weil sie wussten, wie groß unsere Sorge war. Wenn sie nur die Wahrheit wüssten. Ich war nicht nur in Sorge: Ich wurde immer verzweifelter, weil George nicht mehr aus dem Haus gehen und nichts mehr tun wollte. Er spielte nicht mehr und ging nicht mehr in den Garten. Er saß nur noch stundenlang auf seinem Zimmer. Kurz nach unserer Rückkehr hatte er aufgehört, etwas zu essen. Jetzt trank er auch kaum mehr. Mit Besorgnis sah ich die Teller mit Essen, die ich unangetastet vor seiner Tür stehen sah, die Gläser voll Wasser, an denen er kaum genippt hatte. Er wollte nur allein sein. Nur unter Verweis auf Ben, der das so gewollt hätte, war es mir gelungen, ihn dazu zu bewegen, wieder zur Schule zu gehen. Aber ich musste die Fahrerin des Schulbusses, Maureen, bitten, die Musik abzuschalten, die normalerweise im Bus gespielt wurde, weil George nichts ertrug, was fröhlich war. Er wollte alles so still und ruhig haben, wie er selbst war. Abend für Abend saßen wir in dem stillen Haus – ich im Wohnzimmer und George oben in seinem Zimmer –, weil alles Leben und alles Lachen aus unserem Haus mit Ben verschwunden waren.

»Ich hasse dich«, sagte George jedes Mal, wenn er von der Schule nach Hause kam, hoch auf sein Zimmer ging, die Tür zuschlug und mich mit dem Gefühl absoluter Leere allein ließ.

Diese Worte nach all der Liebe, die wir in den vergangenen zwei Jahren erfahren hatten, aus seinem Mund zu hören, war unerträglich, aber ich konnte sagen, was ich wollte – nichts half. Wenn ich allein mit meinen Gedanken war, kamen die Tränen, und ich wusste, dass ich mit Ben auch George verloren hatte. Egal, wie zuversichtlich ich bei meiner Suche war, George wollte nichts davon hören. Wenn er schließlich doch mal sein Zimmer verließ, hielt er sich im Hintergrund.

Einmal sah er zu, wie ich ein neues Plakat anfertigte.

»Die Leute werden Ben auf dem Plakat nicht erkennen«, sagte er.

Ich bat ihn, sein Lieblingsfoto herauszusuchen, um es als Vorlage zu verwenden. Es war ein Foto von Ben auf einem karierten Teppich. Aber sobald George mit dem Plakat zufrieden war, zog er sich wieder in seine Einsamkeit zurück. Für ihn stellte es sich ganz einfach dar: Ben war gegangen, und dies bedeutete, dass er für immer verloren war. Kurz nachdem wir wieder zu Hause waren, hatte George geweint und geschluchzt, wie ich das bei ihm noch nie erlebt hatte. All die Jahre, in denen ich mir gewünscht hatte, George würde mehr Gefühle zeigen, suchten mich jetzt heim, als sein Kummer sich Bahn brach. Ich war vollkommen hilflos. Das war absolut neu für mich. Auch als Kind hatte George nie wirklich geweint, höchstens dann Tränen vergossen, wenn ich ihm erzählte, dass ein Tier wie Mums Hund Polly oder eine Person, die er kannte, gestorben war. George begriff, dass dies bedeutete, er würde sie nie wiedersehen, aber er hatte sich immer sofort wieder beruhigt. An jenem Tag aber wurde er der Tränenflut, die seinen ganzen Körper erschütterte, nicht mehr Herr. Wie gern hätte ich ihn getröstet, aber ich erreichte ihn nicht in seiner Trauer um den vermissten Ben, und ich erfuhr auf die schmerzlichste Weise, die ich mir je hatte vorstellen können, wie tief seine Liebe war. George durchlitt einen Schmerz, den er so noch nie gekannt hatte, und ich konnte ihm nicht helfen.

»Ich kann nicht atmen«, sagte er jedes Mal, wenn ich versuchte, ihm was zu essen hinzustellen. »Ich kann nicht schlucken. Mein Herz kommt heraus.«

Manchmal am Morgen kam er zu mir ins Schlafzimmer, stellte sich schluchzend vor mein Bett und betrachtete Bens Kissen. Aber er ließ keine Nähe zu und sprach auch kein Wort, außer wenn die Wut, die in ihm brannte, sich Luft machte.

»Das ist alles dein Fehler«, schrie er dann wieder. »Ben ist weg. Keiner mag mich. Ich kann so nicht weitermachen. Du hast das getan.«

Obwohl ich natürlich wusste, dass für Bens Verschwinden niemand etwas konnte, gab ich insgeheim George doch recht. Alle Schuldgefühle, mit denen ich mich herumplagte, seit George auf der Welt war, weil ich mich ständig fragte, ob ich für seine Probleme irgendwie verantwortlich war, kehrten zehnfach zurück. Als wir Ben bei uns aufgenommen hatten, dachte ich, nun endlich das für George Richtige getan zu haben, aber wenn er mich jetzt mit Tränen im Gesicht und Hass in den Augen ansah, schwappte alle Schuld wieder zurück. Und ich hätte ihn so gern in den Arm genommen und versucht, seinen Schmerz zu lindern. Wie gern hätte ich George getröstet. Aber es ging nicht, ich fühlte mich genauso ohnmächtig wie in all den Jahren, als er noch klein war und nichts zu ihm vorzudringen vermochte: so hilflos und verzweifelt, dass ich es gar nicht in Worte fassen konnte.

»Ich werde ihn finden, das verspreche ich dir«, erklärte ich George immer und immer wieder. »Ich werde alles mir Mögliche tun. Ich werde in der Lotterie gewinnen und eine hohe Belohnung aussetzen.«

»Wirst du nicht! Er ist weg, und ich hasse dich.«

George sprach jetzt nur noch mit mir, wenn er von der Schule nach Hause kam und Tag für Tag immer die selbe Frage stellte, sobald er durch die Tür kam.

»Hast du ihn gefunden?«

Und jeden Tag musste ich ihm dieselbe Antwort geben. »Noch nicht. Aber ich werde ihn finden.«

Wenn ich abends allein dasaß, kreisten meine Gedanken nur um Ben. Ich sehnte mich danach, ihn miauen zu hören, seinen gebogenen Schwanz durch die Tür verschwinden zu sehen und das Gewicht seiner weichen Pfoten auf meinem Schoß zu spüren, wenn er seine Streicheleinheiten einforderte. Die Entsprechung zu diesem Schmerz war die Panik, die sich in mir wegen Georges Zustand aufbaute. Als einzige Möglichkeit, sie in Schach zu halten, konnte ich nur jeden Anruf entgegennehmen, der bei mir einging, in der Hoffnung, er könnte uns zu Ben führen. Die Anrufe kamen jetzt geballt, manchmal dreißig am Tag, und ich klärte entweder schon am Telefon ab, dass die Katze nicht Ben sein konnte, oder schrieb mir die Einzelheiten auf und fuhr selbst dorthin, wo man ihn angeblich gesichtet hatte, wenn ich mir nicht sicher war. Sobald George zur Schule aufbrach, war ich unterwegs, bis er wieder nach Hause kam, denn meistens traf ich die Katze, wegen der ich angerufen worden war, nicht sofort an und musste dann immer wieder hinfahren, bis ich sie endlich gesehen hatte. Oftmals nahm ich Katzenfutter mit und bat die betreffende Person, die Katze zu einer bestimmten Uhrzeit zu füttern, in der Hoffnung, sie dann anzutreffen, oder bat sie, sie in eine Garage oder einen Schuppen zu locken, damit ich sie mir ansehen konnte. Aber oft war das nicht möglich, und so ließ ich jedes Mal, wenn ein Anruf kam, alles liegen und stehen. Mum war es schon gewöhnt, dass ich sie im Supermarkt einfach stehen ließ, wenn mein Handy klingelte.

»Ich muss los«, sagte ich dann, hetzte davon und ließ sie allein im Gang mit den Einkäufen zurück.

Ich hatte die Suche auch auf Feltham und Heyes im Westen und Richmond und Chiswick im Osten ausgedehnt. Wegen der vielen Plakate, die ich auch dort aufgehängt hatte, bekam ich sogar von einem Mann des Gemeinderats eine Warnung. Er sagte, wenn ich nicht mit dem Plakatieren aufhöre, handle ich mir eine Ordnungsstrafe ein, aber wenigstens wusste ich, dass die Botschaft ankam.

Einer der Anrufe kam von einem Australier, der mir erzählte, er steige jeden Tag am Bahnhof Osterley in den Zug, um nach Central London zu fahren. Der Bahnhof liege ein paar Kilometer von uns entfernt. Etwa seit der Zeit von Bens Verschwinden sehe er fast jeden Morgen eine schwarz-weiße Katze auf dem Bahndamm. Ich wusste, dass verwilderte Katzen oft nah an Zugstrecken lebten, deshalb stellte sich mir die Frage, ob Ben sich ihnen vielleicht angeschlossen hatte. Ich schrieb mir alles auf, bevor ich einen Packen Handzettel einpackte und sie in den Häusern in der Nähe des Bahnhofs einwarf.

Binnen eines Tages bekam ich eine E-Mail von einem Mann, der in einem der Häuser neben der Eisenbahnlinie wohnte und eine schwarz-weiße streunende Katze gefüttert hatte. Doch obwohl ich immer wieder dorthin fuhr, traf ich die Katze nie an und bat deshalb den Mann, doch ein Foto von ihr zu machen, wenn er sie das nächste Mal sah. Voller Hoffnung betrachtete ich das Foto, das er mir daraufhin schickte. Die Katze sah wirklich aus wie Ben, doch ich war mir nicht ganz sicher, da das Foto von der Seite aufgenommen war, sodass der markante weiße Latz versteckt war. Ich hatte allerdings genug gesehen, um zu wissen, dass ich die Katze finden musste. Nachdem ich ein paar Mal erfolglos dort gewesen war, beschloss ich, zu drastischeren Maßnahmen überzugehen. Ich bat Mum, zu mir zu kommen und über Nacht zu bleiben, denn ich wollte im Schutz der Dunkelheit den Bahndamm überwachen.

»Willst du das wirklich tun, Ju?«, fragte Mum, als ich ein paar Sandwiches und eine Decke einpackte. »Möchtest du tatsächlich ganz allein da draußen die Nacht verbringen?«

»Ich muss es tun, Mum. Ich muss wissen, ob es Ben ist.«

Bei Einbruch der Dunkelheit stellte ich eine Schale mit

Essen neben den Wagen. Es war Bens Lieblingsfutter, wenn er es röche, käme er bestimmt sofort angelaufen. Zwar tauchten mehrere Katzen auf, um sich einen kleinen Happen davon zu sichern, Ben war jedoch nicht darunter. Die Stunden verstrichen, und ich hatte den Motor angeworfen, um wenigstens ein bisschen Wärme ins Auto zu bekommen, bis mir plötzlich klar wurde, was für einen Unsinn ich da machte. Wie sollte Ben mich finden, wenn ich in einem Wagen saß?

Ich verließ den Wagen und suchte den Bahndamm ab. Ob er sich dort versteckte? Saß er in einem Gebüsch, oder verbarg er sich in einem Baum? Ich hatte das sichere Gefühl, dass er in der Nähe war. Als ich mich dem Zaun näherte, der den Bahndamm sicherte, war mir klar, dass ich wegen unbefugten Betretens verhaftet werden konnte, aber ich kletterte dennoch drüber – es war ein notwendiges Vergehen.

»Baboo?«, rief ich in die Dunkelheit.

Ich kletterte durch Dornenranken, die mir das Gesicht zerkratzten, und stellte mir kurz die Frage, ob ich noch ganz gescheit war: Alle anderen schliefen fest in ihren bequemen Betten, während ich mitten in der Nacht ganz allein auf einem verlassenen Bahndamm herumschlich und eine Katze zu finden versuchte, die womöglich gar nicht Ben war. Aber falls dies zu seinem Auffinden nötig war, musste ich es tun – und ich würde noch mehr tun, weil ich nicht aufgeben wollte, bis ich Gewissheit hatte. Ich musste jedem Anruf und jeder Sichtung nachgehen, um weiter an meinen Erfolg glauben zu können, ich hatte keine andere Wahl. Stundenlang suchte ich den Bahndamm ab und rief Bens Namen, aber ich fand ihn nicht. Am Ende musste ich unverrichteter Dinge heimkehren.

Am kommenden Morgen klingelte mal wieder das Telefon. Es war erneut der Australier. Mein Herz klopfte wie wild, als ich in meinen Wagen sprang. Der Mann hatte die Katze gerade erst gesehen. Sie befand sich jetzt auf dem Bahndamm. Die Minuten, die ich auf meinem Weg nach Osterley im Wagen zurücklegte, fühlten sich an wie Stunden. Nachdem ich geparkt hatte, rannte ich zum Zaun neben dem Bahndamm, wo tatsächlich eine schwarze Katze im Gras saß. Ich strengte meine Augen an, um sie besser erkennen zu können. Die Katze war so weit weg, dass ich unmöglich entscheiden konnte, ob es Ben war oder nicht, aber ich wollte sie nicht verschrecken, indem ich mich ihr zu rasch näherte.

»Ben?«, rief ich. »Baboo?«

Die Katze streifte über den Bahndamm und kam immer näher. Mir ging das Herz auf, als ich einen weißen Brustfleck aufblitzen sah. Aber in dem Moment drehte die Katze ihren Kopf, und ich sah, dass sie ein hellrotes Halsband trug. Ben konnte es also nicht sein. Er trug kein Halsband, weil er sich das immer abgestreift hatte. Der Tierarzt hatte uns erklärt, dass es uns nicht gelingen werde, ihn dazu zu bringen, eins zu tragen, weil er nicht von Jugend an daran gewöhnt worden sei.

Ich fühlte mich ganz leer. Ich wünschte, ich könnte meine Augen schließen, um sie dann nach einer Weile wieder zu öffnen und Ben vor mir sitzen zu sehen. Wie so oft in letzter Zeit liefen mir Tränen über die Wangen, und ich machte traurig kehrt, um nach Hause zu gehen.

Jedes Mal, wenn das Telefon läutete und George zu Hause war, tauchte er wie ein Schatten oben auf der Treppe auf und belauschte das Gespräch oder den Anrufbeantworter.

»Das könnte unsere Katze sein, das könnte unsere Katze sein«, sang er, während wir die Nachrichten abhörten.

Normalerweise versuchte ich den Anrufbeantworter abzuhören, ohne dass er es mitbekam, denn ein paar Mal hintereinander bekamen wir obszöne Nachrichten von Leuten, die sich fluchend darüber beschwerten, dass ich einen Zettel an ihre Windschutzscheibe geheftet hatte. Wir bekamen auch ein paar Anrufe, die noch aufwühlender waren: Einer sagte, er habe eine schwarz-weiße Katze von einem Hochhaus springen sehen, ein anderer sagte nur »Miau«, bis das Band voll war. Aus diesem Grund wollte ich nicht, dass George zuhörte, aber wenn ich ihn abzulenken versuchte, wurde er so wütend, dass mir oft keine andere Wahl blieb, als ihn mithören zu lassen.

Als wir drei Wochen, nachdem Ben verschwunden war, an einem kalten Nachmittag nach Hause kamen und das Lämpchen des Anrufbeantworters leuchten sahen, rannte er direkt hin. Die Tage hatten sich endlos in die Länge gezogen, ich hatte jeden einzelnen gezählt und einen Schreck bekommen, als aus einer Woche zwei und aus zwei Wochen dann drei wurden. Bald schon war es einen Monat her, seit Ben verschwunden war, aber uns kam es vor wie ein ganzes Leben.

Ich drückte auf den Knopf, um die Nachrichten abzuhören.

»Julia Romp?«, schrie eine Stimme.

Sie klang hoch, fast manisch. Die Person brach in gackerndes Gelächter aus.

»Wir haben Benny Boo hier, Julia. Er ist bei uns. Er ist in unserer Wohnung. Er ist schwarz mit einer weißen Brust, und er ist hier. Wir haben ihn, aber Sie bekommen ihn nicht zurück.«

Die Person lachte wieder. Es war das hysterische Lachen eines Irrsinnigen, und während wir diesem entsetzlichen Lachen zuhörten, fiel George zu Boden.

»George?«, sagte ich und beugte mich über ihn. »George?«

Er lag völlig apathisch da und stierte ins Leere, und ich setzte mich neben ihn. Sein Anblick machte mir Angst. Immer hatte ich George zu beschützen versucht, versucht, ihn von Leuten fernzuhalten, die anderen wehtun und Leid zufügen wollten. Jetzt fand diese Welt Eingang in unser Haus, und ich konnte nichts dagegen unternehmen, solange ich Ben finden wollte.

Georges Gesicht war kreidebleich, als ich ihn ansprach.

»Komm her, mein Schatz. Sollen wir dich hochziehen? Diese Person erlaubt sich nur einen schlimmen Scherz. Sie haben Ben gar nicht. Hör nicht auf sie. Diese Leute sind nicht gesund. Sie wissen nicht, was sie sagen.«

Ich achtete darauf, George nicht nahe zu kommen, denn seit der Rückkehr aus dem Urlaub hatte er sich nicht mehr von mir umarmen lassen und auch nicht mehr mit mir gerauft. Er hatte auch nicht mehr in Katzensprache gesprochen. Als ich es unüberlegt doch einmal tat, sah er mich nur angewidert an.

»Wir dürfen das jetzt nicht tun«, sagte er. »Ben ist nicht hier.«

Ein andermal hatte er selbst versehentlich etwas in Katzensprache gesagt, war aber sofort weiß im Gesicht geworden, als es ihm bewusst wurde.

Jetzt fing George zu weinen an und rollte sich zu einer Kugel zusammen. Schluchzend blieb er auf dem Boden liegen.

»Es gibt gemeine Menschen auf der Welt«, redete ich mit

sanfter Stimme auf ihn ein. »Aber sie werden Ben nicht haben. Zu so jemandem wäre Ben nie gegangen. Du weißt doch, wie gut er den Menschen ins Herz schauen kann: Niemals würde er jemandem vertrauen, der so grausam ist.«

George hörte gar nicht zu, und als er endlich zu weinen aufhörte, stand er auf und ging ins Wohnzimmer.

»Ich muss mir diese Nachrichten anhören«, erklärte ich ihm, als ich ihm folgte. »Ich darf sie nicht übergehen, denn schon bald wird eine drauf sein von jemandem, der weiß, wo Ben ist, und wir werden ihn wiederfinden.«

George öffnete die Tür zum Garten und ging nach draußen, wo er auf Zehenspitzen über die Trittsteine im Rasen lief, bevor er auf dem letzten, der zum Sommerhaus – Bens Lieblingsplatz – führte, stehen blieb. Dann öffnete er seinen Mund und fing an, aus Leibeskräften zu schreien.

Kapitel 3

Als der Briefträger eines Morgens anrief, drehte sich mir der Magen um. Er hatte sein Revier abgeklappert und dabei eine Katze auf der Straße liegen sehen. Sie war von einem Auto angefahren worden.

»Sie ist schwarz-weiß«, sagte er. »Wie die auf dem Plakat.«

»Sind Sie sich sicher, dass sie tot ist?«, fragte ich, und meine Worte klangen hölzern, als ich sie aussprach.

»Ja. Sie war sehr schlimm verletzt.«

»Danke, dass Sie es mir gesagt haben.«

»Es tut mir so leid.«

Ich legte auf, um dann zitternd den Hörer wieder abzunehmen und Boy anzurufen. Ich wollte ihn bitten, sich mit mir auf die Suche nach dieser Katze zu machen. Das konnte ich nicht allein tun, denn so groß meine Hoffnung auch war, es könnte sich um Ben handeln, wenn mir jemand am Telefon erzählte, dass er eine Katze im Garten oder auf der Straße gesehen hatte, so elend fühlte ich mich jetzt bei der Vorstellung, er könnte dort liegen. Insgeheim hatte ich auf einen Anruf wie diesen gewartet. Ich wusste, wie oft Katzen auf der Straße verletzt wurden, und hatte mich im Laufe der Zeit immer wieder gefragt, ob das nicht auch Ben widerfahren war. Sosehr ich auch daran glauben wollte, dass jemand ihn gestohlen hatte – denn dies würde bedeuten, dass er noch lebte –, konnte ich die Möglichkeit nicht ausschließen, dass etwas Schlimmeres passiert war. Jetzt hatte ich Angst. Diese Katze, die man auf der Straße gefunden hatte, durfte nicht Ben sein, denn George hatte schließlich Hoffnung geschöpft, er könnte tatsächlich wieder nach Hause kommen.

Begonnen hatte es mit einem Gespräch, das wir mitten in einer unruhigen Nacht führten. Wie in jeder anderen Nacht war George auch in dieser die meiste Zeit wach gewesen, weil er fast jede halbe Stunde aufwachte. Nachdem wir wochenlang kaum Schlaf gefunden hatten, waren wir beide völlig erschöpft, und am Ende überredete ich George, sich zu mir ins Bett zu legen, um zu sehen, ob das half. Anfangs wollte George es nicht, weil dies bedeutete, dass er auf Bens Seite schlafen musste, und als meine Überzeugungsarbeit endlich fruchtete, stand er gleich darauf wieder auf, lief vor dem Fenster auf und ab und zog die Vorhänge auf, um sich den Nachthimmel anzuschauen.

»Es ist so dunkel«, sagte George. »Ich frage mich, ob Ben seinen Weg findet. Ich kann ihn nicht finden. Friert er? Liegt er im Bett von jemand anderem? Hat er Hunger?«

Er stellte eine Frage nach der anderen, und ich versuchte, ihn abzulenken.

»Meinst du, dass Ben bei einer anderen Familie eingezogen ist?«, fragte ich ihn.

Darüber hatte ich mit George bisher noch nicht gesprochen, obwohl ich ständig an all die Geschichten in den Zeitungen denken musste, wonach Katzen, die monatelang vermisst worden waren, putzmunter wieder heimkehrten, weil ein Fremder sie gefüttert hatte. Immer wieder erzählten Leute mir, dass dies auch auf Ben zutreffen könnte, und ich zog inzwischen sogar in Betracht, dass sie recht haben könnten. Je mehr Wochen verstrichen, desto größer wurde meine Angst, und inzwischen hielt ich fast alles für möglich – selbst, dass Ben tatsächlich geglaubt haben könnte, wir hätten ihn verlassen, als wir in Urlaub fuhren, und deshalb von sich aus weggelaufen war.

»Es könnte sein, dass er bei jemandem ins Auto oder in einen Umzugswagen gestiegen und irgendwohin mitgenommen worden ist«, sagte ich zu George. »Das hört man manchmal in den Nachrichten.«

George starrte nach draußen. »Nein«, sagte er. »Er würde nicht weggehen und bei jemand anderem wohnen.«

Aber als ich am nächsten Morgen aufstand, hörte ich George reden.

»Ben könnte woanders hingezogen sein«, sagte er leise vor sich hin. »Baboo hat vielleicht ein neues Zuhause.«

Das sagte mir, dass in ihm doch endlich ein Hoffnungsschimmer aufflackerte. Wir hatten noch immer keine Gewissheit, und bis wir sie hatten, wollte ich George ermutigen zu hoffen – damit seine Traurigkeit aufhörte, die von Tag zu Tag mehr an ihm zehrte.

»Ich werde Ben finden, wenn er bei einer anderen Familie lebt«, versicherte ich ihm. »Wenn er könnte, wäre er inzwischen allein wieder zu uns zurückgekehrt, da er das wohl nicht kann, muss ich ihn zu uns zurückbringen.«

Jetzt, als ich Boy anrief und ihn bat, mich abzuholen, kamen mir Zweifel. War es wirklich richtig, George zu ermutigen, die Hoffnung nicht aufzugeben? Seit einem Monat gab es kein Lebenszeichen mehr von Ben. Vielleicht lebte ich in einem Wolkenkuckucksland? Als Boy kam, fuhren wir zu der Adresse, die der Postbote mir gegeben hatte, und als wir dort eintrafen, war mir übel. Wir fanden nur noch einen Flecken hellroten Bluts auf dem Asphalt: Man hatte die Katze bereits von der Straße weggebracht. Mir kamen die Tränen.

Doch wir konnten nicht einfach wegfahren, ohne zu wissen, ob es Ben gewesen war oder nicht. Also teilten Boy und ich uns auf und begannen an den Türen zu klopfen, um zu erfahren, ob jemand wusste, wohin man die Katze gebracht hatte. Und während ich wartete, dass jemand aufmachte, musste ich an George und seine Hoffnung und diese schwarz-weiße Katze denken, die ihr Leben hatte lassen müssen. Ich wagte nicht, mir auszumalen, was es bedeutete, wenn es tatsächlich Ben gewesen war.

»Ich hoffe, Sie können mir helfen«, sagte ich, als ein Mann die Tür öffnete. »Hier ist eine Katze überfahren worden, und ich muss sie sehen.«

»Die ist hier«, erwiderte der Mann mit ernstem Gesicht.

Ein Mädchen und ein Junge standen neben ihm.

»Vielleicht ist es meine gewesen«, sagte ich.

»Ist es nicht. Es ist unsere Katze. Ich habe sie im Garten begraben.«

»Tut mir leid, wenn ich das fragen muss, aber sind Sie sich ganz sicher? Man sagte mir, die Katze sei schlimm verletzt gewesen, Sie könnten sich also auch getäuscht haben.«

»Nein. Ich bin mir sicher.«

Ein paar Sekunden lang empfand ich Erleichterung. Dann folgten Schuldgefühle. Wie konnte ich mich freuen, wo diese Familie doch ein geliebtes Haustier verloren hatte?

»Entschuldigen Sie die Störung«, sagte ich, als der Mann die Tür schloss, und ich wandte mich zum Gehen.

Als ich Mum später erzählte, was passiert war und dass ich ständig an Ben und sein Schicksal denken müsse, war ich einem Nervenzusammenbruch nahe. Dann drehte ich mich um und sah George in der Tür stehen, und mir wurde klar, dass er alles mitgehört hatte.

»Die Welt ist verrückt geworden«, rief er. »Die Autos zerstören die Bäume, es gibt keine frische Luft mehr, und die Tiere sollten frei herumlaufen dürfen. Warum dürfen Autos Katzen überfahren?«

»Weil es manchmal zu Unfällen kommt«, erklärte ich ihm. »Das ist traurig, aber so ist es.«

»Wir sollten uns eine Kutsche und ein Pferd anschaffen, um den Leuten zu zeigen, dass das besser ist als ein Auto.«

»Ich bin mir nicht sicher, ob wir das könnten, George.«

»Aber das Öl wird immer knapper. Die Menschen können nicht mehr atmen. Die Autos bringen uns um. Die Autos töten Katzen.«

Dieses Gespräch zog sich über die folgenden Tage hin. Ich versuchte Georges Sorgen zu entkräften und machte mir Vorwürfe, dass er mein Gespräch mit Mum mitgehört hatte. Doch obwohl ich ihm wieder verdeutlichte, dass wir nicht wüssten, was aus Ben geworden sei, die Hoffnung aber nicht aufgeben dürften, wurde mir, als George am Tag vor Halloween zu mir kam, um mit mir zu reden, bewusst, dass ich damit womöglich einen schrecklichen Fehler begangen hatte.

»Mach dir keine Sorgen, Mum«, sagte er.

Es war das erste Mal, dass er so mit mir sprach, seit Ben verschwunden war, und ich fragte mich erstaunt, was wohl der Auslöser dafür gewesen sein mochte.

»Ben kommt nach Hause«, erklärte George mir.

Ich wusste nicht recht, was er damit meinte.

»Er kommt morgen nach Hause.«

»Warum denn morgen?«

»Weil Halloween ist. Er liebt Halloween. Da muss er einfach nach Hause kommen.«

Ich erschrak. George erinnerte sich an unsere Party im Jahr zuvor und den Spaß, den wir alle hatten. Er war überzeugt davon, dass Ben nach Hause kommen würde, um mit uns zu feiern. Den ganzen folgenden Tag über grübelte er, aber als der Morgen von Halloween in den Nachmittag überging und es schließlich Abend wurde, konnte ich zusehen, wie George wieder in sein schwarzes Trauerloch fiel. Tor hatte mich immer wieder ermuntert, ihm Hoffnung zu machen, damit er nicht wieder abtauchte. Nun wusste ich, dass es zu spät war. George versank wieder in seiner Schwermut.

Als am Abend die ersten Kinder an die Tür klopften und ihr Sprüchlein aufsagten, trommelte George mit seinen Fingern.

»Sag ihnen, sie sollen gehen«, wiederholte er verängstigt, sobald es klingelte. »Er ist nicht hier. Er kommt nicht nach Hause.«

Am Ende löschte ich alle Lichter im Haus, damit keiner mehr anklopfte. Den Rest des Abends verbrachten George und ich im Dunkeln. Wie ein Grab fühlte sich die Stille des Hauses an, und ich war voller Schuldgefühle. Wie sollte ich das wieder zurechtbiegen, wenn ich Ben nicht fand? Wie sollte ich den Jungen zurückgewinnen, der George sein konnte? Und alles Nachdenken führte zu zwei Schlussfolgerungen: Es war falsch gewesen, Georges Hoffnung zu schüren, und ich musste in Zukunft realistisch sein, was die Möglichkeit betraf, dass Ben nicht mehr zu uns zurückkam.

Doch ganz sicher war ich mir nicht. Bis ich die Wahrheit herausgefunden hatte, würde ich mich daran festhalten, dass er zurückkäme, und dies George auch vermitteln. Ich musste von nun an für uns beide hoffen.

Während meiner Suche nach Ben schloss ich Freundschaft mit einer Frau namens Sally, die neben ihrer Mutter und Tante in Isleworth gleich hinter Hounslow wohnte. Ich traf Sally, nachdem ihre Mutter mich angerufen hatte, um mir zu sagen, dass sie und ihre Schwester seit Ende September eine schwarz-weiße Katze fütterten.

»Das kann nur Ihre sein«, sagte sie. »Sie sieht genauso aus wie die auf dem Plakat.«

Also eilte ich los, wie ich das immer tat, traf die beiden Damen mit ihrem Hund Scotti zu Hause an und sah sofort, dass es sich bei der Katze nicht um Ben handelte: Das einzige Fleckchen weißes Fell befand sich am Ende ihrer Nase, als hätte man sie damit in weiße Farbe getaucht. Aber die Katze war so gut gepflegt, dass ich mir sicher war, dass sie einen Besitzer hatte. Es gibt gewaltige Unterschiede zwischen wilden Katzen und Hauskatzen: Die einen sind dünn und räudig, die anderen wohlgenährt und dicker, während die einen zulassen, dass sich ihnen jemand nähert, nehmen die anderen sofort Reißaus. Also schlug ich vor, mit dieser Katze zum Tierarzt zu fahren, um sie auf einen Chip untersuchen zu lassen.

»Die Mühe brauchen Sie sich nicht zu machen«, sagte eine der Damen zu mir. »Meine Tochter Sally ist im Moment zwar in Amerika, kommt aber bald nach Hause. Sie kann uns helfen. Sie hilft seit Jahren in einer Tierschutzorganisation mit, sie wird wissen, was zu tun ist.«

Ich rechnete nicht damit, wieder von ihnen zu hören, aber Sally schrieb mir eine E-Mail, als sie aus ihrem Urlaub zurückkam, um sich wegen der Verwechslung zu entschuldigen und mir mitzuteilen, dass die Katze, die sie gefüttert hätten, auf den Kosenamen Dizzy höre. Sally kümmerte sich um sie, bis der örtliche Tierschutzverband für die Katze ein neues Zuhause gefunden hatte, und bald schon nahm Dizzys Geschichte ein gutes Ende. Eine Familie, die auf dem Rückflug von Amerika neben Sally gesessen hatte und nicht weit weg wohnte, bot Dizzy ein Zuhause an.

Sie war nicht die einzige Katze, die ich kennenlernte, die Fremden ein neues Leben verdankte – die drei glücklichsten waren Monty, Socks und Prudence. Sie gehörten einer Frau namens Mavis, die ich zusammen mit Wendy an einem Novemberabend besuchte. Mavis hatte angerufen, um mir mitzuteilen, dass sie einen Streuner füttere, auf den Bens Beschreibung zutreffe. Eine Frau in den Siebzigern mit silbergrauer Bobfrisur öffnete die Tür. Mavis war sehr gepflegt, und auch ihr Haus war bestens in Schuss – es duftete nach frischer Wäsche, und in der Küche stand ein Bügelbrett.

Mavis erzählte uns, dass die erste Katze, die ihr zugelaufen sei, ein Streuner namens Monty sei, der seit vier Jahren bei ihr lebe. Dann habe sie eine Katze adoptiert, nachdem sie diese arg vernachlässigt und halb verhungert aufgefunden habe. Sie nenne sie Prudence.

»Prudence kann ich Ihnen nicht vorstellen«, erklärte Mavis Wendy und mir. »Sie ist taub und alt und mag keine Fremden. Sie wohnt oben in einem der Schlafzimmer und kommt nicht mehr raus.«

Ich sah, wie liebevoll sich Mavis um all ihre Katzen kümmerte, aber offenbar ganz besonders um Prudence. Der letzte Neuzugang zur Familie war ein schwarz-weißer Kater, genannt Socks, den Mavis fütterte, seit er ein paar Wochen zuvor in ihrem Garten aufgetaucht war. Ihn sollte ich mir ansehen, denn obwohl Mavis davon ausging, dass es nicht Ben war, sollte ich mich doch selbst davon überzeugen.

»Gleich ist Zeit für seinen Fisch«, erklärte sie uns. »Den bekommt er jeden Abend auf dem Steg.« Der Steg bestand aus ein paar Holzbohlen gleich vor der Hintertür.

Und schon tauchte Socks auf. Wie von Mavis vermutet, war es nicht Ben. Eine Welle der Traurigkeit erfasste mich. Seit fast zwei Monaten waren wir nun schon ohne ihn, aber noch immer hoffte ich bei jeder Katze, zu der ich gerufen wurde, es könnte Ben sein. Noch immer ließ ich mich nicht in meinem Glauben beirren, ihn zu finden.

Während wir mit Mavis plauderten, schluckte ich meine Trauer hinunter. Ich merkte, dass sie sich Socks wegen Sorgen machte, der sicherlich irgendwo ein Zuhause hatte.

»Sollte mein Monty weglaufen, dann würde ich mir wünschen, dass jemand ihn auf seinen Chip untersucht, aber ich habe Socks noch nicht einfangen können«, erklärte sie uns.

Ich verstand sehr gut, wie Mavis sich fühlte.

»Was halten Sie davon, wenn ich versuche, ihn einzufangen und ihn zum Tierarzt bringe?«, bot ich ihr an, und sie willigte ein.

Zu diesem Vorschlag bewog mich vermutlich meine Entschlossenheit, das Rätsel vermisster Katzen allgemein zu lösen – diese beschränkte sich nämlich nicht nur auf Ben. Da mir so viele streunende Katzen begegnet waren, hatte ich schon einige auf einen Chip untersuchen lassen, in der Hoffnung, auf diese Weise ihr Zuhause zu finden. Traurigerweise hatte keine dieser Katzen einen Chip gehabt, und so musste ich jede einzelne wieder dorthin zurückbringen, wo ich sie gefunden hatte. Deshalb konnte ich auch Mavis meine Hilfe anbieten.

Ich versprach ihr, am nächsten Tag bewaffnet mit einer Katzenkiste und Handschuhen zurückzukommen, denn ich hatte inzwischen Routine im Einfangen von Katzen, und das tat ich dann auch. Mavis sollte etwas Fressen in die Küche stellen, um Socks anzulocken, während ich mich hinter der Tür verschanzte. Wenn er hereinkam, würde sie diese schließen, und ich konnte ihn fangen.

Alles lief nach Plan. Socks tauchte zur gleichen Zeit wie immer auf und betrat, nachdem er schnuppernd auf der Schwelle verweilt hatte, die Küche. Blitzschnell schlug Mavis die Tür zu, und ich fing Socks ein. Doch sobald er merkte, dass er gefangen war, drehte Socks durch. Etwas Derartiges hatte ich noch nicht erlebt. Er flog in die Luft, sprang auf das Sideboard, segelte auf den Boden zurück und bäumte sich vor mir mit ausgefahrenen Krallen und gebleckten Zähnen auf. Es war, als würde ich einen Tiger einfangen. Natürlich hatte ich gehört, dass Katzen fauchen, aber die Vorstellung, die Socks gab, überstieg alles bisher Erlebte. Am Ende musste ich ihn niederringen und am Genick gepackt in den Tragekorb zwingen. Natürlich geschah dies alles nur zu seinem Besten, aber das konnte Socks nicht wissen. Als ich ihn im Tragekorb zum Auto brachte, hätte er sich auf dem Weg zum Tierarzt beinahe noch daraus befreit.

Beim Tierarzt des örtlichen Tierschutzvereins erfuhr ich, dass Socks keinen Chip hatte. Er benötigte allerdings einen Gesundheitscheck und musste kastriert werden, weil der Arzt sich sicher war, dass es sich um eine wilde Katze handelte. Anschließend musste Socks irgendwo wieder zu Kräften kommen, und ich beschloss, ihn während dieser Zeit bei mir aufzunehmen, weil ich das Mavis in ihrem Alter und mit den beiden Katzen, die sie ohnehin zu versorgen hatte, nicht zumuten wollte. Doch ich war in Sorge, wie George reagieren würde. Keiner der Streuner, die ich über Nacht mit nach Hause gebracht hatte, bevor ich sie wieder an den Ort zurückfuhr, an dem ich sie gefunden hatte, war bei uns im Haus gewesen.

»Meine Mum kümmert sich um jedermanns Katzen«, sagte George wütend zu Nob, als ich Socks schließlich in der unteren Toilette in ein Körbchen setzte. »Um Ben kümmert sie sich inzwischen gar nicht mehr.«

»Stimmt doch gar nicht«, erklärte ich ihm. »Aber Socks hatte ein genauso trauriges Leben wie Ben, bevor er zu uns kam. Er hat keine Mum und keinen Dad, die sich um ihn kümmern.«

»Du kümmerst dich nicht«, schrie George. »Du hast ihn vergessen.«

Er schubste mich beiseite und stapfte nach oben. Ich schaute ihm hilflos hinterher. Georges Wut wurde mit jedem Tag, der ins Land ging, heftiger, und er erinnerte mich an die dunkelsten Zeiten seiner Kindheit. Zorn und Frustration brachen sich ungezügelt Bahn, wie das auch damals der Fall gewesen war, und ich war diejenige, die dafür verantwortlich war, weil ich hatte wegfahren wollen. George mit seinem Schmerz kämpfen zu sehen war mehr, als ich ertragen konnte.

Die Woche, die Socks für seine Genesung benötigte, war hart. George weigerte sich, ihn überhaupt anzusehen. Socks war eine Katze – und Ben war nie nur eine solche gewesen.

»Ich brauche ihn mir nicht anzusehen«, sagte George,

wenn ich ihn fragte, ob er nicht mitkommen und Socks besuchen wolle.

Also kümmerte ich mich um Socks, der jedes Mal panisch reagierte, wenn ich zu ihm ging, und ich handelte mir auch ein paar Kratzer ein. Sobald Socks wieder auf den Beinen war, brachte ich ihn zurück in Mavis' Garten, wo er sich offenbar noch am wohlsten fühlte. Während seines Aufenthalts beim Tierarzt hatte er einen Chip bekommen, und Mavis und ich waren nun als seine Pflegeeltern registriert. Ich freute mich für die ältere Dame, als Socks im Garten verschwand, denn wir wussten beide, dass er am Abend wieder auftauchen würde, um sich seinen Fisch zu holen. Mavis und ich hatten für diese Katze gemeinsam einiges durchgemacht, und während wir zurück ins Haus gingen, wandte sie sich an mich.

»Möchten Sie Prudence kennenlernen?«, fragte sie mich.

Ich wusste inzwischen, dass Mavis an Prudence keinen heranließ, und fühlte mich sehr geehrt, als wir auf Zehenspitzen nach oben gingen und uns vor die geschlossene Schlafzimmertür stellten. Mavis öffnete sie, und gab den Blick auf ein wunderschönes Zimmer mit einem riesigen Erkerfenster, einem rosafarbenen Teppich und einem Bett frei, auf dem eine Daunendecke lag. Es war ein so hübsches Schlafzimmer, dass ich dort gern selbst eingezogen wäre.

Prudence lag auf einem rosafarbenen Katzenbett, das in einer Ecke stand, und sobald sich die Tür öffnete, erhob sie sich, um zu sehen, wer ihre Besucher waren. Als ich sie sah, vergaß ich alles um mich herum. Prudence war die schönste flauschige Schildpattkatze mit den größten Augen, die ich je gesehen hatte. Sie bewegte sich sehr elegant durch den Raum, wobei sie wie eine Ballerina eine Pfote vor die andere setzte. Dabei hielt sie ihr Näschen in die Luft und schien mich mit einer Rundumbewegung ihres Kopfes zu fragen, ob mir ihr Zimmer gefiel. Sie war keine Promenadenmischung, wie die meisten Katzen, die ich kannte, sie war eine Königin. Und es war für diese Katze, die es in ihrem bisherigen Leben so schlecht getroffen hatte, nur angemessen, ihre Tage in der liebevollen Obhut von Mavis in einem Raum zu beenden, der einer Katzenkönigin würdig war.

Nachdem nun schon zwei Monate ins Land gegangen waren und der Dezember immer näher rückte, ließ mich die Angst, was Ben passiert sein könnte, nicht mehr los, und je verrückter meine Fantasie spielte, desto extremere Formen nahm meine Suche an. Inzwischen hielt sich meine Hoffnung, Ben käme wieder nach Hause, mit der Angst die Waage, ihm könnte etwas zugestoßen sein, und egal, was das war, ich musste es wissen. Bevor ich George das Herz endgültig brach, indem ich ihm sagte, dass Ben nicht zurückkommen würde, musste ich mir dessen ganz sicher sein. George brauchte eine Antwort, einen Schlussstrich, und es gab nichts, was ich nicht dafür tun würde. Vor Kummer fielen mir inzwischen die Haare aus – der Arzt meinte, das sei durch Stress verursacht. Und mir war klar, dass mein Haar erst wieder nachwachsen würde, wenn ich endlich Gewissheit hatte, was aus Ben geworden war.

Schon bald, nachdem er vermisst wurde, hatte ich dem Hof für Abfallwirtschaft und Straßenreinigung, wo alle Müllwagen und Reinigungsteams ihren Sitz hatten, einen Besuch abgestattet, denn sie waren nicht nur für die Straßenreinigung und das Aufsammeln von Müll zuständig, sondern auch für die Beseitigung aller Tiere, die von einem Auto überfahren worden waren – in erster Linie Katzen. Nachdem man die Kadaver eingesammelt hatte, wurden sie in eine große Plastiktüte gesteckt, zum Wirtschaftshof zurückgebracht, auf einen Chip untersucht und dann eingefroren. Wenn eine Katze einen Chip hatte, wurden die Besitzer kontaktiert und gefragt, ob sie ihr Haustier haben wollten. Wenn nicht, blieb es eingefroren, bis die Gemeinde sich sicher sein konnte, dass keiner Ansprüche darauf geltend machte, und dann eingeäschert. Dazu kam es meistens, denn die wenigsten Katzen hatten einen Chip.

Obwohl Ben einen hatte, wurde ich das bohrende Gefühl nicht los, dass dieser womöglich nicht funktionierte, ich also nie wissen würde, ob er irgendwo auf einer Straße gefunden worden war. Natürlich war diese Idee weit hergeholt, aber gegen das Herz ist der Kopf oft machtlos, und so ging ich jeden Tag zum Wirtschaftshof, um mich zu vergewissern.

Selbst sehen durfte ich die Katzen nicht. Der arme Australier, der im Büro arbeitete, musste mir jede einzelne beschreiben. Ich glaube, nach der ersten Woche wurde er meiner endlosen Fragen ein wenig überdrüssig.

»Die Getigerte hat einen Chip«, erklärte er mir. »Dann haben wir eine Rote, die auch nicht Ihnen gehört. Eine hat man noch in Brentford gefunden, aber die ist weiß.«

Am Ende gab der Mann sich jedes Mal, wenn ich auftauchte, sehr beschäftigt, aber ich blieb so lange sitzen, bis er meiner gewahr wurde. Mir war klar, dass die Leute meine verzweifelte Suche nach einer verschwundenen Katze befremdlich fanden. Inzwischen kannten die Männer von der Straßenreinigung mich schon so gut, dass einer miaute, wenn er mich sah. Von Nob wusste ich, dass mich einige Leute sonderbar fanden, aber davon durfte ich mich nicht verunsichern lassen. Wie sollte auch ein Außenstehender verstehen, was Ben für mich und George bedeutete? Und mochte ich mich in den Augen der Leute auch lächerlich machen, ich tat, was getan werden musste.

Abend für Abend stellte George sich an mein Schlafzimmerfenster, wo er früher immer gestanden hatte, um Ben ins Haus zu rufen, und ich beobachtete seinen mir zugewandten zitternden Rücken und seine zuckenden Schultern, wenn ein Weinkrampf ihn schüttelte. Jeder Atemzug, der sich ihm entrang, überschwemmte mich mit Panik.

»Glaubst du, er ist da draußen?«, fragte George schluchzend.

»Ja«, antwortete ich ihm. »Und ich werde ihn finden.«

»Ich habe seine Nase geküsst«, sagte George, als hätte ich nichts gesagt. »Ich habe seine Ohren gerieben, ich habe ihm erzählt, dass ich in Urlaub fahre, um die Fische zu sehen, und dann hat er mich verlassen. Er ist weg.«

Manchmal versuchte ich, ihm davon zu erzählen, was ich alles unternahm, um Ben zu finden. Aber er wollte es gar nicht hören, also verharrte ich schweigend mit ihm – oft bis zu einer Stunde –, bis er endlich zu weinen aufhörte. Früher hatte ich Ben gehabt, der mir half, George zu trösten, ihn in seine Schranken zu verweisen, zum Lachen zu bringen oder dafür zu sorgen, dass er aus sich herausging. Jetzt war ich wieder auf mich allein gestellt, und meine Stimme war nicht genug.

»Er wird nie wieder hier sein«, sagte George, wenn er sich dann vom Fenster abwandte.

»Möchtest du schmusen?«, fragte ich ihn sanft und hoffte dabei jedes Mal, er würde meine Nähe zulassen.

»Nein. Fass mich nicht an.«

»Ich werde ihn finden, George. Ich suche weiter.«

»Er ist tot. Lass mich jetzt allein.«

Das war der Grund, weshalb ich weitermachen musste. Ich hatte keine andere Wahl.

Bei meinen Fahrten zum Wirtschaftshof hatte ich Norma kennengelernt. Sie war die städtische Hundeaufseherin und machte ihren Job schon seit Jahren. Sie war groß und schlank, hatte braune Locken und trug eine Brille, der Schmusekurs war ihre Sache nicht. Sie hatte sich eine sehr direkte Art angewöhnt und nahm kein Blatt vor den Mund, wenn sie die Leute anwies, ihre Hunde anzuleinen oder deren Exkremente aufzusammeln.

»Heute liegen sechs tot im Gefrierschrank«, sagte Norma zu mir, als ich sie besuchte. »Aber keine davon hat einen Chip.«

Als ich beim Gedanken an all die armen Tiere, die jetzt ins Armengrab kamen, weil keiner sie mit einem Chip hatte versehen lassen, zu wimmern begann, sah Norma mich an.

»Alles in Ordnung mit Ihnen?«, fragte sie mit überraschter Miene.

»Nein!«, heulte ich. »Warum lassen die Leute ihren Katzen keinen Chip einsetzen?«

»Das frage ich mich ständig, meine Liebe. Aber so ist das eben, tagein, tagaus.«

Doch obwohl Norma ganz offensichtlich nicht nachvollziehen konnte, warum mir das alles so nahe ging, hatte sie doch ein gutes Herz. Ich hatte aufgehört zu zählen, wie viele Plakate sie für mich in der Kantine und auf Schwarzen Brettern aufgehängt hatte, außerdem hatte sie sämtliche Tierschutzeinrichtungen per E-Mail angeschrieben, mit denen sie zusammenarbeitete, um sie über Ben zu informieren.

Norma war nur eine gute Seele von vielen, die ich kennenlernte. Es gab auch einen Bauarbeiter, der einem Streuner sein Pausenbrot verfüttert hatte, nachdem er mich angerufen und mir mitgeteilt hatte, dass er ihn auf seiner Baustelle gesehen habe; oder den Jugendleiter der Siedlung, der einer Katze den ganzen Schinken verfüttert hatte, der eigentlich für das Mittagessen der Kinder bestimmt war, weil er dachte, es könnte Ben sein. Wie sich herausstellte, war keine dieser Katzen Ben, aber ich wusste die Hilfe zu schätzen – wie auch die Freundlichkeit der Fremden, die mich ansprachen, als ich an einem Samstag vor einem Supermarkt stand und mal wieder Handzettel verteilte. Ich hatte mir eigentlich den Gang mit dem Tierfutter ausgesucht, weil ich dort Menschen anzutreffen hoffte, die auf das Kommen und Gehen von streunenden Katzen achteten. Doch es dauerte nicht lang, da kam eine Mitarbeiterin, und ich musste gehen.

»Es tut mir wirklich leid, aber Sie können Ihre Handzettel hier nicht verteilen«, erklärte sie mir.

»Ich werde sie niemandem aufzwingen.«

»Ich weiß, aber wir können es nicht zulassen.«

Im Flüsterton meinte sie dann, dass ich wohl keinen belästigen würde, wenn ich mich vor die Eingangstür des Ladens stellte, solange ich den Zugang nicht blockierte. Also ging ich mit meiner großen Tasche voller Zettel nach draußen und versuchte sie zu verteilen. Aber die meisten Leute wichen meinem Blick aus oder machten beim Hinein- und Hinausgehen einen Bogen um mich, und selbst wenn es mir gelang, einen Zettel loszuwerden, war ich den Tränen nah, denn für gewöhnlich ließen die Leute ihn gleich wieder fallen. Und es wühlte mich noch mehr auf, Bens Gesicht in den Asphalt getrampelt zu sehen. Doch ich sagte mir, dass ich die Leute mit Gejammer nur abschreckte. Ich musste offensiver vorgehen.

»Ich versuche nicht, Ihnen etwas anzudrehen«, rief ich laut. »Ich muss einfach nur meine Katze finden. Bitte nehmen Sie einen Handzettel, vielleicht können Sie mir helfen.«

Sobald ich das gesagt hatte, änderte sich schlagartig alles. Als den Leuten klar wurde, was ich da tat, begegneten sie mir viel freundlicher. Ein Typ mit einem dicken Bierbauch kam sogar zu mir und umarmte mich.

»Keine Sorge, meine Liebe«, sagte er. »Er wird bald wieder nach Hause kommen.«

An diesem Tag traf ich viele Leute, die mir von ihren geliebten Katzen erzählten, und es ging mir gleich besser, weil ich mich nicht mehr so allein fühlte. Selbst der Mann vom Sicherheitsdienst lächelte mich am Ende an, und die Angestellten dort sind normalerweise nicht als Spaßvögel bekannt. Die meisten Leute können es verstehen, was es heißt, ein Tier zu lieben und sich ohne es verloren zu fühlen. Manche konnten es sogar nachempfinden, dass eine Welt zusammenbricht, wenn das Tier, das man so sehr liebte, nicht mehr da ist.

Diese Liebe trieb mich auch an, durch sämtliche Gärten und Straßen der Reihenhaussiedlungen von Whitton zu laufen und einer Katze, die Ben ähnlich sah, nachzujagen, oder sämtliche Kirchen der Umgebung aufzusuchen, um eine Suchanzeige in die Gebetbücher zu legen. Als ich eines Nachts bei Eiseskälte, Donner und Blitz stundenlang durch die Straßen von Brentford lief, weil eine Frau sich sicher gewesen war, Ben gesehen zu haben, hatte ich vor meinem geistigen Auge nur das Bild der glücklichen Gesichter von unserem Kater und George. Und während ich nass bis auf die Haut wurde, wusste ich, dass ich nicht aufgeben würde. Also lief ich weiter, bis ich zu erschöpft war, um noch einen Fuß vor den anderen zu setzen.

An einigen Tagen hatte ich das Gefühl, Hunderte von Ratschlägen zu bekommen, wie ich Ben finden könnte, und sie alle geisterten durch meinen Kopf. Kaum hatte jemand mir erzählt, dass Katzen auch in Wasserfässern ertranken, konnte ich an keinem mehr vorbeigehen, ohne hinzuschauen; wenn ein anderer meinte, es komme vor, dass sie in unbewohnten Häusern festsaßen, nachdem sie durch die Katzenklappe hineingekommen waren, hielt ich Ausschau nach solchen Häusern in der Siedlung, und ich kann gar nicht sagen, wie oft mich jemand von der Nachbarschaftshilfe in Wohngebieten, in denen ich nicht bekannt war, ansprach, um sich zu vergewissern, dass ich nichts Böses im Schilde führte. Ehrlich gesagt kann ich die Aufregung dieser Leute, die es sich zur Aufgabe gemacht haben, durch erhöhte Wachsamkeit Wohnungseinbrüche zu verhindern, nicht nachvollziehen, denn welcher Einbrecher zieht die Aufmerksamkeit auf sich, indem er durch die Straßen läuft und einen Katzennamen ruft?

Doch das war noch nicht alles. Bens Gesicht wurde auch übers Internet bekannt gemacht, ich brachte sein Foto sogar in unserer Lokalzeitung unter, nachdem ich eine Anzeige aufgegeben hatte und einen Anruf von einem Journalisten erhielt. Als jemand mir erzählte, Katzen säßen oft wochenlang in Bäumen fest, fing ich an, in jeden zu schauen, an dem ich vorbeikam, nur um zu sehen, ob mich nicht aus zehn Metern Höhe ein vertrautes Gesicht ansah. Ich fragte sogar in der Nachbarschaft, ob jemand Besuch gehabt habe, der Ben vielleicht versehentlich im Auto mit nach Hause genommen hatte. Ich ging jedem kleinsten Hinweis nach, denn das Gefühl tief in mir, das mir sagte, dass Ben noch irgendwo am Leben war – so unmöglich dies auch zu sein schien –, hielt sich hartnäckig.

An einem dieser Tage war meine Mum bei mir, um mich bei der Suche zu unterstützen. In der Ferne sah ich eine Katze, der ich sofort hinterherlief. Doch als sie in einem Durchgang verschwand, stiegen wir wieder ins Auto und überlegten unseren nächsten Schritt. In dem Moment flitzte die Katze an uns vorbei und quetschte sich durch ein winziges Loch unter einem Tor hindurch. Ich stieg aus und warf mich davor zu Boden, um zu sehen, wohin sie gegangen war.

»Ich hab sie verloren, Mum«, rief ich. »Ich sehe sie nicht mehr.« Dann fesselte mich allerdings etwas ganz anderes. »Dieser Garten ist wunderbar angelegt«, schwärmte ich.

Und während ich das sagte, näherte sich von der anderen Seite ein Fuß, und das Tor wurde geöffnet. Ich zog meinen Kopf zurück. Der Hausbesitzer war nach draußen gekommen, um zu sehen, wer seine arme Katze belästigte. Da bekam ich einen Lachkrampf, der so schlimm war, dass ich ihm nicht erklären konnte, was ich hier tat.

Das waren nur ein paar Beispiele für das, was ich während meiner Suche erlebte, aber es gab noch mehr – weit mehr. Was das Schlimmste war? Vielleicht mein täglicher Gang zum Fluss, weil sich in mir der Gedanke festgesetzt hatte, dass Ben hier ertrunken sein könnte. Jeden Tag ging ich dorthin. Natürlich reichte es mir nicht, einfach nur am Ufer entlangzugehen – ich musste in den Fluss hinein, damit es auch richtig kompliziert wurde. Bei meinem ersten Versuch beging ich den großen Fehler, dazu meine Gummistiefel anzuziehen. Nachdem ich erst an einem flachen Stück des Flusses entlanggegangen war, sah ich, dass das Wasser tiefer wurde, und beschloss, wieder ans Ufer zurückzukehren, an dem ein Biergarten lag, der voller Leute war. Aber während ich versuchte, die Böschung hochzukraxeln, schwappte Wasser über den Rand meiner Gummistiefel und machte diese so schwer, dass ich meine Füße nicht mehr heben konnte. Nachdem ich eine Ewigkeit schwankend im Wasser gestanden hatte, schaffte ich es schließlich – und sah mich einem Pulk Menschen gegenüber, die mich ungläubig anstarrten.

»Lust auf Schwimmen?«, fragte einer.

»Sie trainieren wohl für die Überquerung des Ärmelkanals?«, feixte ein anderer.

»Gibt's heute Abend Fisch zum Tee?«, warf eine andere Stimme ein.

Danach bekam ich von Nob ein Paar Watstiefel, mit denen ich in den Fluss gehen konnte. Damit lief ich jeden Tag an einem älteren Paar vorbei, die in einem Bungalow unten an der Straße wohnten.

»Alles klar, Julia?«, riefen sie, sobald sie mich sahen.

»Alles gut!«, erwiderte ich.

Sie sahen mich so an, als ob sie sich fragten, ob ich jetzt völlig durchgeknallt war. Doch ein Mann aus unserer Siedlung machte sich offenbar ernsthafte Sorgen, wenn er seinen Hund ausführte und mich irgendwo am Fluss traf.

»Ist alles in Ordnung mit Ihnen?«, fragte er eines Tages.

»Ich suche nur nach meiner Katze.«

»Tatsächlich? Hier draußen?«

»O ja.«

»Seit wann vermissen Sie sie denn?«

»Seit zwei Monaten.«

»Also dann sollten Sie aus dem Fluss rauskommen, denn ich glaube nicht, dass Sie Ihre Katze jetzt noch dort finden werden.«

Ich glaube, es gelang mir, ihn davon zu überzeugen, dass mit mir alles in Ordnung war, aber ich lernte dabei, dass es wirklich nichts gibt, was man nicht in Betracht zieht, sofern man etwas wirklich erreichen möchte. Wenn ich zu dem Zeitpunkt mit meiner Suche aufgehört hätte, wäre das dem Eingeständnis gleichgekommen, nichts mehr für George tun zu können, und das hätte ich nicht übers Herz gebracht. Ich musste weitersuchen, bis ich Ben gefunden hatte.

Wir hatten Ende November, und ich musste mit George über Weihnachten sprechen. Überall holten die Leute ihre Lichterketten heraus, und die Läden waren voller Dekorationsartikel und Geschenke. Die Mitarbeiter und Schüler der Marjorie-Kinnan-Schule wollten bald mit den Proben fürs Weihnachtskonzert beginnen. Ich konnte mein Gespräch mit George also nicht länger auf die lange Bank schieben. Ein Winterwunderland wie im Jahr zuvor stand außer Frage, denn das könnte keiner von uns ohne Ben machen. Doch während wir für gewöhnlich schon Mitte November begannen, die Zimmer weihnachtlich zu schmücken und normalerweise mindestens zwei Bäume mit Kugeln und elektrischen Kerzen im Wohnzimmer stehen hatten, war dieses Jahr noch nicht einmal das geschehen.

Und so ging ich an einem Nachmittag Anfang Dezember, nachdem George von der Schule nach Hause gekommen war und sich in seinem Zimmer eingeschlossen hatte, zu ihm hoch und klopfte an seine Tür.

»George«, sagte ich und öffnete sie. Er saß mit seinem

Glitzerkram auf dem Bett und ordnete seine Sammlung neu, wie er das seit Bens Verschwinden immer wieder tat, und blickte nicht auf, als ich hereinkam. »Es gibt da etwas, worüber ich mit dir sprechen möchte«, sagte ich und setzte mich neben ihn. Er rückte ein Stück weit von mir ab. »Ich wollte mit dir über Weihnachten sprechen«, sagte ich behutsam.

»Nein«, sagte George. »Nicht, wenn er nicht da ist.«

»Aber ich bin mir sicher, dass Ben es gern sähe, dass du dich freust.«

Da fing George zu weinen an. Dicke Tränen liefen geräuschlos über sein Gesicht. So weinte er jetzt – ohne einen Laut von sich zu geben. Ich sah ihn mit nassen Wangen, ob er sich die Zähne putzte oder ich ihm beim Anziehen half. Einmal weinte er sogar, als es Fischstäbchen zu essen gab, und ich wusste, dass er an Ben denken musste, der sie so gern mochte.

»Weinen ist gut«, sagte ich. »Wir sind beide traurig, oder?«

»Das kommt über mich«, erwiderte George. »Die Tränen laufen einfach.«

»Das weiß ich doch. Bei mir kommen sie auch.«

Keiner von uns sagte etwas, während wir beisammensaßen. Mir wollte nichts mehr einfallen, womit ich George Mut machen konnte. Schließlich interessierte er sich schon länger nicht mehr für das, was ich unternahm, um Ben zu finden.

Auch mir war nach Weinen zumute, und ich hätte gern Georges Hand gehalten. Ich sehnte mich so nach George und unseren gemeinsamen Erlebnissen, nach der Freude, die er ausstrahlte, solange Ben noch bei uns war und wir gemeinsam die drei Musketiere.

»Geh weg«, rief George unvermittelt, wütend, weil ich immer noch neben ihm saß. »Lass mich allein. Schließ die Tür. Du hast Ben verloren. Geh weg.«

Mit traurigem Herzen stand ich auf, um zu gehen. Als ich vor der Tür stand, hielt ich inne. Ich musste noch einmal versuchen, zu ihm vorzudringen.

»Bist du dir sicher wegen Weihnachten?«, fragte ich. »Ich hoffe sehr, dass Ben rechtzeitig zurückkommt. Möchtest du nicht, dass alles für ihn vorbereitet ist?«

»Nein«, brüllte George. »Ohne Ben gibt es kein Weihnachtsfest. Geh weg.«

Dazu gab es nichts mehr zu sagen. George war weiter weg denn je zuvor, und ich war in Sorge, dass ich bald schon gar nicht mehr in der Lage sein würde, ihn wieder zu mir zurückzuholen. Mit jedem Tag, der verstrich, wurde er immer mehr zum Schatten seiner selbst. Ich musste tatenlos zusehen, wie mein eigenes Kind sich offenbar vom Leben lossagte. Georges Herz verkümmerte und meins brach auch.

Kapitel 4

Jedes Mal, wenn spät abends das Telefon klingelte, lief ich besonders aufgeregt nach unten, um ranzugehen. Manchmal waren es Jugendliche, die Witze machten, und manchmal war nur Schweigen am anderen Ende der Leitung. Aber diesmal war jemand dran, ich konnte Verkehrslärm im Hintergrund hören, bevor er sprach.

»Ich habe Ihre Katze gefunden«, sagte ein Mann. »Sie liegt auf der Straße.«

Mir wurde flau im Magen, wie damals, als der Postbote angerufen hatte. Seitdem war ich noch zu zwei anderen toten Katzen gerufen worden, was mich genauso aufgewühlt hatte wie beim ersten Mal. Die eine war in Twickenham, und bis ich dort ankam, hatte eine Frau, die in der Nähe wohnte, die Katze bereits von der Straße geholt, weil es ihre war. Ich sah ihr traurig nach. Die nächste lag in Nähe der Kingsley Road. Zwei Leute hatten mich angerufen, um mir zu sagen, dass dort eine Katze überfahren worden war. Doch bis ich eintraf, hatte die Straßenreinigung sie bereits abgeholt, und ich eilte zum Depot und wartete zwei Stunden lang, bis der Lastwagen, der den Kadaver mitgenommen hatte, zurückkam.

»Darf ich die Katze sehen?«, fragte ich mit wild klopfendem Herzen den Fahrer.

»Tut mir leid, aber die Reste wurden bereits entsorgt«, teilte er mir mit.

Bei diesen Worten überkam mich Panik. »Was wollen Sie damit sagen? Das ist doch unmöglich. Ich muss wissen, ob es meine Katze ist oder nicht.«

»Die Verletzungen waren einfach zu groß«, meinte der Fahrer traurig. »Ihr Kopf war abgetrennt und der Leib zerquetscht. Wir mussten sie in den Müll werfen.«

»Aber das hätten Sie nicht tun sollen! Sie hätten sie herbringen sollen.«

»Sie war so übel zugerichtet, dass wir sie nicht mitnehmen konnten.« Der Mann erklärte mir, dass er immer wieder Plakate von Ben gesehen habe und meinte dann mitleidig: »Ich bin mir ziemlich sicher, dass es Ihre Katze war.«

»Aber woher wollen Sie das wissen, wenn sie so arg zugerichtet war?«

»Ich konnte genug sehen, meine Liebe. Es tut mir leid, aber ich glaube wirklich, dass es Ihre war.«

Mein Atem ging schnell. Nach fast dreimonatiger Suche sollte Ben auf einer Straße gestorben sein, die keine fünf Minuten von unserem Haus entfernt war? Ich konnte mir nicht vorstellen, was er dort gemacht haben sollte. Wenn er uns so nah war, dann wäre er längst zu uns zurückgekehrt. Dessen war ich mir sicher. Ich glaubte nicht, dass er es war. Ich wollte nicht auf das hören, was der Fahrer von der Mülldeponie mir zu sagen hatte.

»Ben hatte einen weißen Fleck in Form eines Schmetterlings unter seiner Nase«, insistierte ich. »Das ist sehr ungewöhnlich, also können Sie es nicht übersehen haben. Andere Katzen haben einfach einen Fleck, unsere aber nicht. Hat diese Katze so etwas gehabt?«

»Ich bin mir sicher, dass er es war«, erwiderte der Fahrer unbeirrt.

Wütend ging ich nach Hause. Doch der Fahrer war sich seiner Sache so sicher gewesen, dass er mich später noch einmal anrief, um mir das mitzuteilen.

»Ich möchte, dass Sie zur Ruhe kommen«, sagte er. »Ich weiß, dass Sie nach Ihrer Katze suchen und bin mir hundert Prozent sicher, dass es die Katze war, die wir heute aufgesammelt haben.«

»Besten Dank, aber *ich* bin mir nicht sicher, und deshalb werde ich weitersuchen«, sagte ich entschlossen.

Doch obwohl ich zu vergessen versuchte, was der Fahrer mir gesagt hatte – es gelang mir nicht. Diese Katze ging mir nicht aus dem Kopf, und als ich nun den Hörer aufnahm und man mir sagte, dass eine andere tote Katze gefunden worden sei, musste ich sofort wieder an diese Geschichte denken.

»Sie liegt an der Powdermill Lane«, berichtete der Mann mir.

»Wo genau?«

»Am kleinen Kreisverkehr.«

Wenn Wendy rüberkäme, dachte ich, könnte ich in wenigen Minuten dort sein.

»Ich fahre jetzt gleich los«, sagte ich. Fünf Minuten später saß ich im Wagen und rief den Mann zurück. »Ich werde gleich da sein«, erklärte ich. »Können Sie solange bei der Katze bleiben?«

»Tut mir leid, aber das kann ich nicht«, sagte der Mann. »Ich muss den letzten Bus nach Hause erwischen. Aber die Pubbesitzerin ist hier und sagt, sie werde warten.«

»Danke, dass Sie mich angerufen haben.«

»Ist schon gut. Ich weiß, wer Sie sind, weil mein Tempel für Sie betet. Wir haben ein Plakat mit Ihrer Katze.«

Als ich ausstieg und mich die eisige Nacht umfing, sah ich eine Frau auf der Straße stehen. Zu ihren Füßen lag der Körper einer Katze, den sie vor den Autos schützte, damit sie nicht noch mal drüberfuhren. Es wird die Besitzerin des Pubs sein, überlegte ich, wie der Mann es mir am Telefon gesagt hat, und ich dankte ihm im Stillen noch einmal, während ich ein paar Handtücher aus dem Kofferraum meines Autos holte und dann über die Straße rannte.

»Es tut mir so leid«, sagte die Frau, als ich mir die Katzenleiche ansah.

Überall klebte Blut an ihrem Körper, und ich kniete mich neben sie und bewegte sanft den Kopf, um zu fühlen, ob sie noch atmete. Die Katze war noch warm, lebte aber nicht mehr. Sie hatte ihr Leben auf einer dunklen Straße verloren, überfahren von einem Auto, das sie hatte liegen und allein sterben lassen. Beim Hochheben sah ich, dass es nicht Ben war, aber ich empfand keine Erleichterung, ich fühlte nur Leere. Diese Katze war mit Sicherheit geliebt worden, denn sie sah gepflegt aus, und ich begann zu weinen, als ich sie in die Handtücher wickelte und an die Familie dachte, zu der sie gehörte. War dies etwa auch mit Ben geschehen? War er gestorben und im Tod nur von Fremden umgeben gewesen?

Ich stand auf und hielt die Katze zärtlich im Arm. Am kommenden Morgen würde ich sie zum Tierarzt bringen, um nachsehen zu lassen, ob sie einen Chip hatte.

»Wenigstens haben Sie Ihren Liebling gefunden«, sagte die freundliche Pubbesitzerin leise und klopfte mir auf den Rücken. »Ich weiß, es ist schwer, aber Sie können das Tier mit nach Hause nehmen und anständig begraben.«

Da meine Tränen liefen, fand ich nicht die Kraft, ihr zu

sagen, dass diese Katze nicht die meine war. Die monatelange Suche hatte mich ausgelaugt, alle Hoffnungen waren immer und immer wieder zunichtegemacht worden. Wie konnte ich so weitermachen? Weiterhin Hoffnung für mich und für George aufbringen, wo er doch am liebsten aufgeben wollte? Warum konnte ich nicht einfach akzeptieren, dass Ben verschwunden war?

»Besten Dank für Ihre Hilfe«, sagte ich, als ich mich entfernte.

Im scharfen Wind brannten meine Tränen wie Eis auf den Wangen, als ich zum Auto zurückkehrte. Vielleicht sollte ich endlich einen Schlussstrich unter meine Suche nach Ben ziehen. Es waren nunmehr fast drei Monate seit Bens Verschwinden vergangen, und ich wusste, dass die Leute meine Hoffnung nicht mehr nachvollziehen konnten. Nachdem jene Katze von der Müllabfuhr mitgenommen worden war, hatte ich mich selbst gefragt, ob sie noch berechtigt war, und mich mit Mum und Wendy darüber ausgetauscht.

»Glaubt ihr, dass es falsch ist, weiterhin an Bens Rückkehr zu glauben und dies auch George so zu vermitteln?«, hatte ich sie gefragt. »Sollte ich nicht lieber akzeptieren, dass ich ihn niemals finden werde, und George anlügen, nur damit er eine endgültige Antwort bekommt?«

Natürlich konnten weder Mum noch Wendy mir meine Entscheidung abnehmen, aber ich wusste wenigstens, was sie dachten.

»Du solltest es vielleicht ins Auge fassen, Ju«, sagte meine Mum. »Denn so kannst du nicht weitermachen. Dein Leben muss wieder in normale Bahnen zurückkehren. Du machst dich krank damit. Du schläfst nicht mehr richtig und kannst nicht einmal mehr in Ruhe einkaufen gehen.

Das muss irgendwann ein Ende haben, und vielleicht wäre es auch für George einfacher, wenn es eher früher als später zu Ende wäre.«

Stundenlang lag ich in dieser Nacht wach und dachte über Mums Worte nach. Vielleicht hatte sie ja recht und ich sollte George tatsächlich anlügen, nur um ihm die Ungewissheit zu nehmen. Ich könnte Zeitungen verbrennen und die Asche in einen Behälter geben und George dann erklären, dass Ben gestorben und eingeäschert worden war. Dann könnten wir ein Loch im Garten graben und mit einem Stein an Ben erinnern. Wenigstens hätte George dann einen Ort, wo er mit ihm zusammen sein konnte, und hätte Gewissheit, dass er gegangen war. Aber als ich dann am nächsten Morgen aufwachte und draußen die Sonne schien, konnte ich mich nicht zu einer Lüge aufraffen. Niemals brächte ich diese Worte vor George über die Lippen, es sei denn, sie wären wahr. Nur dann könnte ich den Schmerz auf seinem Gesicht ertragen.

Jetzt öffnete ich die Wagentür und legte die Katze vorsichtig auf den Beifahrersitz. Es war zu spät, um noch etwas zu unternehmen, also fuhr ich nach Hause, wo ich das Tier in einen Karton bettete. Am nächsten Tag brachte ich es zum Tierarzt, der sich nach einigen Stunden bei mir meldete und mir mitteilte, dass es einen Chip habe. Die Katze war ein Kater namens Nibbles, und die Besitzer hatten ihn mit nach Hause genommen, um ihn zu begraben. Der Arzt meinte, sie seien sehr dankbar gewesen, dass ihre Kinder sich von ihm hatten verabschieden können. Sie bedankten sich bei mir für meine Hilfe, und ich war froh, dass ich hatte helfen können. Aber die Worte des Tierarztes erfüllten mich auch wieder mit Zweifel.

War es für George und mich nicht an der Zeit, Abschied von Ben zu nehmen? Konnte ich mich weiterhin an einen Hoffnungsstrahl klammern, der mit jedem Tag, der ins Land ging, dünner wurde?

Ich setzte mich in die vorderste Bankreihe der Kirche neben Mum, Boy und Sandra. Wir besuchten alle die spiritualistische Kirche unseres Viertels, weil Dads Mutter Edith Spiritistin gewesen war und diese Tradition in unserer Familie fortlebte. Mein Vater hatte mit beiden Füßen viel zu fest auf der Erde gestanden, als dass er mit uns in eine Kirche gegangen wäre, wo die Leute sich mit denen von der anderen Seite unterhielten, doch in meiner Kindheit war dieser Glaube immer präsent gewesen, und ich wusste auch, dass mein Dad auf seine stille Art an ein Leben nach dem Tod glaubte. Mit etwa siebzehn Jahren hatte ich angefangen, regelmäßig in die Kirche zu gehen, und obwohl die Religion nicht jedermanns Sache ist und eine spiritistische Kirche sicherlich noch weniger Anhänger findet, ging ich gerne dorthin. Es war eine friedliche Stunde in der Woche, und es gefiel mir, mitzuerleben, wie die Leute dort Trost fanden, wenn wir das Leben mit Gesang und Lächeln feierten.

Doch an jenem Tag wusste ich nicht, ob der Kirchenbesuch mich würde aufheitern können. Ich war dort, um dafür zu beten, dass Ben zurückkam, wie ich das jede Woche tat, aber die Nacht, in der ich Nibbles gefunden hatte, war noch so frisch in meinem Gedächtnis, und ich konnte sie nicht einfach loswerden. George bereiteten die Proben für das diesjährige Weihnachtskonzert in der Schule so große Schwierigkeiten, dass er immer wieder davonlief, und den Fernseher konnten wir wegen der vielen festlichen Programme fast nicht mehr einschalten. George ertrug es nicht, wenn jemand von Weihnachten sprach.

Immer wieder musste ich daran denken, wie glücklich wir im Jahr zuvor gewesen waren, und ich weinte still vor mich hin. Niemals hätte ich es für möglich gehalten, dass man sich so allein fühlen kann, es war wie ein Schmerz, der sich tief in die Knochen gebohrt hat, eine Traurigkeit, die weder Schlaf noch Worte zu lindern vermochten. Natürlich wusste ich, dass ich meine Familie zu jeder Tages- und Nachtzeit anrufen konnte, aber sie hatten ihr eigenes Leben, und ich musste mit meinen Ängsten, was aus George werden sollte, wenn ich Ben nicht wiederfand, letztendlich allein klarkommen.

Ich bekam vom Gottesdienst kaum etwas mit, auch nicht, dass das Medium am Schluss nach vorne trat, um sich an die Gemeinde zu wenden.

»Du mit dem weißen Pullover«, hörte ich dann auf einmal eine Stimme.

Ich blickte mich um.

»Ja, du mit den Locken«, sagte das Medium zu mir.

Jetzt sollten Sie wissen, dass jedes Medium anders ist. Manche sehen die Schatten der Geister zwischen den Gemeindemitgliedern, während andere mit ihnen sprechen, als würden sie mit jemandem plaudern. Nicht bei jedem Gottesdienst wurde eine Botschaft weitergegeben, aber ich fand es schön, wenn es eine gab, denn dann lag ein tiefer Frieden über dem Raum, und wir empfanden alle den Trost, den die Menschen spürten, die mit ihren geliebten Verstorbenen sprachen.

Ich rutschte unruhig auf meinem Sitz hin und her, als mir das Medium in die Augen sah. Ich wusste, dass er mir niemals das geben konnte, was ich mir wünschte, nämlich die Postleitzahl des Ortes, an dem Ben sich befand, denn Botschaften aus der anderen Welt waren nicht so genau.

»Dinge werden sich verändern«, sagte das Medium mit tiefer Stimme. »Etwas Wunderbares kommt auf dich zu.« Der Mann bewegte beim Sprechen seine Hände. »Ich kann einen Mann sehen. Er ist groß und stattlich.« Das Medium legte seine Hände auf seinen Bauch. »Er starb nach langer Krankheit, die etwas mit seinem Magen zu tun hatte.« Ich erstarrte. Dad war an einer Bauchspeicheldrüsenentzündung gestorben. »Der Himmel ist der einzige Ort, der ihm blieb«, sagte das Medium. »Er hat dich niemals verlassen wollen, aber er ist jetzt an deiner Seite.« Ich verharrte reglos, ebenso wie Mum, Boy und Sandra, die neben mir saßen. »Du hast die gleichen blauen Augen wie er«, sagte das Medium. »Ein schönes Blau, das leuchtet, wenn du lächelst.« Ich war das einzige von uns vier Kindern, das Dads Augenfarbe hatte. War das möglich? Weilte er tatsächlich hier unter uns? »Das ist schon besser«, sagte das Medium, als ich lächelte. »Wenn du das tust, bringt ihn dir das näher.«

Beim Gedanken an Dad musste ich wieder weinen. Ich wollte ihm laut zurufen, dass uns die Zeit davonlief, dass ich Ben finden musste, bevor es zu spät war, und eine Woge der Trauer um Dad ließ mich den Schmerz wieder genauso heftig empfinden wie gleich nach seinem Tod.

Das Medium trat einen Schritt zurück und sah mich an. »Er verschwindet jetzt«, sagte er. »Aber er möchte, dass du weißt, dass er zuhört, also rede weiter mit ihm.«

Sollte Dad tatsächlich hier sein, dann wusste ich, was er mir sagen wollte. Jahrelang hatte ich mit ihm geplaudert, als wäre er noch bei uns, und manchmal hätte ich schwören können, seine Gegenwart zu spüren. Aber seit Ben verschwunden war, hatte ich damit aufgehört, weil es zu traurig war, noch an jemand anderen zu denken, den ich geliebt und verloren hatte.

»Er zieht dich ganz in Rosa an«, teilte mir das Medium mit. »Du siehst aus wie eine Puppe.«

Das Medium lachte laut und ebenso Mum und Boy. Sie wussten, was das bedeutete. Dads Kosename für mich war immer »Rosa Prinzessin« gewesen, weil ich diese Farbe so sehr liebte, dass ich mir selbst mein Haar und meine Haut so gefärbt hätte, wenn es mir erlaubt gewesen wäre.

Als das Medium Platz nahm, wurde es wieder still in der Kirche, und ich fragte mich, was da gerade geschehen war. Ich fühlte mich ganz ruhig, fast friedlich.

»Ich werde immer bei dir sein«, hatte Dad mir versprochen, wenn ich als kleines Mädchen von einem schlimmen Traum aufwachte oder mich als Erwachsene abmühte, für George das Beste zu tun.

Als der Gottesdienst zu Ende war, wusste ich, was Dad mir hatte sagen wollen: Er war bei jedem Schritt, den ich tat, an meiner Seite und passte auf mich auf, wie er das immer getan hatte.

Sie mögen das alles glauben oder nicht, Sie mögen es für falsch halten, zur anderen Seite Kontakt aufzunehmen, aber jeder findet seine Kraft auf einem anderen Weg. Mit Glauben verbindet jeder Mensch etwas anderes, und für mich geht es dabei um das, was einem ein inneres Lächeln beschert, und als ich hinaus in die Kälte trat, konnte ich wieder lächeln. Ich musste an meinem Glauben festhalten. Ich durfte die Hoffnung nicht aufgeben, nun, da ich Dad an meiner Seite wusste.

Kapitel 5

Als am Morgen des 21. Dezember das Telefon klingelte, rannte ich wie ein olympischer Sprinter darauf zu. Es war auf den Tag genau drei Monate her, seit Ben vermisst wurde, und meine Unruhe wuchs, weil in den letzten paar Tagen die Anrufe immer seltener wurden. Ich konnte nicht verstehen, warum das so war, aber Mum klärte mich auf – alle waren mit Weihnachtsvorbereitungen beschäftigt.

»Ich glaube, ich habe Ihren Kater gefunden«, hörte ich eine Frau sagen, als ich den Hörer abnahm. »Er ist in meinem Garten.«

»Kann ich vorbeikommen und ihn mir ansehen?«

»Tut mir leid, aber ich bin schon auf dem Sprung in den Urlaub. Ich fahre über Weihnachten weg.«

»Kann ich nicht rasch vorbeikommen, bevor Sie fahren?«

»Nein, meine Liebe. Mein Sohn kommt mich abholen, aber ich melde mich wieder, wenn ich zurück bin.«

Die Frau knallte den Hörer auf, und ich hätte am liebsten losgeschrien. Wenn sie Ben nun tatsächlich gefunden hatte? Bis sie nach Weihnachten wieder nach Hause käme, wäre er aus ihrem Garten verschwunden. Er könnte es tatsächlich sein, aber ich würde ihn verlieren, weil sie keine fünf Minuten zu spät in ihren Urlaub kommen wollte. Voller Wut setzte ich mich vor den Computer und loggte mich auf der Seite für die vermissten Haustiere ein. Selbst in den

Chatrooms, wo es sonst von Leuten wimmelte, war jetzt Ruhe eingekehrt. Die Welt schottete sich ab für Weihnachten, aber das durfte nicht sein. Ich wollte, dass alle genauso weitersuchten, wie ich das tat.

Aber sosehr ich mich auch beschäftigte, ich konnte nicht so tun, als gäbe es kein Weihnachtsfest. In nur vier Tagen war es so weit, und ich hatte Angst davor. Ich konnte mir nicht vorstellen, wie wir diesen Tag durchstehen sollten. Ich hatte auch noch nichts vorbereitet. Was sollte ich auch vorbereiten, wenn George und ich uns nur einen ruhigen Tag machen wollten? Ich wusste jetzt schon, dass ich einen tiefen Seufzer der Erleichterung ausstoßen würde, wenn alles vorüber war, obwohl ich mich mit der Vorstellung, ohne Ben in das neue Jahr zu gehen, nicht abfinden konnte, denn dann würde die Zeit auch weiterhin in fest umrissenen Bahnen verstreichen.

Der Tag zog sich in die Länge, Howard kam, um George zu besuchen, und Wendy schaute um sieben Uhr abends vorbei. Sie besuchte mich täglich, und auch wenn sie nicht viel sagte, wusste ich doch, dass sie Anteil an George und mir nahm. Geduldig hörte sie sich mein Gerede an, bevor sie einen weiteren Stapel Handzettel nahm, mir sagte, ich solle mich ausruhen, und dann nach Hause ging. Sie war eine Freundin, wie man sie sich nur wünschen konnte.

Während wir plauderten, läutete erneut das Telefon, und ich nahm seufzend ab. Die Frau, die am Morgen angerufen hatte, hatte mir den Rest gegeben. Ich war mir nicht sicher, ob ich ein weiteres fruchtloses Unternehmen verkraften würde oder ein Versprechen auf Hoffnung, das doch nicht eingehalten werden konnte.

»Ich glaube, ich habe Ihren Kater gefunden«, sagte eine Frau.

»Haben Sie?«, fragte ich leidenschaftslos.

»Ja, ich denke schon. Sie sind doch Julia Romp?«

»Ja.«

»Und Sie vermissen Ihren Kater?«

»Ja.«

Sie schien etwas trottelig zu sein. Jeder im Umkreis von acht Kilometern wusste, dass ich meinen Kater vermisste.

»Und Ihr Kater heißt Ben?«

»Ja.«

»Nun, er ist in meinem Wintergarten.«

»Tatsächlich?« Ich seufzte.

»Ja.«

Das ging mir jetzt wirklich an die Nieren. Was war nur los mit den Leuten?

»Und wo ist Ihr Wintergarten?«

»In Brighton.«

Ich fiel fast vom Sofa. Brighton war über hundert Kilometer weit weg. Es war undenkbar, dass diese Frau dort unten ein Plakat von ihm gesehen haben konnte.

»Brighton am Meer?«

»Ja. Und Sie wohnen in London, richtig? Diese Information haben wir dem Chip entnommen. Daher habe ich auch Ihre Telefonnummer.«

Mir wurde schwindelig beim Zuhören.

»Dem Chip?«

»Ja. Meine Tochter Carla sah mehrere Tage lang eine Katze in unserem Garten sitzen. Immer wieder kam sie zurück. Sie war so hartnäckig, dass wir sie ins Haus holten. Und dann kam eine Freundin von mir, die in einem Rettungszentrum für Katzen arbeitet, mit einem Mikrochiplesegerät zu uns, und so haben wir Ihre Daten erfahren.«

Ich hörte kaum noch, was sie sagte – ich hielt die Luft an, bis mir das Blut in den Ohren rauschte. Sie hatte eine schwarz-weiße Katze mit einem Mikrochip gefunden, auf dem unsere Daten standen?

»Kann ich heute Abend noch vorbeikommen, um mir den Kater anzusehen?«, sprudelte es aus mir heraus, während Wendy entgeistert mein weißes Gesicht ansah.

»Ich bin mir nicht sicher, ob Sie es schaffen, hierherzukommen«, sagte die Frau. »Wir haben heftigen Schneefall, und einige Straßen sind gesperrt.«

Ich schaute aus dem Fenster. In Hounslow war keine Schneeflocke zu sehen. Wollte diese Frau mich auf die Schippe nehmen?

»Schnee?«, fragte ich.

»Ja. Sechzig Zentimeter.«

Ich musste an die Nachrichten denken, die ich im Lauf des Tages gehört hatte, als ich den Abwasch machte. Schneestürme und Graupelschauer in Teilen des Landes, Leute, die in Schneewehen stecken blieben und ihre Autos stehen lassen mussten – das war alles an mir vorbeigerauscht, und auch jetzt konnte ich es noch nicht fassen.

»Ich komme, so schnell es geht«, sagte ich.

»Nun, wenn Sie meinen«, erwiderte die Frau zögerlich. »Es ist eine lange Fahrt.«

»Ich werde jetzt sofort losfahren«, sagte ich und schrieb mir ihre Adresse auf.

Wendy sah mich an, als ich den Hörer auflegte und durch das Wohnzimmer zu laufen begann, um nach meiner Handtasche und meinen Autoschlüsseln zu kramen.

»Ich muss los«, erklärte ich ihr. »Diese Frau sagt, sie habe Ben bei sich in Brighton.«

»Brighton?«

»Ja. Ich bin überzeugt davon, dass er es wirklich ist, denn sie sagt, die Katze habe einen Chip mit meinen Daten darauf.«

»Tatsächlich?«

»Ja.«

Ich nahm mein Handy, um Mum, Tor, Boy und Nob die Neuigkeiten zu simsen. Howard konnte sich um George kümmern, und wenn ich sofort aufbrach, könnte ich gegen halb zehn Uhr abends in Brighton sein. Ich lief herum wie ein kopfloses Huhn.

Wendy sah mich an. »Ich komme mit dir«, sagte sie.

»Willst du wirklich?«

»Natürlich, Ju. Du fährst nicht allein dorthin. Alles klar mit dir?«

»Ich denke schon.«

Aber sicher war ich mir nicht. Denn so aufgeregt ich auch war und so hieb- und stichfest sich das alles anhörte, regte sich doch ein wenig Zweifel in mir. Konnte es tatsächlich Ben sein? Nach all den Monaten und meiner langen Suche? Wie um Himmels willen war er nach Brighton gekommen? Die Entfernung war so groß. Die Frau hörte sich sehr glaubwürdig an, aber vielleicht war das ja nur ein Trick. Wenn Ben wirklich von jemandem mitgenommen worden war, dann wollten diejenigen mir vielleicht vor Weihnachten noch einen letzten Streich spielen und hatten einer anderen schwarz-weißen Katze einen Chip mit meinen Daten eingesetzt. Sicher konnte ich mir nur sein, wenn ich sie sah.

Ich lief nach oben, um George zu sagen, dass ich wegfuhr.

»Eine Frau hat angerufen«, sagte ich, als ich sein Zimmer

betrat. »Sie glaubt, Ben gefunden zu haben. Ich werde ans Meer fahren, um ihn mir anzusehen.«

Er sah mich an. »Das ist er nicht«, sagte er. »Das ist wieder eine falsche Katze.«

Ich wollte ihm nicht zu große Hoffnungen machen und beließ es dabei. Vielleicht hatte George ja recht. Ich durfte ihn nicht ermutigen, nur um ihn dann wieder enttäuschen zu müssen.

»Dad bleibt bei dir, und ich komme zurück, so schnell ich kann«, sagte ich und eilte aus dem Zimmer.

Meine Hände zitterten so sehr, als ich in mein Auto stieg, dass Keith mir die Adresse in mein Navigationsgerät eingeben musste, bevor Wendy sich auf den Beifahrersitz setzte. Wir waren erst ein Stück weit die Straße heruntergefahren, da klingelte mein Handy. Das konnte nur meine Familie sein.

»Kannst du mit ihnen sprechen?«, bat ich Wendy.

Mum wollte wissen, ob ich auch wusste, wohin ich fuhr. Nob wollte sich vergewissern, dass jemand bei mir war, und Boy fragte, ob es sich nicht wieder um einen bösen Scherz handelte. Doch alle waren sich darin einig, dass ich es wegen des Schnees niemals schaffen würde, nach Brighton zu kommen.

»Das schaffen wir schon, nicht wahr, Wendy?«, sagte ich, als wir auf die Autobahn fuhren.

Sie antwortete darauf mit einem matten Lächeln.

Schon bald schneite es in so dicken Flocken, dass meine Scheibenwischer ihnen kaum Herr wurden. So schlimmen Schneefall hatte ich noch nie erlebt. Mit fünfzig Stundenkilometern schlichen wir auf der M3 dahin und bogen dann auf die M25 ab. Sobald wir uns auf dieser Autobahn befanden, wurde auch mir klar, wie schlimm die Lage war. Auf dem Seitenstreifen standen liegengebliebene Autos, andere steckten in Schneewehen. Entschlossen, weiterzufahren, klammerte ich mich ans Lenkrad. Ich musste es nach Brighton schaffen. Davon würde mich kein Schneesturm abhalten.

Wendy und ich plauderten nicht, weil ich mich auf die Straße konzentrieren musste. Aber meine Gedanken ließen mich nicht in Ruhe. Sie kreisten nur um eins: War es tatsächlich Ben? Wie war das möglich? Und wenn er es war, wo war er die ganze Zeit gewesen? Doch als ich zuließ, daran zu glauben und vor meinem geistigen Auge George und Ben wieder vereint sah, schob ich dieses Bild sofort beiseite. Es schien mir ein Ding der Unmöglichkeit zu sein, nach so langer Zeit Ben endlich doch noch zurückzubekommen – dazu diese Entfernung. Ich konnte mich des Gefühls nicht erwehren, dass dies alles nur wieder ein gemeiner Streich war, der George und mir gespielt wurde.

Wir brauchten fünf Stunden, bis wir Brighton erreichten, und als wir gegen Mitternacht ankamen, lag die Stadt wie verlassen unter einer dicken Schneedecke. Mein Navigationssystem teilte mir mit, dass wir uns unserer Zieladresse näherten. Wendy und ich sahen einander an, als ich ein letztes Mal zu einem Abbiegen nach links aufgefordert wurde und das Lenkrad einschlug. Die Frau am Telefon hatte mir gesagt, sie wohne an einem steilen Hang, und sie hatte nicht übertrieben: Es sah aus, als würde der Mount Everest vor uns aufragen.

»Lass uns lieber ganz langsam fahren«, sagte Wendy, und da begann das Auto auch schon, nach hinten wegzurutschen.

»Blödes Ding!«, rief ich.

»Es ist nun mal kein Land Rover, Ju«, meinte Wendy. »Mit dem Auto schaffst du es nicht bis da rauf.«

»Lass uns noch einen Versuch wagen.«

Doch als der Wagen langsam über die Straße schlitterte, wusste ich, dass ich klein beigeben musste. Ich parkte, stieg völlig benommen aus und machte bereits die ersten Schritte den Hang hinauf.

»Hast du abgeschlossen, Ju?«, rief Wendy mir zu.

»Nein.«

Ich machte kehrt und schloss den Wagen ab, bevor ich mich erneut auf den Weg machte. Ich stapfte durch wadenhohen Schnee. Eigentlich hätte man gut Seile und einen Eispickel gebrauchen können, um vorwärtszukommen.

»Hast du den Katzentragekorb, Ju?«, erinnerte Wendy mich.

Hatte ich nicht. Also ging ich wieder zurück und holte den Korb aus dem Kofferraum. Wendy nahm ihn mir ab, während ich den Wagen abschloss und wieder losmarschierte.

»Hast du die Adresse?«, fragte Wendy.

Hatte ich nicht.

Nachdem wir endlich alles beisammenhatten, zogen wir los. Wendy machte einen recht gelassenen Eindruck, aber ich war mir ziemlich sicher, dass es ihr lieber gewesen wäre, wenn ich den Rest des Wegs allein zurückgelegt hätte. Bis auf die Straßenbeleuchtung, die den Schnee zum Glitzern brachte, war die Straße dunkel. Hier hatte keiner seine Häuser mit Weihnachtsbeleuchtung geschmückt. Das fand ich seltsam, denn aus unserem Viertel war ich daran gewöhnt. Aber als wir höher auf den Berg hinaufkamen, konnten wir ein Haus sehen, das im Lichterglanz erstrahlte. Seine Beleuchtung brachte Farbe und Wärme in die kalte Nacht, und als wir die Hausnummern herunterzählten, wurde mir klar, dass dies das Haus war, wonach wir suchten.

Wendy und ich traten durch ein Tor und blieben stehen, um es schweigend zu bestaunen. Das Haus war genauso dekoriert wie unseres für das Winterwunderland – ein Schneemann, Sterne und Glocken – und überall Lichterketten, die am ganzen Haus funkelten.

»Er ist heimgekehrt, um Weihnachten zu feiern«, sagte ich zu Wendy, als wir zur Tür gingen. »Er hat sich dieses Haus ausgesucht, weil er die Lichter erkannte.«

Ich hatte meine Hand bereits ausgestreckt, um anzuklopfen, zuckte aber plötzlich aus Angst vor einer weiteren Enttäuschung zurück.

»Ich habe Angst«, sagte ich zu Wendy.

Sie lächelte mir aufmunternd zu. »Ich weiß, du brauchst aber keine zu haben.«

Aufgeregt holte ich tief Luft und klopfte an die Tür.

Als die Tür geöffnet wurde, lächelte uns ein freundlich aussehender Mann an, eine Frau und ein junges Mädchen standen hinter ihm im Flur.

»Sie müssen Julia sein«, begrüßte er mich. »Kommen Sie herein. Ich bin Steve, und das sind meine Frau Alison und unsere Tochter Carla.«

Sie schienen sich alle zu freuen, uns zu sehen, und offenbar machte es ihnen nichts aus, dass es bereits nach Mitternacht war und zwei völlig Fremde auftauchten, um sich eine geheimnisvolle Katze anzuschauen.

»Carla hat ihn gefunden«, sagte Steve und deutete auf sein

kleines Mädchen. »Sie sah ihn Tag für Tag in unserem Garten sitzen und das Haus anstarren. Er blieb so lange reglos sitzen, dass sogar der Schnee auf ihm liegen blieb. Da er so traurig aussah, bestand Carla darauf, ihn mit reinzunehmen. So war sie schon als kleines Kind, immer war sie diejenige, die verirrte Haustiere mitbrachte.«

Carla hatte blondes, gewelltes Haar und war vielleicht zwölf Jahre alt. Sie konnte ihr Lachen kaum zurückhalten, als der Familienhund, der so groß wie ein Esel war, mich fast umgerannt hätte.

»Möchten Sie etwas zu trinken?«, fragte Alison mich und Wendy.

»Nein«, sagte ich nervös und hoffte, nicht allzu unhöflich zu wirken, aber ich hielt das Warten keine Minute länger mehr aus. »Ich würde gern den Kater sehen.«

»Natürlich«, sagte Steve. »Er ist im Wintergarten. Wir haben ihm ein Körbchen gekauft und die Heizung angemacht, damit er es warm genug hat.«

Als Steve uns durch die Küche in den hinteren Teil des Hauses führte, konnte ich kaum einen Fuß vor den anderen setzen. Mein Herz klopfte so heftig, dass ich Schmerzen in der Brust hatte. Ich wusste nicht, was ich tun oder sagen sollte, wenn es nicht Ben war. Denn ich hatte Angst, dass ich mich dann einfach auf den Boden legen und nie mehr aufstehen würde. In diesem Augenblick schienen sich alle Ängste und Hoffnungen, Zweifel und Überzeugungen Luft zu machen.

Wir gingen zum Wintergarten, und ich spähte durch die Glastür. In der Ecke stand ein Katzenkörbchen, aber als Steve die Tür öffnete und ich langsam den Raum betrat, war nirgendwo eine Katze zu sehen.

»Baboo?«, sagte ich mit zitternder Stimme. »Benny Boo?«

Ich hörte ein Geräusch, und im Katzenkorb bewegte sich etwas, dann lugte eine Nase heraus. Sie war schwarz. Mein Herz klopfte schneller. Die Nase streckte sich in die Luft, und ich sah ein wenig weißes Fell darunter. Es hatte die Form eines Schmetterlings. Ich konnte kaum atmen. Dann tauchte ein schwarzer Kopf auf, und ich sah ein weißes Lätzchen auf der Brust der Katze. War das tatsächlich möglich?

Die Katze wandte mir ihren Kopf zu, und da sah ich ihre Augen – groß, grün und weise.

»Ben!«, rief ich, als ich schluchzend auf meine Knie fiel.

Er kam durchs Zimmer auf mich zugerannt, und es kam mir wie eine Ewigkeit vor, bis Ben in meine ausgebreiteten Arme sprang. Ich fühlte sein Gewicht und sein weiches, dickes Fell, das mein Gesicht berührte, und ich nahm seinen Geruch wahr, und da wusste ich sicher, dass er es war. Obwohl ich ihn festhielt, als wollte ich ihn nie wieder loslassen, konnte ich es kaum glauben, dass ich ihn gefunden hatte. Er legte seine Arme um meinen Hals, drückte sich an mich wie ein Baby und schnurrte wie ein Löwe, und ich konnte nicht mehr aufhören zu weinen.

»Baboo! Wo bist du gewesen?«

Ben schaute wieder zu mir hoch, und das war fast mehr, als ich verkraften konnte. Ich hatte zu hinterfragen begonnen, ob meine Hoffnung, er werde zu uns zurückkehren, noch berechtigt war, aber jetzt wusste ich, dass es richtig gewesen war, niemals aufzugeben. Ben lag in meinen Armen und hielt mich mit seinen Pfoten so fest, als wollte auch er nie mehr loslassen, und ich könnte schwören, dass er lächelte. Und dabei dachte ich nur an eins: George.

»Danke«, sagte ich schluchzend zu Steve, Carla und Alison, die an der Tür stehen geblieben waren. »Ich bin Ihnen unendlich dankbar.« Ich sah Carla an. »Du ahnst gar nicht, was du getan hast«, sagte ich. »Ich kann dir nicht genug danken.«

Ich drückte Ben wieder an mich, und er miaute vor Wonne, während meine Tränen in sein Fell tropften. Wenn das Wiederfinden von Ben ein Weihnachtswunder war, dann war Carla der Weihnachtsengel, der dies möglich gemacht hatte. Sie lächelte mich an, als sie den schnurrenden Ben betrachtete. Er war gesund und wohlauf – wie wir anderen auch, nun, nachdem wir ihn gefunden hatten. Endlich war meine Suche zu Ende. Jetzt musste ich ihn nur zu George nach Hause bringen.

Sie werden mir nicht glauben, was wir für eine Heimfahrt hatten. Ich wollte schnellstmöglich nach Hause, denn George sollte keine Minute länger als nötig auf Ben verzichten müssen. Und so gab Wendy im Navigationsgerät die schnellste anstelle der einfachsten Route nach London ein, die uns über jede Landstraße führte, die Sussex zu bieten hatte. Wir verfuhren uns heillos. Unterwegs trafen wir auf Leute mit Schaufeln, die sich ihren Weg durch Schneewehen bahnten, andere, die mit ihren Autos liegen geblieben waren, und einen Polizisten, der sich wunderte, wieso um alles in der Welt ich mit meinem Kleinwagen durch die zugeschneite Wildnis fuhr. Die ganze Zeit über miaute Ben in seinem Katzenkorb auf dem Rücksitz, und ich hatte ein schlechtes Gewissen, ihn kaum, dass das letzte Abenteuer zu Ende war, schon wieder einem neuen auszusetzen.

Jetzt hatten Wendy und ich genügend Gesprächsstoff,

und wir redeten während der ganzen Fahrt. Wo war Ben die ganze Zeit über gewesen? Er sah definitiv viel zu wohlgenährt aus, als dass er sich drei Monate lang selbst über Wasser gehalten haben konnte. Im Vordergrund stand vor allem die Frage, wie er nach Brighton gekommen war. Unmöglich konnte er den ganzen Weg allein zurückgelegt haben, wer also hatte ihn mitgenommen? Doch während unseres langen Gesprächs wurde mir klar, dass wir diese Fragen wohl niemals erschöpfend würden beantworten können. Es würde ein ungelöstes Rätsel bleiben. Aber was machte das schon? Schließlich war Ben wieder zu Hause, und mehr wünschte ich mir nicht.

Stunden später waren wir endlich wieder in Hounslow. Wendy sah mich aufmunternd an, bevor sie ihre Haustür öffnete. Sie wusste, wie aufgeregt ich war. Ziemlich benommen betrat ich dann unser Haus. Es war vier Uhr morgens, aber ich wusste, dass George nicht schlief. Mein Herz pochte bis zum Hals, als ich Ben aus seinem Tragekorb holte und mit ihm im Arm am unteren Ende der Treppe stehen blieb.

»George?«, rief ich. »Er ist zu Hause. Ben ist wieder da.«

Ich hörte Schritte, und Georges Gesicht tauchte oben am Treppenabsatz auf. Er wirkte unsicher, fast verängstigt.

»Er ist da, George. Ben ist tatsächlich hier. Ich habe ihn gefunden. Er ist nach Hause gekommen.«

George kam über die Treppe nach unten geflogen, blieb aber auf der letzten Stufe abrupt stehen. Er starrte Ben an, der sich umsah, als wäre er erschrocken, sich wieder in dem Zuhause zu befinden, das er vor so langer Zeit verlassen hatte. Doch dann sah er George, und ihre Augenpaare trafen sich, das eine grün, das andere blau.

»Baboo!«, rief George. »Wo bist du gewesen?«

»Er hat Urlaub gemacht«, sagte ich mit meiner Katzenstimme. »Er war am Meer. Im Auto war er sehr müde, aber jetzt geht es ihm gut.«

George sagte nichts und nahm auch Ben nicht aus meinen Armen. Er stand nur da und starrte uns an, als zweifle er an Bens Echtheit, fast als könnte er nicht zulassen zu glauben, dass sein Freund nach so langer Zeit des sehnsüchtigen Hoffens wieder zu Hause war. Und mein Herz machte einen Satz, als er sich von mir abwandte.

Aber dann legte George sich vorsichtig auf den Boden und schaute zu mir hoch. Sanft setzte ich Ben ab, der sich erst umsah, bevor er auf seinen Freund zuging, stehen blieb, und sich ihm dann Schritt für Schritt näherte. George sah Ben nur an, und ich sah zum ersten Mal seit jenem schrecklichen Tag, an dem Ben vermisst gemeldet wurde, wieder Frieden in seinen Augen. Er verharrte völlig reglos, als Ben sich über ihn beugte, an seinem Gesicht, seinen Haaren und seinen Kleidern schnupperte, ehe er dann auf seine Brust kletterte und sich niederlegte. Die Zeit stand still, bis George seine Arme um Ben schlang und ihn zu streicheln begann.

»Dann bist du also am Meer gewesen?«, sagte er mit seiner mir so vertrauten hohen Stimme, die wieder voller Liebe und Zärtlichkeit war. »Du warst auf einem Boot und surfen, nicht wahr? Ich weiß es.« George schwieg eine Weile, dann sah er Ben an, und mir ging das Herz auf, als die Worte nur so aus ihm heraussprudelten. »Hast du einen Eimer Sand mit nach Hause gebracht? Warst du schwimmen? Am Meer gibt es Fisch und Chips. Hast du sie mit Ketchup gegessen? Hast du Katie Price gesehen? Sie wohnt in Brighton. Hast du die Fische gesehen – jede Menge hübscher Fische? Oder warst du Pirat auf einem großen Schiff? Ich glaube, du warst auf dem weiten blauen Meer und bist deshalb erst jetzt wieder zurückgekehrt. So ist es, nicht wahr? Du warst auf dem Meer unterwegs.« Die Worte tanzten zwischen uns in der Luft. »Du bist ein Strandgammler, Baboo!«, sagte George kichernd. »Du bist mit Eimer und Spaten losgezogen. Der Strand ist steinig bei Brighton, stimmt's? Hatte das Boot eine Sirene? Bist du auf dem Meer gewesen und hast dir die Fische angesehen?«

George redete unentwegt weiter, lachte, während er Ben streichelte und an sich drückte, und überschüttete ihn mit all der Liebe, die er ihm immer gegeben hatte.

»Er hat bei einem Mädchen namens Carla gewohnt«, sagte ich.

»Hast du?«, fragte George Baboo.

»Ja. Es war wie in einem Hotel. Ich hatte ein hübsches warmes Bett und am Haus waren überall Lichter angebracht wie an unserem im vergangenen Jahr«, sagte ich für Ben.

Einen Moment lang legte sich ein Schatten auf Georges Gesicht. »Ich möchte nicht darüber sprechen«, sagte er. »Lass uns nie wieder darüber sprechen. Ben ist jetzt zu Hause. Er ist bei uns zu Hause. Er wird uns nie wieder verlassen.«

Er beugte sich vor, um Ben einen Kuss zu geben, und grub seine Finger in sein Fell, während er ihn liebkoste. Ben schnurrte vor Wonne, bevor er von Georges Brust auf den Boden sprang, wo er sich über seine Pfoten nach vorne schob und seinen Freund erwartungsvoll ansah.

Nun komm schon, George. Lass uns spielen! Ich bin wieder zu Hause. Ich bin wieder da und habe dich schrecklich vermisst.

Und er rannte nach oben, und George jagte ihm hinterher.

»Wir spielen Verstecken«, rief er, als er die Treppe hochlief. »Ben freut sich, wieder zu Hause zu sein, nicht wahr, Mum?«

»Ja, George. Ich glaube schon.«

»Ich mich auch.«

George rannte nach oben, und ich konnte ihn lachen hören, während er mit Ben spielte. Friede zog bei mir ein. In dem Moment, als George Ben sah, war wieder Leben in ihn gekommen, genauso wie ich mir das immer vorgestellt hatte. Endlich war er zu mir zurückgekehrt, wir waren wieder zusammen, und all die Traurigkeit der vergangenen drei Monate war verschwunden. Ich ging in die Küche, um den Wasserkessel aufzusetzen, und während ich wartete, bis das Wasser kochte, schaute ich hinaus in den dunklen Himmel und lauschte Georges Lachen. Ein schöneres Geräusch gab es nicht für mich.

Dann hörte ich seine Schritte auf der Treppe, und er kam in die Küche gerannt.

»Können wir die Dekorationen herausholen, Mum?«, fragte er. »Und den Baum? Ben möchte, dass jetzt Weihnachten ist.«

»Ja, aber ich habe nichts vorbereitet«, sagte ich lachend. »Ich habe nichts Besonderes im Kühlschrank, und es gibt auch keine Geschenke unter dem Baum.«

»Das macht nichts«, sagte George. »Du kannst die Spielsachen vom letzten Jahr einwickeln, wie ich dir das schon immer gesagt habe.«

Er rannte davon, und ich folgte ihm. Ben war zu Hause, wir waren wieder zusammen, und als ich den oberen Treppenabsatz erreichte, warteten die beiden schon auf mich. Ich musste lachen, als Ben in mein Schlafzimmer flitzte, aufs

Bett sprang und wie eine Rakete darauf herumraste. Er war genauso aufgeregt wie George und ich.

»Mum?«, sagte George, während ich noch auf dem Treppenabsatz stand und mir überlegte, wie um Himmels willen ich alles rechtzeitig fertigbekommen sollte.

»Ja, George.«

»Ich denke, das wird das beste Weihnachtsfest aller Zeiten.«

»Meinst du wirklich?«

»Ja.«

Epilog

Während George den Weihnachtsbaum schmückte und Ben herumtollte, als wäre er nie weg gewesen, ließ ich alles, was sich ereignet hatte, noch mal Revue passieren – die Tränen und die Zweifel, die schlaflosen Nächte, die Sorge. Und als ich mir George und Ben zusammen ansah, war ich mir einer Sache sicher, die mir zuvor so nicht bewusst gewesen war. Seit Georges Geburt war ich das Gefühl nie ganz losgeworden, versagt zu haben, weil ich ihm keine komplette Familie bieten konnte, keine Mum und keinen Dad, die verheiratet waren, und keine Kindheit wie die, die ich genossen hatte. Doch durch Bens Verschwinden war mir klar geworden, dass George eine Familie hatte. Nur, weil sie eine andere Gestalt und Größe hatte als die, die ich kennengelernt hatte, war sie nicht weniger eine. Ben, George und ich waren eine Familie, und wir waren vollständig.

Ein Jahr ist vergangen, wir leben immer noch in Hounslow, und das Leben ist in seine gewohnten Bahnen zurückgekehrt: George ist vierzehn geworden und geht zur Schule, wir reden, lachen und spielen mit Ben, der sich im Sommerhaus sonnt oder Hunde verjagt. George hat gleich nach Bens Rückkehr wieder angefangen, mit mir zu schmusen. Er sagt immer häufiger, dass er mich liebt, wenn wir miteinander scherzen, oder dass Ben mich liebt. Und jedes Mal schätze ich mich überaus glücklich, diese Worte zu hören.

Und was mache ich? Nun, ich betätige mich noch immer mehr oder weniger als Haustierdetektiv. Ein paar Tage nach Bens Rückkehr bekam ich einen Anruf von einer Frau aus Devon, deren Kater Numpty verschwunden war, während sie und ihre Familie in seiner Begleitung über Weihnachten bei ihrer Mutter in Hounslow gewesen waren. Die Frau wusste von mir, weil ihre Mutter eins meiner Plakate am Kühlschrank hängen hatte.

»Wo soll ich anfangen?«, fragte sie. »In zwei Tagen muss ich wieder nach Hause, und ich weiß nicht, wo ich ihn finden soll.«

Wie konnte ich da Nein sagen? Ben war gerade erst wieder zu Hause, und die Erinnerung an den Schmerz, ihn zu vermissen, noch ganz frisch. Ich versprach der Frau, ihr nach Kräften zu helfen.

»Es ist gut, wenn du ihr hilfst, denn Numptys Familie weint sicherlich so, wie wir geweint haben«, erklärte George mir, als ich Plakate druckte. »Sie sind bestimmt traurig.«

Neun Wochen dauerte es, bis ich Numpty fand, aber ich fand ihn. Der Streuner war von einem älteren Ehepaar entdeckt worden, das ihn gefüttert hatte, und sie erkannten sein Bild auf einem meiner Plakate. Als ich zu ihnen kam, lag Numpty faul auf dem Sofa, als wäre er in einem Fünfsternehotel untergekommen.

Im Moment suche ich Samba, wenn ich nicht gerade Tierschutzvereinigungen unterstütze, indem ich mit Katzen zu Tierärzten gehe oder Leute besuche, die gern eine Katze aufnehmen würden, deren Umfeld ich aber erst auf Katzentauglichkeit untersuchen muss. Das tue ich gern, und ich werde auch weiterhin bei der Suche nach vermissten Katzen helfen, da ich weiß, was so ein Verlust bedeuten kann.

Unser Leben veränderte sich in dem Moment, als Ben verschwand – genauso wie es sich veränderte, als er wieder nach Hause kam –, und ich sage mir immer wieder, dass ich der Familie, die mir schließlich half, ihn wieder nach Hause zu holen, gar nicht genug danken kann.

Nun habe ich Ihnen unsere Geschichte erzählt, doch es gibt noch jemand anderen, der Ihnen gern etwas über sich und Ben erzählen möchte.

Ben mag Essen und Leckerchen. Er ist gern bei mir, wenn ich zu springen versuche. Er kommt mit aufs Trampolin. Wenn ich am Computer spiele, setzt er sich auf meinen Schoß und isst Cheerios aus meiner Schale. Er will immer dann essen, wenn ich esse. Ben kann nicht lügen. Er liebt uns immer. Er ist nie traurig. Aber manchmal hat er Spaß daran, meine Mum zu beißen. Mir gefällt das. Es ist lustig. Er ist auch gern ungezogen zu mir. Ben ist freundlich und hat es gern, wenn ich ihn berühre. Er schnurrt. Er möchte am liebsten immer mit mir zusammen sein, und ich spreche in der Katzensprache mit ihm, damit Ben sich nicht ausgeschlossen fühlt. Das macht Spaß, und ich jage ihm begeistert hinterher, aber wenn ich ihn rufe, rennt er davon. Es ist lustig. Wenn ich in Katzensprache spreche, bin ich glücklich und aufgeregt. Die Katzensprache sorgt dafür, dass ich, meine Mum und Ben uns nahe fühlen. Das macht mich glücklich. Wir lieben sämtliche Abenteuer, die Ben erlebt. Meine Mum erzählt mir Geschichten über ihn, aber ich erzähle die besseren. Die von Mum sind lustig.

Als Ben verschwunden war, dachte ich, er sei tot. Einfach tot, weg. Ich weiß nicht, warum, einfach tot. Meine Mum hat nach ihm gesucht, und Leute haben angerufen und meine Mum zum Weinen gebracht. Es war, als wäre unser Haus ganz leer. Ich hatte niemanden mehr zum Spielen, und ich saß in meinem Zimmer und vermisste ihn. Tränen liefen aus meinen Augen, wenn ich daran dachte, dass Ben weg war, und sie taten weh. Jeden Tag, wenn ich in meinen Bus stieg, sagte Mum: »Mach dir keine Sorgen. Ich werde den ganzen Tag unterwegs sein und Ben suchen.« Es hat mir gefehlt, nicht mit ihm sprechen zu können, und jeden Tag, wenn ich wach wurde, war er nicht auf seinem Stuhl. Es ist so gut, dass er jetzt zu Hause ist. Er sorgt dafür, dass ich mich wohlfühle.

Folgende Dinge mag ich …

Xbox: Es ist gut, mit Leuten zu reden, die ich nicht sehen kann. Ich möchte sie nicht sehen. Manche sind elf und manche sind fünfundfünfzig. Es gefällt mir, wenn sie sagen, dass ich gut bin. Sie halten mich für ein ganz normales Kind. Ich erzähle keinem, dass ich besondere Bedürfnisse habe. Dann würden sie mich nämlich auslachen. Aber manchmal schreibe ich was falsch. Ich habe jemanden eine Bestie genannt, meinte aber, er sei der Beste, und sie haben mich für dumm erklärt. Aber im Spielen bin ich besser.

Schule: Anfangs hat es mir dort nicht gefallen, weil ich die Leute nicht kannte und auch nicht die Lehrer. Ich brauchte eine Weile, um mich an sie zu gewöhnen, und habe keinen angesehen und auch nicht versucht, mit ihnen zu sprechen. Die Stühle habe ich nicht gemocht. Man muss auf ihnen aufrecht sitzen, und ich mag sie noch immer nicht, und die Uniform auch nicht oder den Geruch des Mittagessens dort. Aber ich liebe meine Schule und möchte so lange wie möglich dort bleiben. Eine fröhlichere Schule kann man sich gar nicht vorstellen.

Funkelnde Ohrringe, Wasser und Schwimmen, Süßigkeiten, von denen man lange was hat, London Aquarium, Minzpasteten zu backen, weil ich die ganz toll kann, Tierdokumentationen, Magneten, Orangenschokolade.

Die Uhrzeit lesen zu können, damit ich weiß, wie viele Stunden ich habe.

Mein Bett, aber ich schlafe nicht gern.

Dinge, die ich nicht mag

Lügner.

Leute, die das Gesicht verziehen, wenn sie einen ansehen.

Schreien macht mir Angst.

Kleine Räume.

Leute, die nach Mais-Käse-Chips oder Kaffee riechen.

Scherze, weil ich sie nicht verstehen und weil ich nicht damit umgehen kann.

Meine Mum, wenn sie nach unten schaut und laut atmet oder mir, wenn ich rede, keine Antwort gibt und sagt, sie müsse nachdenken.

Wenn die Leute sagen: »Mach doch ein fröhliches Gesicht!« Mum sagt nämlich, sie sagen es, wenn ich nicht lächle, obwohl ich mich innerlich trotzdem glücklich fühle, aber die Leute sagen es dennoch.

Ich weiß, dass ich manchmal anders reagiere. Ich versuche, mich anzupassen, und es funktioniert nicht, und das macht mich traurig. In der Schule würde ich niemals weinen oder meine Gefühle zeigen. Die Leute verstehen mich nicht. Ich möchte schauen und reden, aber das kommt nicht rüber, oder es kommt falsch rüber. Wenn ich innerlich glücklich bin, kann ich nicht lächeln. Ich mag es nicht zeigen, für den Fall, dass es übertrieben wirkt. Viele Leute haben über mich gelacht, und das macht mich traurig. Aber meine Mum sagt mir, wie gut ich in allem bin und dass ich was Besonderes bin. Dank meiner Mum fühle ich mich gut. Sie sagt, wir sind alle anders und haben auch alle ein bisschen was von allem in uns. Ich sage die Wahrheit, aber manchmal verletzt das die Gefühle der Menschen. Mum sagt, wir müssen überlegen, bevor wir etwas sagen, und ich bin darin jetzt auch schon viel besser. Was aber nicht heißen soll, dass ich meine Mum brauche, um das zu verstehen.

Das sind die Leute, die ich kenne

Michelle: Sie roch gut nach Waschpulver und machte mich glücklich. Sie fragte mich: »Möchtest du was trinken, George?« Sie hatte in ihrer ganzen Wohnung Fotos von Ricky und Ashley, als diese noch klein waren. Michelle hat nur Turnschuhe getragen. Sie hatte fünf Paar. Sie mochte Jeans und aß Toast.

Arthur: Er war mein Freund und klopfte jeden Tag bei mir an. Wir spielten Fußball oder Trampolin. Seine Mum war klein, und ihr Hund Jedi sabberte.

Nanny Zena: Sie ist die Mum von meinem Dad, und sie hat mir einen Clownteddy gemacht, als sie noch gestrickt hat. Jetzt ist sie blind und kann nicht mehr stricken.

Nanny Carol: Sie ist die Mum von meiner Mum und hatte mich als Erste im Arm, als ich geboren wurde. Sie ist eine alte Rentnerin mit einem Busausweis, und sie lebt jetzt wie ein Teenager, seit sie ihren Busausweis hat. Sie liebt Sahnekuchen. Sie kann einen ganzen Geburtstagskuchen essen.

Dad: Er geht mit mir schwimmen und spielt wie ich Computerspiele.

Lewis: Er ist lieb, nett und ein guter Tänzer. Mum sagt zu ihm: »Pass bitte auf George auf«, wenn wir ausgehen, aber eigentlich ist es genau andersherum, denn ich muss auf ihn aufpassen.

Nob: Er ist streng, aber freundlich.

Boy: Er ist entspannt.

Sandra: Sie bekommt ständig ein Baby.

Tor: Sie sieht aus wie meine Mum und doch anders.

Del: Er ist Tors Ehemann und Mr Cool.

Wendy: Ihr Gesicht bleibt immer gleich. Sie verändert sich nicht. Sie sagt: »Hallo, George.«

Meine Mum: Bevor Ben zu uns kam, wollte ich niemanden liebhaben. Ich wusste gar nicht, was Liebe war. Ich dachte nicht wirklich darüber nach. Ich erinnere mich nur, dass ich wusste, dass meine Mum da war, um sich um mich zu kümmern. Aber das ist jetzt anders.

Das sind ein paar Dinge über George. Es gibt noch viel mehr über ihn zu sagen, und Ben ist derjenige, der ihm dabei half, all dies der Welt zu zeigen. Was ich hier festhalte, ist natürlich keine Wunderkur für Autismus, aber es ist unsere Geschichte über das Wunderbare, das Ben bei George bewirkt hat, indem er seine Spielfreude, seinen Spaß und fast all seine Liebe aus ihm herausgeholt hat. Ben hat unser Leben für immer verändert, und obwohl George auch weiterhin in vielerlei Hinsicht wird kämpfen müssen, glaube ich, dass die Liebe, die er für Ben empfindet – und die Art und

Weise, wie diese half, George und mich näher zusammenzubringen – uns beide gerettet hat. Wenn es einen Grund dafür gab, weshalb man uns Ben genommen hat, dann war es der, uns zu zeigen, wie mächtig die Liebe ist, die in George lebt, denn ohne Ben war er verloren. Dank ihm hat er ein Zentrum, eine Stimme und eine Möglichkeit, der Welt zu zeigen, was er in sich trägt.

Der Verlust von Ben hat mir gezeigt, dass ich für den Tag vorbereitet sein muss, an dem er uns tatsächlich für immer verlässt oder zu alt oder zu krank ist, um bei George bleiben zu können. Also bin ich dazu übergegangen, George gegenüber zu erwähnen, dass Ben eines Tages ein Kätzchen haben könnte, und er scheint überzeugt zu sein, dass dies möglich ist, denn wenn es um Ben geht, ist alles möglich. Eines Tages in der nicht allzu fernen Zukunft werde ich ein Kätzchen mit nach Hause bringen und es George als Bens Sohn oder Tochter vorstellen. Und ich hoffe, dass er sich genauso darin verlieben wird wie in Ben.

Inzwischen nehme ich jeden Tag so, wie er kommt. Manche sind schwerer, aber ich bin so stolz auf George und alles, was er erreicht hat – Lesen und Schreiben, fürsorglich für seine Klassenkameraden und ein liebevoller Junge zu sein, der sich um die Welt und die Menschen seiner Umgebung kümmert. Ich kann ganz aufrichtig sagen, dass George der beste Sohn ist, den eine Mutter sich wünschen kann, und ich liebe alles an ihm. Er ist wahrhaft einzigartig, und mehr kann sich eine Mutter nicht wünschen.

Danksagung

Mein ganz besonderer Dank geht an Mum, Tor, Nob, Boy, Lewis und den Rest meiner Familie: Ihr habt euch mir angepasst, mich mit eurer Liebe jeden Schritt meines Weges begleitet und mich immer unterstützt – ohne euch ginge es nicht.

Ich danke allen Menschen, die George in der Vergangenheit geholfen haben und auch heute noch helfen – Andy Leigh, Wendy Vogel, Michael Schlesinger, Miss Proctor, Ms Bahsin, Mr Classon und Mr Thurma. Ebenfalls danke ich allen an der Marjorie-Kinnan-Schule – Mrs Adams, Mrs Ward, Mrs Nagel und den vielen übrigen Mitarbeitern. Sie haben Fröhlichkeit in Georges Welt gebracht.

Es wäre unmöglich, all jene namentlich zu erwähnen, die mir bei der Suche nach Ben geholfen haben, aber ich weiß jeden Telefonanruf und jede hilfreiche Nachricht, ob von einem Fremden oder einem Freund, zu schätzen. Besonders erwähnen möchte ich jedoch Wendy, Keith, Nikki und Kayleigh; Alison, Steve und Carla, Tracy, Anne und Eliza; die Mitarbeiter der Tierrettungsstation in Twickenham; Norma Mackie; Pat Cole und Jessica Thompson vom *Hounslow Chronicle*.

Danke auch an Mavis, Monty und Socks – ich weiß, wie sehr ihr Prudence vermisst.

Und zuletzt ein großes Dankeschön an Laetitia Rutherford, die mich entdeckt hat, an alle bei Harper Collins, die an meine Geschichte geglaubt haben, und an Megan Lloyd Davies, die mir half, darüber zu lachen, als ich sie erzählte.